要想知道中国足球真实而鲜活的人物故事、生存状态，没有比这本书更合适的了。
——白国华

中国足球是个长镜头

白国华

著

天津出版传媒集团

天津人民出版社

图书在版编目(CIP)数据

中国足球长镜头 / 白国华著. -- 天津：天津人民
出版社, 2021.4
ISBN 978-7-201-16718-3

Ⅰ.①中… Ⅱ.①白… Ⅲ.①新闻报道–作品集–中
国–当代 Ⅳ.①I253.4

中国版本图书馆 CIP 数据核字(2020)第 229495 号

中国足球长镜头
ZHONGGUO ZUQIU CHANG JINGTOU

出　　版	天津人民出版社
出 版 人	刘　庆
地　　址	天津市和平区西康路 35 号康岳大厦
邮政编码	300051
邮购电话	(022)23332469
电子信箱	reader@tjrmcbs.com

责任编辑	吴　丹
特约编辑	杨　轶
装帧设计	汤　磊

印　　刷	天津新华印务有限公司
经　　销	新华书店
开　　本	710 毫米×1000 毫米　　1/16
印　　张	17.5
插　　页	2
字　　数	230 千字
版次印次	2021 年 4 月第 1 版　　2021 年 4 月第 1 次印刷
定　　价	56.00 元

自序
长镜头里的世界

在 40 岁这一年，在《足球》报服役了 18 年以后，我离开《足球》报。脱下"足球报记者"的外衣以后，有段时间，我颇不适应。

以前每期，甚至每天围绕着国内的足球新闻转，像个被抽打的陀螺，以至于这种节奏被打乱以后，就像一头驴找不到了自己的胡萝卜。

这是劳碌命。

当然，时间多了，会促使我进行更多的思考：

做了 18 年足球记者，到底应该怎样审视自己的记者生涯？

做了 18 年足球记者，到底应该怎样认识中国的体育新闻？

做了 18 年足球记者，是否有自己比较满意的报道和作品？

这些想法，也不是辞职以后才有，或者说，是这几年一直在思考的一些问题。这也就是这本书的由来。

我想，我还是写过一些不错的报道的……

我相熟的一些朋友，初次见面，听说我是《足球》报的记者，一般来说，会感觉怪异，得知我还是报道中国足球的，就更加感叹了：

人傻钱多的中国足球，有啥可报道的呢？

每天都要看场地差、水平差、形象差的中国足球的比赛，得多大的心理承受压力啊？

你的工作是不是就是每场比赛以后，写一下比赛啊？好简单哦……

听到这些话，我内心毫无波澜。子非鱼，焉知鱼之乐？

足球记者、体育新闻，都是偏正式短语，首先要遵循的还是记者的守则、新闻的规律。只不过，我的工作相对而言，专业而单一。

也正因为这种专业而单一，我一直见证着中国足球这些年的起起落落，中国足球人的喜怒哀乐，这里面的人和事，鲜活而有趣。

终究写的是人，面对的是事。

我要做的是把这些记录下来，同时会有自己的一些见解。

我觉得挺有趣，至于有没有意义，那还是交给读者们评判吧。

还是举几个例子：

2016年底，在上海，我和张玉宁的父亲，号称"疯子"的张全成前后聊了10个小时左右，然后写了《"疯子"张全成》这篇文章。如果你看过这篇文章，大概能体会，在中国，一个家庭要培养出一个职业运动员是多么地艰辛，而张全成个人决断的性格，又为这个故事提供了很大的可读性。

2017年，我采写"三十而立系列"。在采访于汉超的时候，他人在大连，我在广州，我们通过微信交流，最后花了三天工夫把这个采访做完。听完一大段一大段的长语音，我感觉耳边尽是嗡嗡声……

2018年底、2019年初，我写了《梅州足球三十年》这篇大约16 000字的文章。写完以后我夸下海口："全中国，能写下这篇文章的，只有区区在下。"虽然我不是梅州人，但是作为广东人，对于梅州足球辉煌的历史耳濡目染，毕业以后，开始接触最早的采访对象，就包括一批梅州足球名宿，再加上家里还有一本极具历史价值的书，种种因素结合，才有了这篇文章。而文章出来以后，从效果看，证明了这一点：这虽然是个流量的时代，但好的内容、好的故事，永远不缺乏读者。

遗憾的是，这样的内容和故事，现在已经很难被捕捉到了。有同行曾经采访过我，我说过，一年能写一篇好的报道或者作品，就算完成任务了，这也是自己的最低要求。

2019年夏天，因为各种"爆料"，我的曝光度和知名度陡增，于是很多人把我归结为"爆料型记者"，甚至有球迷说，从来没看过我写过"正经报道"。我哑然失笑，如果看完这本书，我相信他会收回这句话。

后来有位同行朋友跟我说："我跟你不一样，你是把未知的东西告诉别人，我是把已知的东西进行归纳。"

我说："这是个美丽的误会。"

他说："你以前是怎样的，大家都不关心了……"

关于新闻记者如何在这个时代既能做到有曝光度，又能有深度，这会是个宏大而有趣的话题，这里就不展开叙述了。

我想说的是，从业18年，我采访的人和事，可以归结为四个字——中国足球。而中国足球，是中国民众的"公共痰盂"。我个人并无以一己之力擦清痰盂的雄心，但希望这本书记述的故事、评论、思考，可以让更多的人更真实、清晰地了解一下中国足球——就算你决定吐痰，也明白为什么要向里面吐。

如果能做到这一点，《中国足球长镜头》这本书，也就值了。

最后，衷心感谢一下本书的编辑和出版社。

衷心感谢我在《足球》报时的各位同仁，我们一起度过了很多快乐的时光，没有你们的帮助，我写不出这些报道。虽然现在已经离开，但这份战斗情谊，将永远同在。

2021年1月

目 录

足球烟火气

足球城记

中国足球,在路上

职业圈众生相

在高洪波执教的 12 强赛前 4 场比赛中,对于郑智的使用,充满了争议。在第一场和韩国队的比赛中,他用郑智踢并不擅长的中卫。第二场和伊朗队的比赛,郑智没有上场。其后的集训和两场比赛,郑智更是没有进入国家队名单。

如果没有之后里皮的接手,郑智在国家队的生涯像极了西汉名将——飞将军李广。

史记·郑将军列传

公元前 119 年,西汉名将,飞将军李广,用一把刀结束了自己波澜壮阔的一生。

子不遇时

关于李广的出生年月,不详,今人只能用一个“?”号来代替。但从军的日子却有明确记载——公元前 166 年,屈指一算,自从军到自杀,李广在军中效力 47 年。

最好的李广,未遇到最好的大汉朝。李广跟随汉文帝的时候,这位汉军的最高统帅及“主教练”给李广下了这样的评语:“惜乎,子不遇时!如令子当高帝时,万户侯岂足道哉!”(可惜呀,你没遇到时机,假如让你生在高祖时代,封个万户侯不在话下。)

而郑智呢,则在2002年世界杯后才进入国家队。在米卢带领冲击世界杯和征战世界杯的那届国家队中,比郑智老一点的孙继海去了,比他年轻一点的曲波、杜威、安琦也都去了,那时还没转会去深圳的郑智,声名未显,自然不入米卢的法眼。此后10年,郑智成为国家队中的标志性人物。

是的,悲剧式的标志性人物,"子不遇时",奢求什么万户侯?

从文帝到景帝再到武帝,李广成为汉军"国家队"的三朝元老。

景帝时,跟随周亚夫平定"七国之乱";虽然已有和亲,但匈奴依然会南下,李广自然也要抗击匈奴。

大小数十战,其中不乏以百名骑兵与匈奴大部队周旋作战的出色战例,李广得名"飞将军",成为汉军代表,这是李广能力的反映。但国家还没有决定要和匈奴大决战,这些战例便是小打小闹。

简言之,李广还没机会参加12强赛呢!

李广命不好。平"七国之乱"时,夺取叛军军旗,大功一件,但因为私下接受了梁王给的将军印,于是功过相抵,没有封赏。雄才大略的汉武帝继位后,开始改变对匈奴的战略,马邑之战想围歼匈奴,但消息走漏,单于不上当,李广再次无功而返;公元前129年,汉军四路出击,李广这支部队却兵败,本人也被生擒,李广找准机会逃回——本应斩首,但最后用钱赎罪,成为平民。

公元前120年,李广再次出征,这次辅助他的是曾出使西域立下奇功的博望侯张骞,李广几乎全军覆没,博望侯张骞行军迟缓,延误期限,应处死刑,用钱赎罪,降为平民。李广功过相抵,没有封赏。

命不好的李广,他和匈奴的每一次作战,每次都碰到不同状况,人们期盼的"但使龙城飞将在,不教胡马度阴山"的状况,却一次也没出现。

李广虽有飞将军之名,但打下龙城的,却是大将军卫青。

打一场,输一场,漫漫岁月中,李广的"国家队"生涯一步步走向尾声。而卫青、霍去病这些少壮派的军人,已经成长起来。

这已经不是李广当"大佬"的"国家队"了。

久战无功

公元前119年,汉匈之间大决战——漠北会战开始。

此时,已经是李广从军的第47年。这次大汉的架势,那是动真格的了。

12强赛决战,终于来了。

李广来了,但他不服老,几次请求随行,汉武帝起初以他年老没有答应,后来经不起李广请求,同意他出任前将军。

虽然汉武帝勉强同意让他参战,但却告诫前线总指挥大将军卫青,意思是:李广嘛,人已老,命不好,怎么使用他,你看着办吧。

皇帝的意思,卫青自然懂,所以他不让李广和大军同行,而让他率领一路偏师,从东路出发。

李广说:"臣部为前将军,今大将军乃徙令臣出东道,且臣结发而与匈奴战,今乃一得当单于,臣愿居前,先死单于。"

换句话说,我效力国家队这么多年,现在终于能打12强赛,你必须让我上场啊!

是的,让你上场,但让你打中卫,你干不干?

干! 有没有情绪也要干!

但结果,李广又摆了个乌龙。他的军队再次迷路,等他赶到时,单于已经跑了。他再次徒劳无功。

等待他的又将是一次军事法庭的审判。

冯唐易老,李广难封

太史公司马迁用这样的文字描述了李广最后的结局:"至莫府,广谓

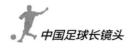

其麾下曰:'广结发与匈奴大小七十余战,今幸从大将军出接单于兵,而大将军又徙广部行回远,而又迷失道,岂非天哉!且广年六十余矣,终不能复对刀笔之吏。'遂引刀自刭。"

一位老将,就用这样的方式,结束了自己的一生。

我曾经有过这样的设想,如果李广在最后的大决战中自觉地退出,那么他就不会自刭;如果他不自刭,他的幼子李敢就不会去殴打卫青,从而被霍去病射杀;如果李广、李敢都在,李广的孙子,也就是李敢的侄子李陵是否会走上另一条道路;如果李陵走了另外一条路,不去投降匈奴,那么……

所以,当初李广要退出"国家队",退出这次会战,那也许就河清海晏了。一位老将,本来已经完成他的"国家队"使命了,决战时,他的存在反而让汉武帝和卫青为难——你名头如此之响,为国效力的心如此迫切,但过往一切又如此点背,我该怎么使用呢?

这一切,难道都是天意?

但即使因为受了李陵的牵连,太史公的笔下,仍然给我们记录了一位勇士。他未必是英雄,仅从功绩上说,他远远不如卫青、霍去病(在军迷中,李广因为屡次迷路而有个"路痴"的绰号),但这却无妨司马迁,乃至后人对这位"飞将军"的赞誉。

这里仅引用唐代诗人王维《老将行》的两句:"卫青不败由天幸,李广无功缘数奇。"

我想对于中国足球的球迷来说,他们或许不会在意李广是如何的"冯唐易老,李广难封",他们只想看到卫青和霍去病是如何斩将搴旗、追亡逐北。

但中国足球的大将军和冠军侯,你们在哪儿呢?

郜林:我不能拆散自己的家

世事瞬息万变,变化来得猝不及防。

2018 年 9 月,国家队去卡塔尔、巴林打热身赛,郜林迈过了国家队百场大关,但一年后,国家队的大门基本对他关上了。

2018 年,郜林是恒大的主力前锋,但到了 2019 年,伤愈复出后的郜林基本成为球队的替补。

在球队完成了 2019 年中超夺冠的任务后,已经 33 岁的郜林是否会选择离开恒大。郜林没有明说,但从他的态度和恒大的选择看,离开也是个不错的选择。

必然有遗憾和不甘,毕竟恒大对于郜林来说是"家",用郜林的话说,从这个队的第一场比赛开始,他就在,没有人想拆散自己的家⋯⋯

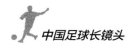

我们还能踢，但我们愿意帮助"孩子们"成长

我：2019年对你来说应该是特殊的一年，无论是在国家队还是在恒大，从主力变成了替补，甚至很少受伤的郜林也遭遇了两个月多的伤病，要总结的话，你会怎么总结这一年？

郜林：对于每个职业运动员来说，伤病和意外都是不可避免的事情。其实我今年遭遇的伤不算特别严重，跟其他人相比，我已经算是非常幸运的了。

今年球队处于新老更替的阶段，如何发展，如何延续，这都需要一个过程。从结果看，我们最后顺利拿到了中超冠军。从过程看，我们有起伏，有高潮，有低谷，但我们都挺过来了。球队变得成熟，变得强硬，这是难能可贵的。说句实在话，球队今年的表现已经超出了大家的预期。

新老更替，这是早晚都要经历的过程。其实我很开心，因为我看到"孩子们"取得了很多的进步。

我能看到他们的不一样，每个人原来的球队都不一样，但是到了恒大以后，要更有荣誉感，要更有集体意识，因为你在恒大踢球，这里的要求不一样。这需要他们有思想的转变，他们要更努力，让自己的能力去匹配这支球队。

我们这些老队员也在观察，他们成长得很快，有热情，有冲劲，更关键的是，老卡在帮助他们成长。别的球队，年轻球员都不一定有这么多的机会，恒大这样一直以夺冠为目标的球队反而给了他们充分的信任，我们这些老队员也在支持他们，这也是他们能迅速成长的重要原因。

我：从主力到替补，其实是个非常难受的过程，虽然事后可能会心平气和，但人在当时难免会有情绪，会有想法。你是如何调整自己的这种心态的？

郜林：的确是这样。首先我认为，包括我、智哥等人在内，具备继续踢主力的能力。我不认为我老了。但是为了球队的将来，我们要牺牲一部分自己的利益和上场时间。是的,谁也不希望自己来担当这个角色,但是总要有人来承担这个角色。

如果继续是我们这一批人在踢,继续踢主力,我相信我们还会继续拿冠军,但球队的长远在哪里呢?"孩子们"代表着未来,这一点,我们都清楚,一支球队不能永远依靠一批队员去打天下。

所以在这个阶段,我们愿意帮助他们成长,愿意当他们的拐杖,但是这个过程绝不可能太长。也就一年或者两年的时间,我们不能永远当他们的拐杖。这一两年时间,他们能快速成长,为球队撑起未来,那么到时候,我们这些老的选择也能更多,就算走,也能走得更安心。

毕竟我们也有自己的考虑,我们会做出自己的选择,需要改变的时候,我们也会有自己的选择,那时候我们会比较坦然,不会有太大的遗憾。

我:听你说这番话,可能有人会问,这是你的真心话吗?中国球员的"境界"会这么高吗?

郜林:如果我在这个队才待了3年、5年,或者我这个人自私一点,可能我不会说这番话,也不会有这些想法。

但是我来恒大已经10年了。我还记得当时刘总(刘永灼)在劝说我加盟恒大的时候,当时谁也不知道恒大会怎样,但是我相信他,因为他很真诚,没有之前足球圈的那种油滑忽悠的感觉,他给我描绘的蓝图我觉得都是可信的,于是我就把自己的未来交给了恒大,来到了广州。

刚来广州的时候,球队那时候还在白云山基地,条件非常简陋。报到的那天,天气还非常阴冷,这些我都记得清清楚楚。

而且我们恒大成立以后的第一场比赛,我就在踢,那是在增城,中甲开幕式的第一场比赛。10年了,我把这个队当做我的家,这是长时期的感情,也是无可替代的一种感情。

我可能有不舍,有不甘,也有可能以后会离开,但是无论作出何种选择,前提就是——我自己不能拆散自己的家。

我们也有发火的时候。

主场输给武汉卓尔，终场后在休息室，我直接开骂了。

"我们可以输，但要输得明白。如果是我们技不如人，或者是整体状态都不好，输给对方也就罢了。但是如果比赛中不投入，抱着一种无所谓的态度，那么这种输球我绝不接受！"

代表恒大踢球是一件很自豪的事情，这么多年在恒大，有人来，有人走，这种情况我看得太多了，所以有机会一定要珍惜，代表恒大太不容易了，我们也没有那么长时间来陪伴年轻人成长。

我和智哥他们坐在替补席上，真心地为他们每一次漂亮的突破、助攻、射门、传球鼓掌，这是我们应该做的。反过来，在场上的队员也应该努力拼搏每一分钟，才对得起我们为他们的加油，千万不要觉得你年轻，踢上主力就是理所当然，因为我们不是没有能力在场上踢球了，这是我们作出的一种牺牲，这种牺牲，我们觉得应该有意义。

我：这一年中你觉得"孩子们"的改变很大，具体有哪些方面呢？平时你们交流得多吗？能否举一些具体的例子？

郜林：具体的例子可能无法说出来。我觉得小杨（立瑜）、小韦（世豪）、小钟（义浩）、小严（鼎皓）那些人都很好，只不过可能面对我们，尤其是面对智哥的时候，会有些腼腆，没有那么自在，这也很正常。

我们要做的就是把问题指出来，包括训练时的，包括比赛中的。如果说竞争，这是一种良性的竞争，甚至可以说这根本不是什么竞争。以智哥为例，和他竞争的对手都已经退役了，就算是我，和我同时代的队员很多也都退役了，只要他们愿意学，我们很乐意帮助他们成长。

每个人都有成长的时刻，我们也是从年轻队员过来的。我在上海申花的时候，也是年轻队员，当时队中的老大哥像李玮锋就带着我们，指出问题，给我们开导，慢慢我们就一步一步成长起来了。

现在轮到我们了，我们没有理由去卖老资格，打压队员的成长。

我：你刚才说，帮助年轻人成长以后，你们可以有别的选择，那么成长的标准是什么呢？换句话说，你觉得他们成长成怎样了，你就可以安心离开了？

郜林：首先要回答的是，年轻人成长的目标是什么。以成绩为标准？以提升球队的实力为标准？

从成绩看，今年球队已经超额完成任务了，而且无论是顺境逆境，大家都很团结，没有什么杂音，看起来我们已经完成了帮助年轻人成长的任务。

每个人有不同的想法，在赛季进行的时候，每个人想的都是如何拿下冠军。赛季结束了，一年过去了，也许每个人开始就有不同的想法了。

至于我自己，也是一样的，我也纠结：我是无私一点还是自私一点？毕竟我觉得以自己的能力和身体状态，还是可以继续踢几年的，一直在板凳上等下去，还是换个环境。

但无论作出何种选择，可能都有遗憾，都有不甘，但这就是人的宿命，年纪越大，碰到的事情就会越多，无法避免。

我：一个实际的问题，从主力变成替补，无论从关注度还是收入的角度来说，都会下降。譬如最实际的，踢替补，有时候甚至进入不了名单，会导致奖金减少，这个能接受吗？

郜林：奖金减少一点，对于我们这些老队员的影响是不会太大的。钱的事情，大家都比较关注。我只能说，他们这些年轻人，现在多踢点比赛，多体现他们的价值，这是最重要的——从收入角度说，现在的年轻队员也不低，我们就更不用说了，所以一场两场的奖金不是什么大问题，赢球才是最有意义的。

我对老卡说：要不我去踢左后卫？

我：问一个具体的问题，其实上半赛季，你还是主力，但和苏宁的比

赛受伤,休养了两个月左右的时间。是否伤病成为从主力到替补的最重要原因? 这个过程中,自己的心态如何去调整?

郜林:从个人角度说,的确,2019年下半年不是特别如意。我自己作为一个老队员,当然会预计到有一天会成为替补,但没想到这一天来得这么快。但抱怨没有用,重要的是调整自己的心态。

自己有能力打主力,但是甘于当替补,这一点,主教练也清楚,在我受伤以后,他和我有过一次很长时间的交流。

我:他是要打消你心中的疑虑?

郜林:跟我聊的时候,应该是我们13连胜期间。他是这么说的:你不要有情绪,你的**心情,我可以**理解。

我说:对于你**的安排,我完全**可以理解。如果我是主教练,我也会这么做。现在这个阵容去踢,球队一直赢球,那就不应该改变阵容,就用这个阵容去踢,一直踢到输球为止。好端端的阵容,为什么要为一两个人去改变呢? 该怎么用就怎么用。

你也不要把我们想得太幼稚和自私,我是职业球员,明白什么对球队好,什么对球队不好。如果什么时候都只想着自己的利益,那这么多年的球就白踢了。

老卡跟我的这个谈话,可能是"多此一举",但是从中可以看出,老卡毕竟是职业球员出身,很善于从球员的角度去想问题,所以这一点,我很感激他。同时我也觉得,这就是老卡执教的优势,善于和球员沟通,所以有些心里话,我们也愿意和他交流。

我们后来也遭遇了困难,尤其是左后卫的位置。后来我跟老卡说:要不让我去踢左后卫试试?

老卡说:是你疯了还是我疯了? 你要踢得好,别人只会说,哇,看啊,郜林的个人能力太强了,没有他不能踢的位置;如果你踢得不好,别人只会说,你瞧瞧,这就是卡纳瓦罗,他居然让郜林去踢左后卫!

我：你刚才说，连胜的时候不改阵容，不要为一两个人去变阵，但是有一个人是例外，那就是塔利斯卡。从 13 连胜到后来的 9 场 1 胜，当时很多人就认为，塔利斯卡的复出改变了球队原有良好的化学反应。所以有些问题的确是因人而异？

郜林：塔利斯卡就是我们队中的 C 罗、梅西。你说，任何一个主教练在拥有这样队员的时候，会不用他吗？反正如果我是主教练的话，不用他，我做不到。

因为他有能力，有能力决定比赛的胜负。体系、战术，我们需要，但关键的时候，需要个人的能力去解决问题。

他复出以后，的确有段时间，我们的战绩不好，但那是特定时间段造成的问题，根源不在他个人身上。足球就是这样，一不赢球，那么所有问题都成为问题，赢球了，所有问题都解决了。

道理是很简单的。譬如说，老卡用我们这班老家伙去踢，也能场场赢球，那么年轻球员的机会就少了，谁不愿意赢球呢？

职业俱乐部，成绩还是第一位的，所以我是真心为俱乐部和这些年轻队员高兴，毕竟今年年轻队员踢得出色，球队也拿到了冠军——如果一直用年轻队员踢球，最后球队成绩不好，甚至掉级了，又有谁会认可呢？

我：所以，你对老卡是怎么评价的呢？

郜林：毫无疑问，他是个好教练。他热爱足球，热爱工作，可以说，他的生活里，除了足球就是足球。我们尊敬他，也认可他。他在平时的训练中对于比赛战术的安排，以及比赛的预案，准备都是很充分的。当然我认为他的临场指挥还是有一点瑕疵，这是实事求是的话。

年轻球员需要成长，年轻的教练员也需要成长，我们支持他，他就会克服这些缺点，一步步成为世界名帅。如果只是质疑他，谩骂他，也许他就没有这个成长的机会了。

最终老卡拿下了联赛冠军。我觉得这个冠军对于他来说特别重要，

因为他捅破了一层窗户纸，有了这个冠军，他可以在更自在的环境里，更加从容地按照自己的设想去带领球队获得更多的冠军。

我：所以，当集团通知老卡去"学习"的时候，你的第一反应是什么？

郜林：当然是吃惊。这是老板给球队的一个警示。现在想一想，当时我们的思想开始出现松懈了，球队犯了很多不应该犯的错误。队伍思想松懈，主教练的思想可能也出现了松懈，所以才会出现那么糟糕的战绩。

老板这一下警示非常重要，保证了我们在后面的三场比赛取得全胜，最终获得了联赛的冠军。

"以后国家队想骂谁，可能都不知道了"

我：2018 年 9 月跟随国家队去西亚打热身赛，那时候你和郑智一起迈过了国家队的百场大关。但没想到，仅仅一年后，国家队好像跟你已经没有关系了。感觉这个变化来得比较突然吗？

郜林：今年基本没有进入国家队，跟我的伤病有关系。一伤就伤了两个多月，复出以后，在俱乐部踢替补。在这种情况下，教练认为你的状态可能还达不到国家队的标准，没有把你招进来，我觉得是很正常的。

另外，国家队现在也在进行新老更替，补充了很多新鲜血液，跟俱乐部的情况差不多。

虽然觉得有遗憾，但我并非接受不了，况且我不认为我的国家队生涯已经终结了。自己先调整好状态，只要国家队需要，我会随时效力。

我：国家队的 40 强赛已经打完了第一阶段，战绩不尽如人意。尤其是客场战平菲律宾队、客场输给叙利亚队这两场比赛。你看了比赛，有什么感想吗？

郜林：我看得难受，有一种有劲无处使的感觉。因为对方的实力其实也不算强，我们完全可以踢得更好。队员们都很努力，但是没有发挥出水平,总而言之——遗憾、窝火。

我:输给叙利亚队以后,里皮马上辞职,你是如何看待这个事情的?

郜林:里皮是教授,我们是中学生。这是我最深切的感触。从战术理解能力,到战术的执行能力,我们都差很多。

里皮教练的能力,相信不用我多说,这是全世界公认的。输球以后辞职,我想并不是因为输球这件事本身,而是他认为他的执教理念已经无法贯彻下去。

有时候可能只能怪我们的战绩,和欧洲的球队相比,我们是不折不扣的中学生、小学生,无论是战术、技术、身体、速度、意识,都有明显的差距。

老爷子应该感觉是太累了,再也无法带下去了。

我:里皮第一次执教国家队的时候,不过是两年多前的事情,他带领中国队在 12 强赛中表现非常出色,而且他给中国球员贯彻的理念是——在亚洲范围内,中国队不惧怕任何对手。为何短短两年过去了,这支队伍就会让他这么失望呢?这是否跟好队员越来越少有关?亚洲杯输球以后,我们认为随着郑智、冯潇霆、郜林这些队员的老去,中国队的战绩将会越来越暗淡。从 40 强赛的表现看,是否印证了这一个判断?

郜林:我看到过这些评论,认为我们 85、86、87 这批队员是近 10 年最好的一批队员,我们要不踢了,中国队成绩会更加下降。

作为队员,我不去评判这个观点。我想表达的是,我们这批人在踢的时候,球迷该骂就骂,因为大家还有个骂的对象,但是等我们都退出国家队了,只怕球迷连骂谁都不知道了,因为找不到具体的目标。

谁都有年轻的时候。我年轻的时候,我听到这些骂声,总觉得委屈、不满、不理解,但现在想想,骂你,起码大家在关注你,觉得你有价值,觉得你能有代表国家队的实力。最怕的是连骂的目标都没有,要么球迷已经对国家队完全死心,要么球迷对队员已经完全死心,而且所有队员都

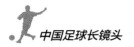

很平庸,根本没有被骂的资格……

我:所以这就是中国球员一代不如一代造成的后果?

郜林:我们成长的年代,环境还比较好。这种环境包括当时对足球的关注度,还有青训的环境。有好的土壤,才会有好的果实。我们之后,中国的青训环境越来越差,所以才会造成现在的局面。

可以这么说,我们当时是 10 万个里面选一个,而现在,可能是 1 万个里面选一个。更可怕的是,日韩可能是从 50 万里面选一个,我们之间的差距,从这里已经拉开了,而且是无法弥补的那种距离。

这些问题,搞足球的明白,踢足球的明白,看足球的也明白,但是怎么解决这个问题,大家都不明白。

什么时候中国足球能够把这"三个明白,一个不明白"搞清楚了,中国足球就明白了。

不然你把球员骂上天,中国足球也上不去,这种状况也改变不了。

我:但大家对你们不满意的一点是,你们赚的钱太多了……

郜林:我赚这么多钱,是因为我是这个行业的国内顶尖,我是国家队的队员,我代表国家队超过 100 场比赛。

但是我愧疚。今年亚洲杯结束的时候,我看到智哥哭,他说在国家队十几年,没能为大家带来些什么。我感同身受,我只能说,中国的球员比我郜林好的,如果有 100 个,有 1000 个,中国足球的水平就上去了。

但是现在的情况怎样,大家心里都有数。

我:限薪令,包括中超的一些新政都出台了,这会对未来联赛的发展造成深远的影响。作为球员,你是怎么看待这些政策出台的?

郜林:限薪、新政,每年都有不同的情况、不同的政策,我们早就习惯了。作为球员能有什么想法?老板让你加班,老板让你出差,难道你会拒绝吗?什么时候自己是老板了,可能才有这样的权力。

作为队员,只能跟着政策走,没有别的办法。

我：从 2019 年开始，中国足坛开始出现了入籍球员，这也是一件大事。球员入籍以后，变成了中国球员，但是待遇、名额方面却是外援待遇。所以有很多人担心，这会引起中国球员心理的不平衡和不满，你是怎么看待这个问题的？

郜林：有队员入籍，入籍以后就是中国球员，我觉得无须对他们区别对待。

至于收入不一样的问题，我觉得更加不必心理不平衡，一切都是竞争说话，拿实力来说话。我比年轻队员拿得多，年轻队员难道心里就不平衡了？外援像保利尼奥和塔利斯卡拿得比我多，难道我心里会不平衡？

再说，他们入籍，牺牲了很多，多拿一点钱，我觉得也是很合理的。

我这个人比较简单，一个球队，有踢得比我好的，有踢得不如我的，如何平衡，在于俱乐部，在于球队，让大家拧成一股绳，各自发挥最大的能量，这样的队伍是团结的，有战斗力的，这也是恒大为什么能拿这么多冠军的根本原因。

我：实事求是地说，新政的推出，如果从收入层面上说，对于年轻球员的影响是最大的。你们这些恒大的老队员其实都赶上了好时候，冠军拿了很多，钱也赚了很多。

郜林：冠军、荣誉，是我们赚来的，没有一个冠军是容易拿的，荣誉不是天上掉下来的。

至于钱，那是市场价值的体现。我知道很多人对于钱这个事情耿耿于怀，认为我们不值这么多钱。我们一直在走弯路，一直自以为是，作为队员，有时候也很无奈。我只能说，我们得到的这些荣誉和金钱，是我们努力的结果。在一个特定的历史时期，我们得到了夸张的待遇和关注，但这不是队员的错。

如果中国有 1000 个郑智、10000 个郜林，那郜林就不值一钱了。

这对于我们来说，是幸运的，但对于中国足球来说，是悲哀的。

张琳芃:人到三十才明白

30 岁,而立之年。

在这一年,张琳芃遭遇了足球生涯中的一次重要挫折——在和叙利亚队的比赛中,他踢进了一个乌龙球,导致中国队 1∶2 败北。

采访他的时候,他没有对此避而不谈,他有勇气承认自己的不足。在现阶段,作为任何一个国足队员,都没有什么拿得出的战绩。

能做的,就是继续前行。

乌 龙

和叙利亚队比赛的前两天,训练中张琳芃被队友踩了一脚,脚面肿胀,膝盖也轻微扭伤。

里皮给出的预案是:第一,希望张琳芃能坚持比赛;第二,如果坚持不了,那就换人。所以在赛前一天的训练中,里皮安排了郑铮搭档朱辰杰踢中卫。

"轻伤不下火线"的信念对于张琳芃来说,早已经是根深蒂固,在面对如此重要的比赛时,他无比渴望上场,如果不踢,比杀了他还难受。里皮安排了两个方案,但是他也希望张琳芃能继续踢,毕竟"二进宫"以后,张琳芃是他最倚重的中卫。

比赛当天,上午张琳芃去健身房试了一下,还是不能跳,然后打了两针封闭,但是不起作用,最后又吃了止痛药,脚下的伤终于没有感觉了。

于是里皮决定安排张琳芃首发。

这个伤是否成为张琳芃踢进乌龙球的最直接原因?张琳芃认为并非如此:"踢到最后,其实已经没有感觉了。从正常的技术分析,对方传中,我在防守的位置上想解围,但技术动作没做好,结果变成了乌龙。

"那个球进去以后,我的大脑一片空白,我把头埋在草坪中好几秒,我不知道应该怎么起来。这么重要的比赛,进了这么一个乌龙球,对球队的影响特别大,那种心情真是无法用语言来形容。"

回到俱乐部以后,卡纳瓦罗也对张琳芃进行了分析:面对当时的情况,任何一个后卫都会伸脚去挡对方的传球。"之所以造成了乌龙球,我自己的总结是还是技术原因,动作没有做到位造成的。"

在如此重要的比赛中进了乌龙球,张琳芃承受的压力可想而知,他的俱乐部队友,也是此前的国家队队友冯潇霆和他同病相怜。在与伊朗队的亚洲杯比赛中,冯潇霆也是带伤上阵,结果犯下重大失误,最终中国队0:3失利——那场比赛堪称冯潇霆这些年的转折点,此前一直顺风顺水,此后无论是在国家队还是俱乐部,都急转直下。

冯潇霆和张琳芃开了个玩笑:"有我这个活生生的例子,你就不应该带伤再去坚持比赛,现在看到结果了吧?"

但倔强的张琳芃说:"如果再来一万次,我都会继续选择踢比赛,不

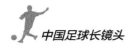

会有任何犹豫！"

从国家队回来以后，恒大面临着三场夺冠战。收官战和申花的比赛，张琳芃的伤还没好，当卡帅希望他首发踢这场比赛的时候，他仿佛已经忘记了带伤上阵会带来的风险。

"没问题！"

张琳芃的妻子用了一句玩笑话来形容他："狗，改不了吃屎……"

里 皮

外界评论：张琳芃一脚踢走了中国球员几十亿，同时也踢走了里皮。

里皮在国家队"二进宫"，作出了人员上的很多变化，变化最大的是后防线：曾经最被他倚重的中卫冯潇霆被放弃，而且是那种公开化的放弃，被点名的冯潇霆、姜至鹏，彻底无缘里皮执教的国家队。

放弃冯潇霆，张琳芃便成为中卫位置上的第一人选，他的搭档是朱辰杰。从40强赛迎战马尔代夫队开始，外界普遍认为，里皮国家队的弱点就是中卫的人选比较单薄。这种说法不无道理，因为中卫人选充裕的话，里皮无须冒着极大的风险让张琳芃带伤上阵。

"他一直是'以我为主'的方针，他可能觉得40强赛面对的小组对手较弱，所以对于后防问题不用担心太多，所以他招进了更多的中前场队员。他觉得我们进攻不够犀利，进球不够是队伍最大的问题。"张琳芃说。

结果呢？结果证明了里皮的担忧并没有错，两场硬仗，客场对菲律宾队和叙利亚队，中国队仅仅打进1球。但更让人感到郁闷的是，中国队在客场输给叙利亚队，导致争夺小组第一基本无望，而输给叙利亚队以后带来的连锁反应更是始料不及。

"教练很生气，回到更衣室训话以后便宣布辞职。智哥（郑智）当然劝阻他，希望他的情绪能冷静下来。我能说什么呢？毕竟是自己犯的错，当时希望教练只是一时激动,冷静以后能够改变想法。但最后的结果,大家都知道了。"

里皮离职以后,张琳芃给他发了短信,内容是:"我辜负了教练的期望,没有把比赛踢好,踢进了乌龙球。"里皮的回复是:"跟你没关系,我感觉没有办法再带领中国队前进,所以选择了辞职。"

就这样,里皮舍弃了2000万欧元的年薪,拂袖而去。张琳芃感到震惊,但冷静下来以后,却感到并非意外。虽然里皮"二进宫"以后,一切都很和谐,离职,毫无征兆。但在细细复盘以后,里皮始终没变,他还是那个一旦认为自己已经无法带领球队前进,就会马上离开的人,无论当时的职位会带给他多大的荣誉和金钱。

类似的情况最早发生在2014年。前一年,恒大夺得了亚冠冠军,孔卡、穆里奇和艾克森珠联璧合,郜林、冯潇霆、张琳芃等人风华正茂,里皮在中国的"历险"圆满成功。

然而到了2014赛季,恒大诸事不顺,只拿到了联赛冠军,而且还是在最后一轮。张琳芃清楚记得,2013年和蔼可亲的里皮,2014年的脾气大得吓死人。

一个赛季,天河体育场更衣室的门,被里皮踹坏了三次。等到赛季最后一轮,客场战胜鲁能夺冠以后,里皮说的第一句话就是:辞职。

与他不再带国家队的原因惊人一致:我感觉已经无法再带领这支队伍继续前进了……

恒大百般挽留,最后里皮只留了半年,当他认为卡纳瓦罗已经可以接班以后,就彻底甩手不干。

2014年的恒大,2019年的亚洲杯,再加上40强赛,里皮做出了三次同样的选择。

性格决定命运。

最后总结:里皮再次带领国家队以后,对于技战术,还是作出了显著

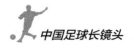

的改变,那就是打得更快。此前强调中场控球,但是这一次,从中卫拿球开始就强调快速出球,这是里皮基于中国队实力在下降这个前提而作出的变化。

但这个"快",中国球员做不到,达不到里皮的战术要求,同样的判断来自于郜林。

郜林说:"我们是中学生,达不到里皮的战术要求。"让人感到悲哀的是,郜林这一批队员达不到要求,而后面的这批队员,其实比他们更差……

郑　智

在和叙利亚队的比赛中,郑智没有上场。

这位国足老大哥,被里皮当作更衣室之宝,但是因年龄所限,在40强赛时,尤其是和菲律宾队、叙利亚队的两场关键比赛中,里皮没有让郑智踢上哪怕一分钟。

郑智是老了。2019年,卡纳瓦罗已经对他限制使用,但在关键场次比赛中,卡纳瓦罗仍然让他上阵。一个最明显的数据是:在亚冠的比赛中,从小组赛最后一轮到恒大被淘汰之前,总共7场比赛,郑智场场首发,表现仍然可圈可点。

"智哥的身体状况一点问题也没有。"张琳芃说。

2018年俄罗斯世界杯期间,恒大在意大利进行拉练,张琳芃和郑智从国家队飞赴意大利报到。到队以后,队里马上安排身体测试,就是跑,各种跑,加速跑、冲刺跑、匀速跑。一向"争强好胜"且身体素质突出的张琳芃,面对38岁的郑智,也落于下风。最后张琳芃说:"智哥,我是真的服了!"

佩服郑智的自律,佩服郑智的身体状态,更得佩服郑智的精神状态,尤其是在国家队,毕竟这十几年的国家队经历,欢乐很少,眼泪很多。就郑智而言,他经历过在国家队点球不进;友谊赛的时候,他的正常拼抢造成了西塞的断腿,从而被骂得狗血喷头;2006、2010、2014 三届世界杯预选赛,他经历了中国队小组就被淘汰的尴尬……

"打进那粒乌龙球,造成了球队的失利。这是我第一次经历这样的时候。智哥当年的感觉,我慢慢开始懂了。球员踢的时间越长,阅历会越来越多,遭遇的事情也会越来越多,有好的,有不好的,不好的东西,只能自己慢慢去消化。"

"寿则多辱"这四个字,需要时间和阅历去理解。在困难面前,有的人选择退缩躲闪,有的人选择迎难而上,尽管迎难而上带来的未必是荣耀,更多的可能是责骂和诅咒。

"每逢面对国家队比赛,尤其是重要的比赛的时候,你说我们的压力会不会特别大?我只能说,压力肯定是有的,有时候的确会很大。因为国家队的比赛,掺杂的东西特别大,社会的期望、球迷的期望很大,大家都对国家队的成绩有要求。现在国家队的成绩不好,久而久之就会形成一种习惯:带着过大的压力去踢球,很难发挥出正常的水平。当然到了场上,踢着,踢着,就会把这些压力忘了。"

里皮认为国家队让他失望,无法打出训练时的水平。根源于此,能否在短时间内改变?

很难。

从国字号的生涯看,张琳芃从 2011 年开始跟随国家队参加亚洲杯,到现在也快 10 年了,按照他的能力和身体状态,他会与郑智、冯潇霆、郜林一样,成为国家队的股肱之臣。

但是在国家队迎接他的是什么,谁知道呢?

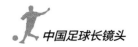

一代不如一代

郜林、冯潇霆是85国青队的队员，他们参加过荷兰世青赛，那一届国青队的表现，成为这十几年中国字号球队的唯一亮点。

张琳芃这一批队员，更好地承接了郜林这一代球员，从张琳芃们开始，国字号球队的成绩直线下滑。

2008年亚青赛，主教练是刘春明。那支中国队拥有张琳芃、吴曦、曹赟定、刘殿座、郑铮、张呈栋等队员，小组赛顺风顺水，打了两场就确定出线。

"我们那支队伍实力挺强的，所以小组赛踢得也很顺利。现在回想起来，那一次没能进军世青赛，有经验原因，也有运气成分。"

和乌兹别克斯坦队的淘汰赛，赢了就可以进军世青赛。双方鏖战，中国队形势占优，对方门将被罚下。因为无人可换，所以点球决战时，乌兹别克斯坦队只能以其他队员客串门将。

但就是这样，中国队居然输掉了点球决战。中国足球名宿马克坚看完这场比赛直播以后，突发脑溢血，被送到了医院，最后溘然长逝。

这也就诞生了日后经常被人说起的段子：看中国足球，真的会要人命……

这支队伍后来由布拉泽维奇率领，参加了伦敦奥运会预选赛，但是在资格赛中输给了阿曼队，连亚洲区决赛都没资格参加。

客场和阿曼队的比赛，那是张琳芃一辈子都不能忘记的比赛，开场5分钟他就受伤下场，吴曦破门以后，曹赟定被罚下。终场前国奥队进球被判无效，还在理论的时候，阿曼队发动进攻扳平比分，最终进入加时赛。加时赛中，中国队崩盘，被对手连进两球，从而被淘汰。

75岁的布拉泽维奇被罚上看台以后，点上一根烟，无奈，不甘。世界名帅挽救不了中国队的命运，就像现在的里皮一样。

这10年间，国字号经历了最多失败的，恰恰就是张琳芃、吴曦这一批队员，"一代不如一代"的诊断，从这时候开始成为评价国字号不变的评语。

也是从这一批队员开始，中国国字号青少年队伍开始大溃退，一直溃退到97国奥队。

极度深寒，长夜漫漫。

"做球员的，只能做好自己，其他的，我们无能为力。有时候，足球已经不再是足球。"张琳芃说。

英雄迟暮

刚刚步入而立之年的张琳芃，仍然处于当打之年，因此恒大从2019年开始进行的更新换代工作，并没有对张琳芃造成什么影响。

但是对于郑智、郜林、冯潇霆这些队员来说，造成的影响是显而易见的。他们从队中的绝对主力，变成了"绿叶"，这种角色转换不是每个人都能适应的。

郑智等人的经历如果发生在张琳芃身上，他可能会受不了。因为自小他就是个训练赛输了都想哭的人，这种争强好胜的性格，始终没变过。

"我会设身处地地想，如果我是替补了，没有办法首发，甚至整场比赛都无法出场，那我会怎么想呢？我心有不甘，我想上场，我想不断地踢比赛，我想不断地赢下去，这就是我最真实的想法。"

因此对于郜林等人的心情，张琳芃完全可以理解，但一支球队前进，必须有人作出牺牲，很残酷，也很真实。

就像他当时不想离开东亚，但是徐根宝必须把他卖走一样，因为只

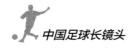

有卖走他和其他值钱的队员,东亚才能继续运作下去。

这些道理,当时不明白,以后会明白;这些情感,当时不理解,以后能理解。

令张琳芃没有想到的是,到了2020赛季,恒大会毅然决然地放弃了郜林、冯潇霆和曾诚等3名元老级球员,这一天来得似乎快了些。

"天下没有不散的筵席",郜林比张琳芃早一年加盟恒大,而冯潇霆和张琳芃同期加入恒大,这些年大家南征北战,冠军无数。

"祝福他们未来的路越走越好。"张琳芃说。

恒　大

2011年,张琳芃从上海东亚加盟恒大。

这是一桩张琳芃不愿接受的转会。东亚和恒大已经谈好了转会费,一切已成定局,但是倔强的张琳芃在接受媒体采访的时候,还是说了一句:"我不想去恒大,我就想跟着东亚冲超。"

东亚和恒大在2010年的中甲联赛中相遇,张琳芃特别想赢这场比赛。比赛中,司职右后卫的某队员被"打爆"了,司职中卫的张琳芃忍耐不住了,他朝着教练席喊:"怎么不换人?"

没有反应,过一会儿再喊:"怎么还不换人?"

教练席上坐着的是范志毅,那可是范大将军啊!他怎么能忍受得了一个"小屁孩"对自己指手画脚呢?

两个人发生了冲突,用张琳芃的话说:差点打起来了。事后冷静下来的范志毅对张琳芃说:"你要明白,任何一个队员都不能对教练的指挥指手画脚。"

张琳芃冲动,但认理,他向范志毅道歉。冷静下来的张琳芃也明白,虽然教练席上坐着的是范志毅,但他能做的事情也有限,毕竟指挥整支队伍的是坐在看台上的徐根宝。

徐根宝没说换人，范志毅怎么可能换人呢？

2009年全运会冠军，差点冲超成功，2010年也有冲超的机会，此时要张琳芃离开朝夕相处的队友，他不甘心，因此才会说出那样的话。

就因为这个采访，他加盟恒大的发布会被推迟了。

到了恒大以后，张琳芃相当苦闷，一方面，要消化转会恒大以后带来的情绪；另一方面，队中竞争激烈，作为一名刚刚从中甲加盟的年轻队员，张琳芃要学的东西实在太多了。

主教练李章洙不会马上给张琳芃机会，踢了两场比赛以后就把他放在了替补席上。郁闷的张琳芃天天加练，他当时正在谈恋爱，女朋友（也就是现在的妻子）来陪他，两个人不是去逛街、看电影，而是张琳芃在加练，女朋友在一旁陪伴，一直到加练结束，然后张琳芃回去休息。

与张琳芃同期加盟的姜宁劝解他："不要把全部注意力都放在足球身上。有空去跟女朋友逛逛街，看看电影，多和朋友接触一下。这样你看足球，可能就不一样，反而效果会更好。"

"好的！"

这是张琳芃的回答，但转过身去，他就又去琢磨如何加练……

性格如此，但无论怎样，他还是感激姜宁这些老大哥的开导："那段时期特别感谢他们，就像一个人大学毕业以后来到社会工作，单位的大哥能够真心指导你，非常不容易，对于我的成长非常有帮助。"

从2011年联赛中期开始，张琳芃逐渐成为主力。那个赛季，恒大提前四轮夺冠，成就了升班马夺冠的奇迹。他们本来有机会以不败战绩夺冠，但是客场输给了长春亚泰。赛前，亚泰主教练沈祥福布置："张琳芃年轻，经验不够，就针对他这边来打。"沈祥福如愿以偿。

年轻队员要交学费才能成长，张琳芃在恒大的成长非常迅速，交的学费不多，一方面归功于恒大强大的实力，可以迅速帮助他成长；另一方

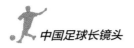

面,他的态度能打动很多人,包括一开始并没有给他机会的李章洙。

2012 年 5 月,李章洙率领恒大在生死战中战胜泰国武里南,亚冠晋级,同时恒大在联赛中排名第一。但是第二天消息传来,李章洙下课,里皮上任。

很多队员表示不解,门将李帅发微博,张琳芃也发微博,发出后不久就被俱乐部的工作人员提醒删除。

"想问题简单。"这是那时候的张琳芃,当年他 23 岁。2015 年,卡纳瓦罗下课的时候,球队成绩和李章洙下课的时候相似,张琳芃也不解,他也想发微博表示对卡纳瓦罗的支持,但想一想,还是算了。

"年纪大了,考虑的事情不一样了。"张琳芃说。

年岁渐增,不会再像年轻时候容易冲动;有些梦想,也只能深深藏在心底,譬如说,留洋。

留　洋

在获得 2013 年亚冠冠军以后,张琳芃已经收获了联赛冠军、杯赛冠军,以及亚冠冠军——收获了大满贯以后,他决定去留洋。

他对经纪人是这么说的:"我就是要去欧洲踢球,钱什么的不要去计较,哪怕不领钱,只要条件合适,我也要出去。"

里皮在任的时候曾说:"在我任内,一个球员都不会离开。"他的态度堵死了张琳芃的留洋道路。

但里皮离任以后,张琳芃的机会来了。他的经纪人很给力,联系了切尔西。切尔西对这位国家队主力边后卫很感兴趣,2015 年 8 月,切尔西向恒大发来了签约合同。

当时切尔西的右后卫位置上,只有伊万诺维奇一人,并没有其他的合适替补,虽然切尔西也有更加年轻的右后卫,但他们必须寻找一名经验丰富的成熟球员，所以把目标瞄准到张琳芃身上，这并不让人感到意外。

值得一提的是，时任切尔西主教练正是"狂人"穆里尼奥，他对球队防守的要求有多么苛刻，这是尽人皆知的事情，因此他必须寻找合适人选来增加后防的厚度。而对于张琳芃，穆里尼奥教练组的评价是这样的：

> 张琳芃有极高的水准，是一名顶级的亚洲球员，并且他拥有在英超立足的条件。

切尔西发来的是合同，不是试训邀请，只要恒大同意，张琳芃签字，他就可以成为切尔西的一员。

合同写得很清楚，张琳芃加盟以后，会被租借到荷兰或者比利时的切尔西的卫星球队，年薪300万美元左右。收到这样的消息，张琳芃的欣喜之情，自然难以言表。

但是真正谈判的时候，事情并非那么简单。当时负责与切尔西谈判的是恒大俱乐部董事长刘永灼，而且夏季转会窗口即将在9月2日关闭，留给双方的时间已经不多。双方在8月31日进行最后一次谈判的时候，刘永灼并没有感受到对方的"诚意"，"既无法保证上场时间，也不能保证张琳芃什么时候可以领取到劳工证，而且拿到劳工证后，也不保证张琳芃就一定可以回切尔西，种种情况都没有给个准确性的答复"。最终，双方谈判正式宣布破裂。

切尔西有切尔西的想法，恒大有恒大的考量，但最接近梦想的一次竟如此结束，这是张琳芃毕生的遗憾。

留洋到底会取得多大的成就，没人敢打包票，但张琳芃后来经常被拿来与日本的酒井宏树进行比较，不光是球迷，还包括队友。秦升认为当

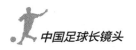

年的酒井宏树远不如张琳芃，当年亚冠郜林都可以"打爆"他。出生于1990年的酒井宏树（和张琳芃年纪相仿），从2012年开始到欧洲留洋，先后加盟了德甲的汉诺威96、法国的马赛，已经在欧洲站稳了脚跟。

而张琳芃的留洋梦想，只能由队友武磊去延续，在武磊加盟西班牙人之前，西班牙人也希望由恒大转入张琳芃，但是同样以失败告终。

"只能说没这个命。以前的想法是，不惜一切代价去留洋，但没有成功以后，年纪也慢慢大了，尤其是家里孩子出生以后，考虑的事情就多了。现在考虑的是家庭稳定，不希望有大的变动。留洋，现在看已经不太可能实现了。"

而立之年

已经是两个孩子父亲的张琳芃，也希望儿子能够去踢球，但能否踢职业足球，那就随缘。

但是他的妻子严正地"警告"他："儿子踢球，踢职业都没有问题，但是千万不能让他小时候就离开我们，不能像你小时候那样。"

张琳芃完全理解妻子的感受，或者说，少小离家的滋味，没人比他更清楚。

从小就离开家，先去青岛海牛，那时候只有六七岁，父母走后，那种思念和无助让他直想用头撞墙；后来去了广东名峰，父母定期会寄吃的东西过去，但拿到汇票的时候，经常会被大孩子"胁迫"着去取，给别人做了嫁衣裳；被杨礼敏教练看中以后，前往崇明岛根宝基地，受欺负的局面才有所改变，但是崇明岛条件艰苦，因此至今最深的记忆还是"吃"……

和他一起在崇明岛待过的张成林，会用古钱币去"收买"宿管员，让他帮忙买吃的；张琳芃的一位英语老师心软，张琳芃有好吃的，经常会把东西放进老师的柜子，然后老师把钥匙留给他，没人的时候，打开柜子吃；实在没东西吃，吃饭的时候就加"老干妈"，所以现在看到"老干妈"就想吐……

这种滋味，他怎么可能让自己的儿子再品尝一次呢？

成为职业球员以后，什么都想吃，但很多东西都不敢吃，尤其是这两年，为了让自己的职业生涯延续更长一点，什么都要忍着。2019赛季，直到联赛结束，恒大夺冠以后，张琳芃终于放纵了自己一把，喝了两罐冰可乐，结果当晚就拉肚子了。

他还与武磊交流，武磊笑他不懂"享受"，张琳芃笑着说："你还没到年纪，过两年你就知道了……"

"到了30岁以后，想法变得简单，一是延续自己的运动生命，这一点智哥是很好的榜样；二是希望让自己家里人生活得更幸福一点。"

这就是张琳芃现在的想法，简单直接。

只不过，未来还有很长的路要走。

这句话对于里皮来说，实在是太合适了。这是对里皮执教中国队的一次全面总结。

里皮无限好，只是近黄昏

2016 年 10 月，里皮在国家队走马上任。

执教了两年半恒大取得巨大成功以后，又观察了足够长的时间，一如他接手恒大之前那样耐心，最终他接过了中国国家队的教鞭。

可能是出于高薪的诱惑，可能是出于使命的召唤，总而言之，里皮开始了他在中国的又一段执教生涯。

两年半的执教，证明了里皮是个好教练，但他依然无法带领已经泥足深陷的中国队达到人们理想中的高度。

里皮无限好，只是近黄昏。

一

2012 年，里皮第一次来中国的时候，很多人自然而然会将他比作另外一个意大利人——马可波罗。在上任恒大的发布会上，里皮志得意满：这是中国足球历史性的一天。

里皮带领恒大到达了巅峰，但这还不够，在接手国家队帅印以后，从他受到的礼遇、身处的地位和将要开展的工作来看，他简直要成为中国足球的"国师"——这哪里还是马可波罗？

当时，里皮的首要任务是带领已经士气低落的国家队，完成最后 6 场 12 强赛。能不能进军 2018 年的俄罗斯世界杯，这不是个硬性指标，毕竟之前的坑太大了。

但冲击 2022 年世界杯，本来就是一个死任务，人们很难相信，半途接手国家队的里皮不去准备下一届世界杯。

然后，两年间风云变幻，天下没有不散的宴席，也自然没有非完成不可的任务，毕竟蔡局都已经去全国总工会了。

但里皮还是幸运的，他的幸运之处，在于他上任之前有足够的时间去了解中国足球，同时他未来得到的支持也是他的几位前任望尘莫及的。

幸运之余也有可惜的地方，出生于 1948 年的他，接手中国队时已经是快 70 岁的人。

已是暮年的里皮，恰逢黄昏时候的中国足球——固然，当时的中国足球正处于上升通道，然而在国家队层面，却是一个还债周期。香港著名足球教练郭家明 20 年前谈及中国足球时就说过这么一句话："一个国家，足协领导可以换，教练可以换，但球员是换不了的。"

一语中的，一语成谶。

没有好的球员，只寄希望于教练的神通，这是可悲的。所以里皮纵有通天彻地之能，也没有办法让国家队"起死人而肉白骨"了。

果然，从短期看，12 强赛的后 6 场比赛，国家队拿到 11 个积分，超出人们预期，但前 4 战仅积 1 分，坑太大，最终无缘俄罗斯世界杯；12 强赛以后，作为整个"大国家队"的总设计师，里皮想在 1993、1995、1997、

1999 年龄段中选一些出色的队员以完成新老更替，但这个过程还没开始就已经结束了，因为这批队员诞生于中国足球最低谷的时代。

整个 90 后这几年全军覆没，连亚青赛出线的资格都没有，是的，没有，一支都没有！

中国足球一代不如一代，职业化以后，最好的国家队是 1997 年国家队，最弱的是 90 后的国字号。最好的那批队员，里皮碰不上，最弱的这批队员却俯拾皆是。据说 00 后的队员会比 90 后好一点，但是以里皮的年纪，已经等不起了。

所以，在整个国家队执教期间，里皮都要倚重 85/87 一代的队员，很简单，因为他们是最后一批在世界大赛上亮相的中国队员——2005 年的荷兰世青赛，给多少人留下了美好的回忆。

君生我未生，我生君已老。里皮无限好，只是近黄昏。

整个国字号的现状如此，也不难明白为什么中国队会先扬后抑，12 强赛的"高光"是里皮功力的一种体现，是名帅带来的新鲜感，15 年后重新进入 10 强赛的刺激，三军用命，里皮老怀大慰，看来接手中国队，无比英明！

但各种新鲜感和刺激一过，中国足球的孱弱暴露无疑。2018 年的溃退乃至亚洲杯上的表现，就是整体性萎靡的一种体现。

即使老辣如里皮，在后期也慢慢失去了方寸。他开始在公开场合越来越多地批评队员，他似乎也不明白，为什么短短一年时间，自己麾下的这支球队，瞬间就迷失了方向？

二

2018 年 9 月 8 日凌晨，卡塔尔多哈的哈里发体育场，中国队 0：1 输给卡塔尔队。

这是场普通的热身赛,但我倒以为这是这支中国队在里皮执教后期的典型比赛。

如果从交手的两支球队中各选一个代表,中国队我会选郑智,卡塔尔队我会选阿里。

郑智,出生于1980年,时年38岁;阿里,出生于2000年,时年18岁。

38岁的郑智,代表着经验,代表着岁月;18岁的阿里,代表着青春,代表着未来。

为什么会选择他们两个作为代表,原因很简单,里皮带来卡塔尔的国家队,是要在2019年1月的亚洲杯上有所作为,所以他要依靠老将;而卡塔尔志在4年后在本土举行的世界杯,所以无论是眼前的这场热身赛,还是2019年1月的亚洲杯,都为了锻炼新人。

两个队的目标不同,便造就了对比赛的取向不同,有老将压阵,自然代表着稳定。比赛前,卡塔尔足协聘请的新闻工作人员印度人阿宾,特意邀请我们几个中国记者去卡塔尔足协参观他们为2022年世界杯进行的准备工作。在等车闲聊的时候,阿宾说:"郑智也来了?我认为,郑智的国家队生涯只能再维持一年了,毕竟他已经老了,明年亚洲杯比赛结束,他就应该退出国家队了。"我说:"不如打赌一下,郑智至少在国家队还能踢上两年。"

但不管一年还是两年,对于郑智是否还能踢下届世界杯,谁的心里都没有底。一方面,为郑智在38岁的年纪还能保持这么高的水平而感到敬佩;另一方面,郑智又折射出了中国足球无奈的现实——如果年轻队员能够迅速接班,你以为里皮不愿意多带一些年轻人来?

那支去西亚连踢卡塔尔队和巴林队的中国队,队中真正的年轻人,只有一个韦世豪。

成熟的中国队和年轻的卡塔尔队,在时隔一年以后,再次在哈里发体育场交锋——中国队想在这里用胜利给自己缓冲一下舆论的压力,而

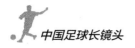

卡塔尔队要做的,是用这批年轻人,去丈量4年后的未来。

那场比赛,中国队完全被碾压,若不是对方上下半场各踢中了一次门框,只怕又要出现一次"惨案"。

中国杯的时候,里皮直接发火,认为队员的态度有问题。这场比赛过后,里皮说,我两个月没见我的队员,今天他们表现出来的东西完全不行。

里皮坚持认为还是态度问题,但那场比赛其实队员们尽力了。总而言之,不是态度问题就是能力问题,两碗毒药总要选择一碗。

态度不好是惨败,态度好了是惜败,里皮终于发现了中国队的天花板在哪里,以这批队员的能力,他们只能踢成这样了。

要不寄希望于年轻人?不好意思,现在的年轻人比这批队员还要差。再细想一下,未来由年轻队员组成的国家队,能力比这批队员还要差,如果中间再出现什么态度问题,那"惨案"岂不是纷至沓来?

然后在10月14日晚上,美轮美奂的苏州奥体,中国队0:0战平印度。

连印度也赢不了,夫复何言。我记得那天晚上,苏州奥体外的"里皮下课"声,与其说是愤怒,不如说是绝望。赛后人们讨论最多的,已经不是里皮的去留,不是这支国家队能在亚洲杯上打出什么名堂,而是:

还是军训吧!你们自己都不争气,还有什么好说呢?自作孽,不可活……

整整一年,从年初的中国杯惨败到最后一场和巴勒斯坦的友谊赛,中国队都在骂声之中,里皮也只能频频甩锅给队员,信心全无,信任动摇,里皮和中国足协还有什么继续合作下去的理由呢?

对于双方来说,唯一的希望就是,中国队在亚洲杯上能有好的表现,这样分手也会体面一点,希望里皮走的时候不要像卡马乔那样一地鸡毛,就已经阿弥陀佛了。

狡如银狐,也开始慢慢泯然众人矣。

三

2019年亚洲杯，里皮执教国家队最后的日子。

小组出线，八分之一决赛逆转泰国，中国队进入8强，四分之一决赛对阵伊朗队。

冯潇霆、刘奕鸣和石柯三个中卫轮番失误，最终中国队0：3输给伊朗队，止步8强。

想体面告别，最后却狼狈退出——输给亚洲最强的伊朗队，是预料之中的事情，但以这样的方式输球，窝囊而无奈。

但这一场惨败，却可以作为标本，伊朗队可以作为一面镜子，让中国队妍媸毕露。

赢泰国，打进亚洲杯八强，这就是中国队的真实水平，在里皮的带领下，稳定在亚洲前八。但是在对阵亚洲一流，例如伊朗和韩国的时候，明显处于下风，这就是二流和一流的区别。更何况，伊朗其实是亚洲超一流的强队，奎罗斯花了8年时间打造的这支队伍，堪称亚洲的叹息之墙。

能稳定在前八，碰到实力相当的对手不落下风，其中还有世预赛战胜韩国的好戏，这是里皮的水平体现。至于中国队的水平要更进一步，短期内不要再想这个问题了。

3个丢球，3个中卫冯潇霆、刘奕鸣和石柯一人背一个锅——如果说1个中卫出现重大失误是偶然，那么3个中卫都掉进同一个坑里，那就有其必然性了。说到底，那是中国队不适应伊朗队的节奏和身体对抗，明显对方在这两个环节要比中国队高出不止一个档次。在冯潇霆出现低级失误以后，里皮用肖智换下他，这显示了里皮的决心，他需要加强进攻让中国队被动的局面稍稍调整过来，但紧接着出现了刘奕鸣的失误。只能说，里皮的赌博失败了，而且这种赌博失败，是刚压上筹码就被清袋的那种。

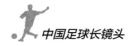

接下来的事情,就是例行公事,中国队不要输得太难堪而已。

这支伊朗队是怎么打造出来的?固然这需要好的队员作为基础,然而不能忽略的是,主教练的稳定,才能让一套战术坚持了那么久。这一点,中国队又不如别人。亚洲杯后,里皮离任,他在国家队的时间是两年多,虽然从人选上说,没有比里皮更适合的人选,但是与其说中国足球让里皮萌生去意,还不如说中国足球主动放弃了里皮。

这是里皮和一批老将们的最后集体亮相,杀进12强赛,打进亚洲杯8强,这就是中国国家队所能做到的极限。现实就是这么残酷。当里皮离开,一大批老将要退出国家队,在这里可以下一个结论:这应该是国家队未来10年最好的"一年"了。

从教练能力和对中国足球的熟悉程度看,很难有人再和里皮相比;从未来国家队年轻球员的能力和经验看,他们也很难和郑智这批队员相比,就以犯错的3个中卫而论,刘奕鸣、石柯的能力和稳定性,不如冯潇霆,但谁也没有想到的是,一向稳健的冯潇霆,居然犯下了如此大错……

没错,因为中国的球员,从目前来说,的确是一代不如一代。球员不如现在的球员,教练不如现在的教练,有什么理由相信,突然之间他们会功力大增,突破现在这支国家队的极限呢?

虽然有很多基层教练说,2006年以后的队员无论是数量还是质量都有了明显提升。我们算一下,等2006年的队员大规模登上国家队的舞台,应该都是2030年左右的事情了。

所以,未来10年,如果你还是中国队球迷的话,早早做好心理准备,可能会让自己舒坦一点。历史是很公平的,走过的弯路,欠下的旧债,总是需要时间去偿还的,而且偿还的时候,希望中国足球不要走新的弯路,不要再欠新债。

至于里皮和他的国家队,这一页,就在这一天,轻轻地合上了。

又一年即将过去了。对于出生于 1987 年的球员来说，2017 年，他们进入而立之年。

30 岁的张文钊，正处于职业生涯的一个瓶颈期。他在恒大上场的机会不多，但他还是能跑的。

"能跑、能突破本来就是我的特点嘛。"

像风一样奔跑的男子

小时候，张文钊跑啊跑。

他的父亲是鞍钢的工人，这位足球发烧友，每天起来干的第一件事，就是把儿子从床上揪起来。

雷打不动的早上 5 点钟，不管是刮风下雨，还是下雪，鞍山铁东区 29 号花园前面的大街，张文钊用双脚丈量着烈士山 1000 多级的台阶。

这个瘦弱但能跑的孩子是鞍山 219 小学的学生，学习成绩很一般，简单来说就是不喜欢读书。

"一看书就困，就头疼。"张文钊说。

但这个看书就困的学生，不会在学校捣乱。读书成绩一般，又喜欢足球，所以他的父亲给他规划的路线就是成为一名足球运动员。

父亲带他到处试训，其中留下独特印记的是大连和深圳。

在大连的一个足校，张文钊尝试了平生第一次去网吧"刷夜"，他喜

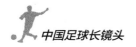
欢"红色警报""星际争霸""CS",在"CS"里面他喜欢当警察。

"因为我充满了正义感！"

但这个 13 岁的少年怀着兴奋之情在网吧刷到两点以后，就已经困得不行,这时候他开始怀念在床上睡觉的感觉。于是偷跑到网吧打游戏的事情从此就跟他无缘了。

有贪玩的心思,但没有贪玩的习惯,少年张文钊就是这么一个人,而他的父亲在给他规划足球成长路线的时候,对他的未来充满信心。

"我将来一定是国脚他爹。"

他的预言终于实现了。张文钊曾经是国家队的常客,2014 年,佩兰率领的国家队在鞍山和科威特队打一场热身赛,张文钊的父亲到酒店来看他。能在家门口看着儿子在国家队上场,这是一件多么光宗耀祖的事情。

张文钊也充满了期待,买了很多票给亲戚朋友,但是佩兰在那场比赛中没有让张文钊上场。

"教练的情商可是真高啊！"

有些情感,张文钊从来不掩饰,对于这件事情他是介意的。佩兰有自己的考虑,球员有自己的感情。

让父亲在自己的亲戚朋友面前有"面子",这是每个人自然而然的想法,更何况张文钊能体会到父亲培养自己的不容易。

为了培养他,父亲把鞍山的房子卖了十来万（张文钊后来把房子买回来了）。没有了一个"窝",张文钊要么在姥爷家住,要么在奶奶家住。

房子没了,张文钊虽然隐隐约约有感觉,但他没问过。

为了和他东奔西跑,父亲后来做生意,长年在外,于是后院起火。

"我父母分开 10 年后,我才知道。"

家没了,虽然隐隐约约有感觉,但他终究还是没有开口问父亲和母亲。

这对父子只有一个目标,那就是追赶着足球,而命运驱赶着他们奔跑,奔向未知的远方。

从鞍山到大连,到深圳,到长春,到济南,到广州,张文钊跑进了他的而立之年。

有赏识他的教练,也有看不惯他的人。

在 1987 年龄段国青队,严厉的贾秀全曾狠狠地给他一个教训。在南非进行的 8 国邀请赛,对阵朝鲜队的比赛中,张文钊上场没几分钟就被红牌罚下,怒不可遏的贾秀全事后右手给他来了一记耳光,张文钊躲开了,但贾秀全左手又上来了,没躲开的张文钊被贾秀全的手表砸个正着。

那 3 天,张文钊的耳朵嗡嗡作响。小伙伴们说:"贾导要打你,你怎么不跑呢?""来不及啊,谁想到他下手这么快!"

对于贾秀全来说,给了张文钊一记耳光,那不过是"打是亲,骂是爱"的一种表现。这次比赛结束后,他就通过经纪人联系了国际米兰,张文钊才有了去国际米兰试训的机会。

"回想起来,那是多么幸福的一件事情啊。"张文钊说。

那时候的国米,有菲戈、阿德里亚诺,伊布也刚刚转会过去,张文钊至今还保留着跟他们的合影,这个中国的少年幸福得差点找不着边际。

在国米,当然打不了意甲,只能在预备队给他报名,但这已经让张文钊很知足了。终于知道外面的世界到底是怎样的……

在国米,张文钊知道自己是不能立足的,但是去中下游的球会倒有机会。国米的梯队教练对他评价颇高,张文钊形容当时的自己:"可能是被鼓励了吧,有些比赛有机会就敢射,而且还能进。"

有了这段经历,张文钊自然而然地保留着一个留洋梦,但可惜种种原因,一直没能成行。

"回来以后有一段时间的确有点迷失,觉得自己挺牛的。现在想起

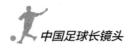

来,真是年少轻狂啊。"

无法留洋,但在俱乐部,张文钊开始崛起。

2009年从深圳转会到长春,2010年亚泰主教练沈祥福给了他机会,352阵型,让他担任翼位,能跑能突破,张文钊的特点能得到充分发挥。2011年,他是全中超突破最多的队员,排名第二的是如日中天的穆里奇。

能突破是好事,但是张文钊踢球的风格,有时候会被认为"独"。

曾经的一位亚泰大哥很不屑地评价张文钊踢球的风格:"就他那个踢法,瞎带能踢得好吗?"

这样的压力,张文钊能感受到。在一场联赛中,他在边路连过3人造成对方门前一片混乱,最后亚泰破门成功。进球后,张文钊跑到时任主教练萨布里奇的跟前怒吼:"不瞎带,这球能进吗?"

不知道翻译是否能把"瞎带"这个词及张文钊的情绪准确地翻译给萨布里奇,但萨布里奇却笑了。

"他是个很好的教练,给了我进攻上最大的自由度。"张文钊说。

所以,那句宣泄式的怒吼,其实是吼给别人听的。

关于他踢球的风格,张文钊还跟长春当地的一位记者发生过语言冲突。张文钊直接打电话给这位同行:"你觉得你这样说话客观吗?你会踢球吗?你怎么客观评论无所谓,但你现在的说法根本就是不懂,这么乱说是会影响到球员饭碗的!"

直到现在,张文钊对一些评论员都很不屑,譬如他批评一名当红的解说员:"什么都不懂,还以为自己很懂。如果有机会的话,我真想跟他打擂台,看看他到底有多少斤两!"

在他认为的原则问题上,他从来不掩饰自己的情感,就像后来离开长春亚泰到山东鲁能。在转会之前,他说了这么一句话:"我希望能到更大的平台去。"

就这么一句话，似乎激怒了很多亚泰球迷。但张文钊至今不后悔自己说过这句话："这就是我真实的想法，球员追求更大的平台去发展，有错吗？"

从长春亚泰转会到山东鲁能，张文钊遇上了国青队的队友戴琳。

87/88 国青是一支特殊的队伍，他们处于奥运年龄段的夹缝，然而这个队的成才率比奥运年龄段还要高，崔鹏、蒿俊闵、王永珀、于海、黄博文、曾诚、荣昊、于汉超、杨旭、郑龙都是这支队伍里的队员。

在国青的时候，张文钊和戴琳还只是互相"略有好感"，转会到鲁能以后，两个人堪称"如胶似漆"。

他们这种"铁哥们"的关系，外援也知道。在转会到恒大以后，张文钊作客山东，塔尔德利跟戴琳说："瞧瞧，你'老婆'回来了！"

"我也不知道为什么会这样啊，人啊，可能就是讲究个缘分吧。"

戴琳，曾经"恶名远播"，对于他的"恶汉"作风，张文钊说："他是踢中卫的，这个位置本来就要求硬朗，有杀气。但他生活中却是个刀子嘴豆腐心的人。"

两个人经历过这么一件事：晚上在外面吃点晚饭，然后喝了点啤酒，这种情况下不能开车，然后叫了代驾。偏偏那天代驾是个新手，路找不着不说，还把戴琳的豪车给蹭了。

于是戴琳劈头盖脸地把代驾司机臭骂了一通，这个司机"瑟瑟发抖"，豪车啊，接下来怎么办啊？

骂完司机，出完气以后，戴琳把手一挥："你走吧，这车我自己搞定了。"然后拿出 200 块："这么晚了，你也不容易，拿这钱打车回去吧！"

"戴琳就是这么一个人，"张文钊说，"而且现在，他在场上的脾气和表现和以前也不太一样了。"

为什么？也许是每个人都在变吧，他们这批队员也都进入而立之年了。

有家庭,有孩子,以前是孑然一身,现在是老婆孩子热炕头。

以前曾经追求的足球梦想,现在已经成为养家糊口的职业。

2016年转会到恒大以后,这一年的时间对于张文钊来说,是个煎熬的过程。

在转会到山东鲁能以后,他的上场机会也不算多,到了2016年的时候,鲁能决定把他转出去。

对他有兴趣的包括恒大和国安,最终他选择了恒大。"这可能是命中注定,恒大要我,证明我还有这个能力。"

但到了恒大以后,他的境况跟在鲁能的时候差不多。

以2019年为例,他上场的次数不多,从数据上来说,也只有一个进球一个助攻。另外在和辽宁队的比赛中,在落后的情况下,他替补上场制造了一个点球,成为恒大得以逆转的关键。

"现在自己也成为老队员了,能想通一些事情。在恒大,竞争是激烈的,能不能上场,那得看教练的安排。反正对于我来说,平时好好练,让我上场就好好踢,其他的,想得再多也没用。"

恒大的边路好手很多,譬如说和他同样年纪的于汉超。于汉超来到恒大以后,也经历过从替补到主力的过程。

对于这一点,于汉超的总结是:"你在别的队可能是进攻核心,但到了恒大,需要你做的事情和你的角色定位不一样。在恒大,踢边前卫你需要从防守做起,先从脏活累活做起。"

这段话,张文钊听着。在和辽宁队那场比赛制造点球以后,他说:"其实突破就是我的特点,只不过这两年可能上场的时间少,大家都忘了我这个人还是会突破的。"

那场比赛结束后,他受伤了:"还是我自己的身体状态没有调整到最好,到了30岁,身体的机能会发生一些变化,现在我的目标就是智哥(郑智),他是我们这批队员的榜样。"

越活越单纯,越活越"无趣",这是张文钊现在的生活状态。

他已经离了婚,对于前妻,他说:"那时候年轻冲动,于是就结婚了。我不会记得什么认识的日子,因为对于我来说,她就是我生活中的匆匆过客,所以有什么值得回忆的呢?"

所以,他又变成一条"单身狗"了。

训练或者比赛完毕,回到自己在恒大的家,看看电影,吃吃饭,就是生活的全部了。

"我自己是个无趣的人,所以我就喜欢看搞笑的电影。例如周星驰的《大话西游》,那是我的挚爱。"

但其实,《大话西游》是一出搞笑的悲剧……

心态不平静的时候,他会看一些"鸡汤文章",看完以后:"哎,说的毕竟都是别人的事情,别人的感受。"

这碗鸡汤还没什么用……

他勾勒了一个画面:当某一天,我不再在球场上奔跑,第二天,我就去海边找个小屋度假,我是宅男嘛。

"但我吃不了生冷的东西,肠胃不好,海鲜不适合我。"

他还有一个心愿,就是援建一所山区小学:"那里的孩子们太艰苦了!"

一年圣诞前夕,冯潇霆举办了一个足球公益慈善赛,邀请了一些新疆的孩子来广州踢球,张文钊是唯一到场的队友。因为在休假期间,只有他这样的"单身狗"才是那样的"无所事事"。

他跟孩子们踢得很开心。"在他们身上,我又仿佛看到了小时候自己奔跑的样子。"

那一年,于汉超坐船从大连到上海冬训,五等舱,两天两夜的颠簸让他昏天黑地吐了一整天。

那一年,于汉超和队友们战绩不佳,在酷暑时节,从旅顺跑回了30多公里以外的夏家河子。

那一年,于汉超经历了两次手术,多个月的休战后胖了30斤,然后,他用了45天,又减了30斤……

那一年……

曾经的那些波折和不顺,在30岁这样一个微妙的时间点,于汉超已经可以看淡:"我后来对自己说,男人到了30,对自己好一点,该经历的事情已经很多了!"

那个跑了30公里回到大连的男孩,跑进了"要对自己好一点"的30岁

生于大连

东北三省,计划经济时代,那是"共和国的长子"。

这片土地上大大小小的工矿企业,星罗棋布;厂矿大院,生活着无数的厂矿子弟,而大连人于汉超就是其中的一个。

父亲于东光和母亲方国凤都是大连水泥厂的职工,不仅如此,于汉超的奶奶也在该厂工作,他的姥爷是厂里的工程师,二姨在水泥厂的图

书馆,小姨则是水泥厂中学的老师。

毕竟在足球城,父亲于东光是个足球爱好者,也就是顺理成章的事情了。

于汉超小时候淘气,特别"皮"。刚上学的时候,父母给他报的兴趣班是美术。画画,这显然不符合于汉超的胃口。

"你家孩子太皮了,别让他画画了,还是让他去找个运动项目吧。"培训班的老师说。

运动项目,自然是足球。于汉超的一位伯伯认识大连业余足球界的几位教练,几经联系后找到了东北路小学,测试合格的于汉超,结束了自己"不成功"的画画生涯,正式进入这所号称"全中国第一"的足球小学。

从此,父亲陪着于汉超在足球道路上成长,而母亲则在背后默默支持,照顾他的起居。

"我们家是普通的工人家庭,收入也不高。为了给我增加营养,他们的大部分工资都给我买牛肉吃啦!"于汉超说。

严厉的父亲主外,坚韧的母亲主内,这是中国人家庭的传统模式。

父亲对于汉超很严厉,这种严厉体现在两方面:足球以外闯的祸,那是少不了一顿打;足球以内的,少不了一顿骂。

进入东北路小学不久,每天练完以后回到家,父子俩还会到家附近一所小学的球场去加练。球场是土场,这个场地是开放的,你于家父子可以来练球,别人也可以在这里练车。

刚踢球不久的于汉超,颠球、带球达不到父亲心里设定的标准,焦急的于东光越看越生气,他一脚把球踢到了旁边的车上,然后开始骂:"这里是踢球的地方,不是练车的地方。"

于汉超心里也憋屈,也开始骂:"都怨你,在这里瞎开什么车!"

父亲更加生气,把练车的人骂走以后,然后对着于汉超一顿踹:"球

踢得臭,还把责任推到别人身上!"

…… ……

"在我完全成长独立以前,我爸都是我足球道路上的主导者和设计师。这种事情在当时那个年代是免不了的,很正常。"

父亲的期待,像鞭子一样抽着于汉超快速成长,毕竟他去东北路小学的时候,已经比同龄人晚了几年。

在足球上起步晚了一点,在"大院"里面,父母之间对于孩子的比较也是无形的。在大连水泥厂的子弟里,有读重点大学的,有直接出国的,也有走其他路线的,踢球的还不止于汉超一个呢!

于汉超终于还是踢出来了,一步步,从孩子到职业球员,到中超,到国家队。但无论踢到什么级别,当初一起踢球的发小们的那份感情还在。

所以于汉超自嘲:"其实我自己踢球的装备比他们还差。"每次赞助商发衣服鞋子的时候,于汉超都会把合适的留下,回到大连以后,就把这些鞋子衣服送给当年同在大院里踢球的小伙伴们。

于汉超人生中的第一个 10 年,关键词就是"家""大连""东北路"。大连,他生于斯,长于斯,所以不难理解,在 2012 年底转会的时候,他首先选择了大连阿尔滨,而不是广州恒大。

2014 年,于汉超转会到广州恒大以后,里皮说:"你来晚了两年,你错过了两个联赛冠军和一个亚冠冠军。"

长于东北路

进入东北路小学,是于汉超的足球起点。

父亲的焦急可以理解,这所小学,1985 年龄段有冯潇霆、董方卓,1986 年龄段有秦升、崔鹏、赵明剑,1987 年龄段有杨善平、丁捷,小一点的 88/89 年龄段有杨旭、王大雷等,竞争之激烈可想而知,而于汉超进来的时候,别人都已经小有名气。

哦,忘了,那时候在东北路有"小球王"之称的,是出生于1986年的姜晨。

"幸好我又勤奋还有点天赋,不然怎么追得上他们啊!"于汉超说。

加练,是于汉超的常态,咬牙也必须赶上。

在东北路小学,最早带于汉超的是郭敬东教练,这是一个真正把队员当自己孩子的教练。

东北路小学每年都要去南方冬训,家庭经济条件宽裕的,孩子可以坐飞机去,经济条件一般的,坐船往返。

大连与上海之间两天两夜的海路往返,对于于汉超他们来说,是家常便饭。

从大连出发到上海的路上,一般风平浪静,感受不深刻;而从上海返回大连,顶风而上,住在五等舱的于汉超和队员们苦不堪言。

"五等舱其实已经在水面下了,轮船颠簸,一会儿入水,一会儿出水,那种感觉太难受了。"

一堆人在五等舱,有精力的可以从五等舱一路跑上去,直至跑到甲板上;而受不了的,则在晕船中感受着天旋地转。

"有一次吐了一天,整个人昏昏沉沉,我们郭指导就在旁边无微不至地照顾我。"

不仅如此,某年在浙江嘉兴冬训,因为天气阴冷,小队员们便在宿舍里用电炉子取暖,结果发生火灾。于汉超随身的衣物没有了,父母给他的零花钱也没了,还是这位郭敬东指导,照顾着于汉超的饮食起居。

"我父母说,教练你先把账记着,回到大连以后把钱还给你。但他说不用。那个年代这种互相信任的感情,真的是用多少钱都买不到的。"

除了郭敬东,于汉超至今仍记得在东北路小学时教过他的各位教练:王国新、孙福宝、谭德福,门将教练小邓。当然还有他曾经的班主任,

沈静。

"我最擅长的科目是语文,沈老师就是教我们语文的。我们这帮踢球的孩子,其实成绩都不错,很多都是三好学生,我自己也是,还拿过体育标兵。"

这位于汉超曾经的班主任,现在已经是东北路小学的副校长。

当然还有一个人曾经在于汉超的足球道路抉择上一锤定音,那就是东北路小学的总教练柳忠云,他带着这批 1987 年龄段队员的时间最长。

柳忠云非常严厉,尤其是当队员们达不到他的技术要求的时候。"严师才能出高徒",这是他的宗旨。

当这批队员准备小学毕业进入中学的时候,是否在足球道路上继续下去,成为每个家长的疑问。

于汉超的父亲同样问:"他到底是不是踢球的这块料? 如果不行,我们就不练了,赶紧到别的中学去,进行正常的文化课学习。"

柳忠云说:"你家孩子有前途,踢球是块好料,放心让他去踢吧。"

就这样,一锤定音。

"他们对我的足球道路影响非常大,我至今都感谢他们。"于汉超说。

在东北路小学,于汉超还得到了日后一直被叫的外号:猴子。

"那时候小,长得又黑,耳朵又比较大,所以就被他们取了这个外号。"

对于这个外号,于汉超不服气,也不喜欢,但是这个外号是比他大的队员起的,打也打不过,唯一能"报复"的方式,就是也给他们取外号。

"我以前不喜欢这个名字,一点也不喜欢,现在可能我也不喜欢。但时间长了,就慢慢接受了,以前叫猴子、猴子,后来叫猴哥、猴哥……"

"猴子"会骂另外一个人"猴子"? 这是不可能的事情。

在一年恒大和富力的比赛中,于汉超和富力外援乌索发生过冲突,事后乌索说于汉超骂他"猴子"。于汉超说："我没有骂过他，当时这件事情出来以后，我不想多说话，也不想让这件事情继续发酵下去。当时斯科拉里主教练也说要保护自己，不要对外发声，让事情慢慢淡化。你想想，我怎么可能骂他猴子呢？不过事情结束后，他报复我却受伤了。现在我还是希望他能够早日康复，回到赛场上吧。"

在东北路，于汉超开始慢慢成长，这里有他的教练，他的老师，当然还有他未来的妻子。他的太太邱笑寒是他在东北路小学读书时的同班同学，缘分就是这么奇妙，当于汉超离开大连，在沈阳开始他的辽足生涯时，他的太太则在沈阳的东北大学上学。

"我们之间没有太浪漫的故事，但这段姻缘是上天注定的。"

从旅顺跑回大连

从东北路小学毕业，于汉超这批队员落在了一个叫程显飞的人的"手里"。

这位类似于徐根宝的教练，刚刚离开当时的大连实德，把自己的希望寄托在了这批孩子身上。

吃、住、训练、比赛的费用都由他负责，程显飞把这批孩子带到大连铁路队。于是在 1999—2003 年，在大连的夏家河子，于汉超开始了他向职业球员的最后冲刺。

每周要跑两次旁边的山坡，这是体能训练科目，最多的时候是一天三练。程显飞笃信，梅花香自苦寒来。

但最难忍受的是，初冬时在夏家河子的海滩上训练。严寒中，海滩上还结着冰碴儿，于汉超和他的队友们就这样练着他们的一打一、二打二，各种摸爬滚打。训练的时候身体还是热乎乎的，不觉得冷，当训练一结束，每个队员的身上都重了两三斤，这时候凛冽的海风刮过来……

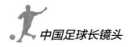

"条件就是这么艰苦,得一步一步熬过来。现在想起来,那也是磨炼人的意志的一种方式吧。"

对这支队伍,程显飞自然是充满了期待,但某次在旅顺的比赛,队伍踢得非常差,怒不可遏的程显飞决定:

踢得这么差,别想坐车回大连了,你们就从旅顺跑回大连去!

那正是酷暑时节,这批队员从旅顺跑回30多公里外的夏家河子,途中实在受不了,就到农家去讨水喝……

"小孩那时候不理解,但现在想起来,程导为了让我们成长,真是什么招数都用了。"

在程显飞的带领下,这批队员的潜力和价值慢慢显现出来。2003年,辽足俱乐部决定用290万元的价格把他们集体收购。这个消息传出来以后,大连实德俱乐部坐不住了。

实德俱乐部开始和家长们接触,希望他们留在大连。于汉超听到这个消息,自己的想法是:"那时候在辽宁队已经注册了,所以根本不可能再去实德。如果去了,那就是双重注册,那是违规的。所以虽然当时有的家长和队员有分歧,但我自己连想都没想过这个问题。"

这一年,于汉超16岁,他开始有自己的独立主见和想法,去辽宁——虽然那支十连冠的辽宁队离他很遥远,但"辽小虎"的余威犹在,毕竟1999年他们还差点创造了凯泽斯劳滕的奇迹呢!

而程显飞也完成了培养这批球员的使命,这位于汉超口中可以媲美徐根宝的老教练,现在已经在昆明市足协,继续他培养中国青少年球员的生涯。

辽宁,辽宁

2016年,于汉超代表广州恒大又一次回到沈阳面对辽宁队的时候,他在自己的朋友圈发了一张照片,照片上的于汉超,青涩,胡子刮得异常干净。配的文字说明是:"每次回沈阳都感慨万千,我的青春,酸甜苦辣回忆起来都是甜的!"

对于汉超来说,沈阳是他祭奠青春的地方——从16岁开始,他们1987年龄段的一批孩子来到辽宁队,一路奋战到2012赛季,离开辽宁加盟大连阿尔滨的时候,于汉超25岁。

在辽宁奋斗了快10个赛季,如今再回来已经是物是人非,"现在我们一批的,还留在辽宁队的,只剩下一个杨善平了"。而到了2017赛季,辽宁队最终降级的时候,连杨善平都不在了。

大浪淘沙,各闯天下。"冠盖满京华"的繁华,往往以"斯人独憔悴"告终,留下的只是一段段回忆。

对于汉超来说,辽宁队是他的家。

但这个"家"的硬件环境,可不怎么的。转会到辽宁队以后,在"辽足大院"里待了一年,之后就搬到了郊区的万林基地。

这个基地"好"到什么程度呢?用当时主教练马林的话说:"那就是在马路上种了几棵草吧。"

但这些,于汉超都习惯了。刚到辽宁队,他注意到,当时的守门员主教练蒋立升年事已高,要他对着几名门将传中、射门,显然勉为其难。守门员两点半开始训练,球队三点半开始训练。于是他问:"蒋导,我能提前来,帮你搭把手吗?"蒋立升说:"那当然可以了。"

于是于汉超每天都会提前一个小时进行"加练",他加练的对象是门将马东波、张鹭和崔凯。

"首先自己有勤奋,那才有机会啊。"

2005年,这批18岁的孩子,开始被王洪礼和唐尧东派上中超赛场。于汉超也开始了他在辽足的喜怒哀乐。

从最早的1000元钱一个月,慢慢涨到3000元。在2008年辽宁宏运

接手以后,工资再慢慢涨一点。辽宁队给了于汉超一个舞台,但这个舞台实在有限,和其他同样年龄,同样的中超队员相比,于汉超这批队员赚得非常少。

2011赛季初,当于汉超要重新和辽宁队签订合同的时候,麻烦事来了。

按照辽宁队方面的意思,其他的队员,提供的合约大约是50万元左右一年。作为队中最受关注的"双子星",杨旭和于汉超的合约薪水究竟定多少,这是一个难题。杨旭是最后签约的,比其他队员高一些。对于这个数目,于汉超并不认同,但很明显,杨旭已经签了这个数目,于汉超就算再多,也多不到哪里去。

为了维护自己的权益,于汉超最终选择了不签合约。他向俱乐部提出:"这样吧,我的合同直接和球队成绩挂钩,如果我的个人表现能达到一个具体的目标和成绩,你们给我这个数目(鉴于涉及个人隐私,略去具体数字)。"

当时负责和于汉超谈合同的是俱乐部总经理黄雁,他答应了于汉超的要求,但是没有合同,仅仅是一个口头上的君子协定。

于是在整个2011赛季,于汉超是在没有签合同的背景下完成了整个赛季——平时只能靠俱乐部的赢球奖来维持自己的生活,大概赢一场球能拿到一两万块钱。

于汉超憋着一股劲,那一年的辽宁队也憋着一股劲,最终他们成为中超第三,获得了亚冠资格(不过他们最终放弃了参加亚冠的资格),而那一年于汉超也以12个进球成为中超的本土最佳射手。

球队表现出色,于汉超表现出色,辽宁俱乐部也爽快,最终兑现了诺言,于汉超的这次"豪赌"赌对了。

"我既维护了球队的战绩,也维护了自己的利益。"于汉超说。对辽宁队和于汉超来说,这是一个两全其美的事情,但从另外一个角度看,这也是一个明明白白的信号,像辽宁这样的小俱乐部已经很难再留住自己的明星球员了。你总不能指望年年都和于汉超去"打赌"吧,也总不能指望自己年年都能杀进中超前六吧?

果不其然,2012 年,辽宁队成绩大滑坡,陷入保级圈,这也和队中多名核心队员长期受到伤病困扰有关,而于汉超就是其中一个。

上半年是脚腕受伤,下半年是大腿受伤。但没办法,为了辽宁队能保级,受伤也要上。上半年已经打过 3 次封闭,下半年的大腿拉伤更是麻烦,打完一场比赛就要休息 4 天,只能在赛前两天参加训练,然后如果觉得伤还是有影响,那就赛前一天再打一针封闭。

于是,那个赛季,于汉超为了辽宁队保级,打了 7 针封闭!最终,在最后一场的最后 10 分钟,辽宁队才惊险保级成功。于汉超跪谢球迷,一为球队保级成功,二来是他要离开辽宁队的日子也越来越近了。

于汉超从来没有后悔过那 7 针封闭,因为没错,辽宁队就是他的家——就像《笑傲江湖》里的令狐冲,虽然他日后神功大成,声望日隆。

然而他本来只是想做个无忧无虑的华山派大师兄,单恋一下小师妹岳灵珊,和陆大有去喝喝酒,被师父师娘责骂一下,如此而已……

但这样的生活终究是要结束的。

2012 年底,于汉超转会到大连阿尔滨。在离开辽足的时候,辽足总经理黄雁说了这么一句话:"他为辽足做出了很大的贡献,无论是顺境还是逆境,无论是之前还是成名后,他都将球队放在第一位。"

知道内情的人,自然知道这句话的分量和含义。

当年的于汉超在辽宁有多红?仅举一个小例子:

2012 年,25 岁的于汉超受民主党派的推荐,进入了民革,成为辽宁省最年轻的民革党员,而现在的于汉超是辽宁省民革一个支部的副主委。

但反观辽宁队,在于汉超等队员离去后,实力江河日下,更是遭遇降

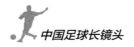

级。如果能选择的话,于汉超何尝不想带领辽宁队站上冠军的奖台?

"我其实很羡慕上港现在的这批队员。他们在一起一步步成长,俱乐部也在财力上支持很大,好的外教,好的外援,带领他们向冠军发起冲击。而我们这批队员,也是一起成长,但是我们,包括以前的'辽小虎',都没有这么好的环境。现在我只能说,我们这批人都尽力了。"

虽然于汉超最喜欢的是粤语歌,谭咏麟、张学友的演唱会,他有机会都会去听。但如果要形容他在沈阳、在辽宁队的那些岁月,可能汪峰《北京北京》的这几句歌词更加贴切:

> 我在这里祈祷,
> 我在这里迷惘。
> 我在这里寻找,
> 在这里失去。

我不相信命运

2017赛季,联赛恒大主场对阵上港,于汉超一个进球一个助攻,创造一个点球,成为恒大主场3:2获胜的最大功臣。

比赛结束以后,于汉超说:"大家都知道我的职业生涯比较曲折,因为受伤,因为转会,经历过很多事情。我不相信命运,要想改变命运唯有靠我自己,所以我对于每一脚出球、每一次训练都非常认真,我就想在剩下的比赛中表现自己,改变命运。"

如果信命,很多事是命中注定;如果不信命,那就要扼住命运的咽喉。

"如果从足球的总体生涯看,你可以说我比较顺利,一步步成长起来。如果说不顺利,那么我应该是我们这批队员里面最不顺利的。"

这些不顺,首先和伤病有关。

2006 年,辽足面临关键的保级战,于汉超在发烧的情况下带伤上场,开场 10 分钟便受伤,坚持了大半场被换下,其后的诊断是右膝半月板撕裂,内侧副韧带断裂。其时的辽足,正处于托管状态,内忧外患之际,也没有人去负责他的手术,于汉超只能和父亲一起去寻找最佳的治疗方案。

其时的于汉超也是 1987 年龄段国青队的一员,主教练贾秀全说:"一个月后,希望你能康复,我要在印度的亚青赛决赛看到你。"

先是在天津,通过国青队的关系联系医生做了手术,但这一次手术非常不成功,休养了 3 个月后,只能寻求第二次手术方案。多方打听,还是去北医三院。

第一次去北医三院,于汉超的父亲凌晨 4 点就开始排队,和号贩子在一起,为的就是挂上某位专家号。好不容易挂上号了,这位专家的诊断是:一点问题也没有,回去休养吧。回到沈阳以后,腿依旧不行,又一次挂号,这次这位专家不耐烦了:"怎么又是你,告诉你没事,赶紧回去吧!"

回到辽宁队,当时的辽宁队队医裴钧昌牵挂着于汉超:"你这个腿还不行啊,你得找北医三院的田德祥。"

这位田大夫当时已经 80 多岁了,一周只出诊一次。于汉超的父亲前后去了北京三次,才挂上他的号。田大夫的结论是:"第一次手术效果很不好,必须进行第二次手术。"

第二次手术成功了,只不过第一次手术时在骨头中留下的那根钢钉,永远都取不出来了。而贾秀全在亚青赛看到于汉超的希望早就成为泡影。

这两次手术结束以后,于汉超回到队里,主教练唐尧东看到于汉超,第一句话是:"你先去减肥吧。"

队友们看到于汉超也吃了一惊,这是那个以速度和突破见长的于汉超吗?

那时候的于汉超,足足胖了30斤。

"我看到教练的神情和队友的神情,可能有的队友觉得我于汉超,职业生涯已经到头了!"

不相信命运的于汉超,在助理教练陈洋的带领下每天咬牙加练,用了45天的时间,他减掉了30斤,并且回到赛场。

那一年,于汉超20岁。

于汉超至今还记得在20岁那一年的生日愿望:"我从来不会许什么大的心愿,当时的心愿就是早日战胜伤病,回到赛场。"

而巧合的是,在他30岁的时候,又是刚刚康复的时候。2016年8月,在恒大主场和国安的比赛中,于汉超被国安后卫克里梅茨撞至腰部骨折。在2017年他生日的时候,恰逢恒大踢超级杯。

"我后来对自己说,男人到了30,对自己好一点,经历的事情已经很多了!"

在那个赛季结束后,于汉超做了他人生中的第三次手术,前往欧洲。这些年他其实一直在带伤作战,虽然影响不大,但这个假期,无论是卡纳瓦罗,还是里皮,包括国家队和恒大的医疗团队,都希望于汉超趁着休赛的时候把手术做了,以免给日后留下更大的隐患。在假期把手术做了,然后进行康复训练,不影响下赛季的比赛。

于是于汉超这才动身赴欧洲,完成手术后,返回大连家中进行康复训练。

"第一次手术是老爸陪的,第二次手术是老妈陪的,第三次手术是老婆陪的。"

本来按照惯例,在欧洲做完手术以后,于汉超应该回到广州进行康复训练,不过于汉超已经一年没回过家,于是提出回大连,自己联系康复中心来康复。但恒大知道情况后,还是特意把队里的康复师和队医王京士派到大连帮助于汉超单独康复。

"这就是我们恒大俱乐部做得职业的方面,讲人情的方面。"于汉超说。

三十感悟

30 岁,这是一个微妙的时间点。

球场上,很多事情已经想通。于汉超说:"无论是首发还是替补,每个队员都有自己的责任,有自己的任务。教练用你,怎么用你,要你干什么,自己心里清楚,上场以后,把自己该干的事情干好,那就是你立足的基础。"

"我们队竞争激烈,这大家都知道,但我们这种竞争是良性的竞争,大家私底下有很多交流和建议,在这样的集体中,我感到很幸运。"于汉超说。

"外界经常是这样,这场比赛你进了个球,可能就觉得你状态好,有一个明显的失误,可能就觉得你状态差。但足球不完全是这样的,有时候他这场比赛没有进球,但他在进攻和防守中的参与不应该被忽略,有时候可能会有个失误,但他其实全场比赛发挥都很出色。球队是一个集体,每个人的工作都不能忽视,尤其是在联赛中,赛季那么漫长,比赛那么多,也许某一场比赛,某个队员的某个动作,某个时候的爆发,就能决定一场比赛的胜负。如果大家能更多地关注这些,我觉得会更好。"

球场以外,想得更清楚。

"由繁入简。在队里,我年轻的时候就喜欢闹,现在可能闹得更欢了。但回到家里,就希望特别的简单。平时跟家人一起,譬如说跟老婆吃饭看电影,陪陪女儿玩。现在,我的一些社交平台都不怎么更新了。"

当然有些东西是不变的。于汉超从小就喜欢三国,《三国演义》也看,三国的正史也看。"现在长大了,特别喜欢看易中天老师的《品三国》,他让我对三国的了解和眼界又提高了一个层次。"

不变的还有对足球的一份初心——有记者曾经发起一个对恒大一位身患白血病学生的捐赠活动,当时于汉超得知消息后,二话不说就捐赠了一笔巨款,他的朋友也通过他捐款。另外他平时对一些青少年球员,一些青训的基础设施,进行着默默地捐赠和建设工作。

"从我自己的角度说,从我自己的足球天赋和能力来说,我已经尽自己最大的努力希望做到最好了。踢到现在,最感激的是在我的成长过程中一直碰到那么多关心我、帮助我的人,希望自己以后做一个没有压力、开心、轻松,身边没有复杂的人际关系,而且还有能力成为乐于助人的人!"

"虽然我来自南方,却有冰一样的表情。"这是一句歌词,来自陈升一首传唱度并不高的作品《青鸟日记》。

如果把南方比作火,把北方比作冰,那么早早离开长沙的黄博文内心还是喜欢"像冰一样"的北方。

毕竟北方在他身上,留下了最深的烙印。

虽然我来自南方,却有冰一样的表情

金麟岂是池中物

长沙1103工厂,这个工厂是黄博文父母工作的地方。

黄博文作为一个厂矿子弟,从小就是在一群孩子中玩出来的。父亲不喜欢足球,喜欢的是篮球。在宿舍大院里,孩子们也是打篮球的居多。但黄博文天生对足球感兴趣,拿着球就喜欢往墙上踢。

毕竟长沙不是传统的足球城市,父母也不知道黄博文这种对足球的喜爱来源于哪里。踢球之前,母亲"诱惑"他去跳舞,每天去压韧带、练动作。黄博文"苦不堪言"。母亲用巧克力诱惑他:"好好跳,给你巧克力吃。"黄博文却一次又一次地摇头。

小学,那是在仰天湖小学,就在贺龙体育场旁边。黄博文一边踢球,

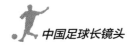

一边还要在体校接受田径训练,练的是中长跑,这项枯燥的运动又成为一种烦恼。"那时候踢球的教练和田径的教练互相商量好,哪几天练踢球,哪几天练田径。练田径那几天,我的头都是大的。"

什么叫天赋,大概专一的喜爱也算。最终足球打败了篮球、舞蹈和田径,成为黄博文一生的喜爱和职业。

家长总是拗不过孩子的。在仰天湖小学,黄博文在启蒙教练梁惠湘的带领下一天天成长。踢球也是需要花钱的,家里情况一般,母亲的身体也不太好,重任基本落在父亲身上。

"业余时间父亲去开出租,开摩的,找人借钱让我踢球。"

夫妻之间说得最多的一句话是:"孩子既然喜欢足球,我们尽最大的努力,别让他长大以后埋怨我们。"

家庭情况如此,黄博文能做的就是,从小自己照顾自己。从一年级开始,他就习惯了自己坐公交车回家,4路或者104路。黄博文还要比较两条公交线路的优劣:4路,要走一段才能上车,但能直接到家;104路嘛,就在学校门口,但下车以后,走的路会更远。

"踢球脑子灵活。"这是从小到大所有教练对黄博文的一致评价。这种"灵活",也许来源于小时候的一次次计算。

等到小学毕业的时候,长沙重点中学雅礼中学(足球传统中学)已经给黄博文预留了学位,但黄博文的父亲却决心带黄博文离开长沙,去外面的世界看看,理由是:

"如果他一直留在长沙,也就是一个足球爱好者,实现不了成为球星的梦想。"

是啊,小时候的黄博文,梦想简单而直接。他的小学毕业留言就是:我想成为一名球星。这个带锁的本子至今仍留在长沙的家里。而长沙,这个"小池子",想出一名球星,实在是太难了。

白白浪费了一个雅礼中学的名额。2000年9月,父亲带着黄博文直接奔往秦皇岛中国足球学校。

"这就是一次赌博。"黄博文说。

所幸的是,他们赌赢了。

一遇风云便化龙

这个怯生生的长沙伢子,在去秦皇岛的路上,遭遇了人生的第一次虚惊。

在从长沙前往北京的卧铺车上,快开车的时候,黄博文的父亲突然发现口袋里的1万块学费找不到了,父子俩急得就如热锅上的蚂蚁,最后在旁人的协助下才在下铺的某个角落里找回了这笔钱。

"如果当时找不到这笔钱,我想我们可能连秦皇岛都去不了啦!那一刻感觉到,真是在家千日好,出门处处难啊。"

到了一个新的环境总是兴奋的,况且考试当天,黄博文意外地发现,天津泰达就在这所足校中训练。哇!于根伟、江津和张效瑞,那都是球星,这个机会怎么能错过?

于是黄博文有了第一张与球星的合影。

父子俩在秦皇岛住了7天,黄博文在100多人报名的考试中排名第三,顺利就读。

兴奋劲总是会过去的,父亲离开的那个晚上,黄博文开始掉眼泪了。

离开父母的怀抱,以后的路就靠自己走了。

其时的秦皇岛足球学校处于鼎盛时期,学校有约1300名学生,操场上乌泱乌泱一片。空闲的时候,孩子们就数着地上一格格的方砖,每3平方米就是一个场地,开始玩起由米卢提倡的风靡一时的网式足球。

这是黄博文展示身手的好机会,毕竟那时候他又瘦又小,身高1米56,毫不起眼,而且他还不是重点班的球员,带他的教练是杨锡林。

那时候,学校中名气最大的是 1983 年龄段的王珂(后来效力于上海申花),比黄博文大一岁,早一段时间进来的郜林也已经是声名鹊起。

"我认识郜林,但郜林不认识我。"

所以,上海申花来挑人的时候,"球星"郜林自然很快被挑走了。黄博文能被国安挑走,完全是因为当时国安的梯队教练吕军不经意间的一瞥——吕军在看完重点班的孩子以后,不经意间看到黄博文在比赛。

"我后来问吕导,当时为什么挑中我。他说,没什么,就感觉你踢球挺机灵的。"

吕军这一瞥,彻底改变了黄博文的命运。在秦皇岛进行足校杯比赛的时候,吕军特意和黄博文的父母进行了一次谈话,然后就把黄博文带到了国安集训队去试训。

2000—2001 年,黄博文仅仅在秦皇岛中国足球学校待了一年,然后就移师北京。而国安的集训队进行选拔以后,100 多人只剩下 20 多人。

2002 年 8 月 2 日,国安四队正式组建,黄博文的名字赫然在列。

自古英雄出少年

在这批国安梯队的队员里,还有张思鹏、祝一帆、薛飞等。

在河北香河的国安基地,这批队员有时能见着邵佳一、徐云龙、杨璞、陶伟等一线队老大哥的训练,他们的食堂也紧挨着。

年少的黄博文最羡慕的是他们的伙食:"饮料特别丰富,我想什么时候能到那里吃饭就好了!"

这个等待的时间并没有太长,黄博文很快进入一线队,实现了到"隔壁食堂"吃饭的目标。

杨昊见到黄博文吃饭的时候吓了一跳,米饭冒尖,如同一座小山。"在他对面坐着,连他的脸都看不着。这小孩不会是以前饿坏了吧?"

队中的老大哥徐云龙,加上杨昊,不免动了"恻隐之心",于是平时在外面吃饭的时候都带着这个小朋友,吃完饭再把他送回宿舍。

"我的身体就这么吃出来了。"

60 公斤—63 公斤—65 公斤—67 公斤—70 公斤,到最后的 76 公斤,黄博文清楚地记得自己的体重增长线,身高也由开始的 1 米 77 长到 1 米 81。

"网上很多资料说我只有 1 米 77,那肯定是错了,好像我比于汉超还矮,这我就不乐意了!"

上了一线队,跟着吃,跟着喝,这第一步已经实现了,但让黄博文意想不到的是,他的中超首秀会这么早就到来。

2004 年,联赛第三轮,国安在工体对阵沈阳金德,这是黄博文代表国安的第一场比赛,那时的国安冠名"北京现代"。那场比赛,黄博文在胜局已定的第 69 分钟替补登场,换下的同样是年轻球员闫相闯(他在上半场打进一球)。而黄博文的中超首球则来自这场比赛的补时阶段,是一脚后插上的单刀,最终北京现代主场 4:1 战胜沈阳金德。进球以后,杨昊把他举了起来,旁边冲上来庆祝进球的是高雷雷。

小鬼当家,两个人恰好也住同一间寝室。

"我清楚地记得那天是 5 月 26 日,那天晚上,我们俩都不敢相信,都觉得是别人进的球。"

两个人兴奋得一夜没睡,再加上一个刚加盟国安不久的门将杨智,聊着聊着,直到东方出现了鱼肚白。

那时候,指挥国安的是杨祖武和魏克兴这对搭档,魏克兴是个老好人,每逢过年过节,都会把队里的年轻队员叫到家里去吃饭,而杨大爷则喜欢敲打这些年轻人,生怕他们飘飘然:

谁也别牛×,谁牛×谁傻×!

年仅 16 岁零 317 天,中超最年轻队员进球纪录一直由黄博文保持

着。2016年中超收官战,恒大对阵鲁能的最后5分钟,恒大小将张奥凯换下郑智,戴上了队长袖标,以16岁零255天创造了"中超最年轻队长"的纪录,该纪录短时间内更是无法被超越。

张奥凯换下郑智是象征性的,黄博文当年上场,在象征性中却取得了一个进球。在接下来的几年里,黄博文在联赛中一直都有出场,但从来都是作为年轻球员"培养性使用"的——局面已定之后换上场,适应一下比赛气氛,就像他处子秀进球的比赛一样。

毕竟他连20岁都没到呢。

严师才能出高徒

2005、2006赛季,黄博文的出场机会不多,甚至有时候连去客场的机会都没有,这是黄博文最苦闷的两个赛季。

那两年中,国安的后腰位置上先有隋东亮、阿莱克斯的配置,改打四后卫之后,中场又一度使用前陶伟、后隋东亮的菱形站位,加上还有仅有的"超白金"国脚路姜,确实黄博文不会有太多的机会。

一直到2007年,李章洙上任以后,黄博文才坐稳了自己的主力位置。

李章洙严厉。"他对全队练得狠,对年轻人练得更狠,对我是狠上加狠。"黄博文说。

年轻球员,如果训练中达不到李章洙的要求,他上来就捶,上来就撞。队中的另一名年轻队员杜文辉,那是真被李章洙打怕了。一来二去,黄博文也有经验了,李章洙撞你的头,如果你不动,吃亏的是自己,所以黄博文也闭眼撞上去……

"他自己捂着额头,受不了了,从那以后,他就不敢用这招了。"

对于李章洙来说,打是亲,骂是爱。2007年国安的揭幕战,李章洙排出黄博文和隋东亮的双后腰,客场对阵申花。接下来黄博文就成了国安后腰位置上不可动摇的主力球员,而且在那一年的比赛中,如果比分落后李章洙希望加强进攻,用闫相闯换下的双后腰之一一定是隋东亮,而不是黄博文。

这是黄博文真正意义上的在中超站稳脚跟,这一年,他刚好20岁。

2010年底,黄博文和国安合同到期,刘永灼找到黄博文,希望他加盟,但黄博文去了全北现代。2012年,当黄博文从全北现代加盟广州恒大的时候,主教练刚好由李章洙换成了里皮。

"我还想,李导不会怪我吧:我在的时候要你你不来,我要走的时候你却跑来了!"

同样严厉的,还有在国青队时候的主教练贾秀全。

2006年,印度的亚青赛,拥有王永珀、崔鹏、黄博文、杨旭、杨善平、蒿俊闵、荣昊、曾诚、王大雷等球员的中青队被一致看好,他们小组赛三战三胜,赢泰国、阿联酋、澳大利亚,小组第一昂首出线。在四分之一决赛中,他们迎战约旦队,如果赢了,就能进军世青赛。

那场比赛,约旦队是带着行李来到赛场的,他们抱着必输的态度而来;而中国队的机票则是订在决赛结束以后,然而中国队输了。

可想而知,比赛输掉以后,主教练贾秀全是什么心情。回到酒店以后,已经被淘汰的中青队只能换酒店。在这家新入住的酒店里,队员们整整在房间里躲了两天,不敢出来。

"谁敢出来啊? 出来要是碰到贾导,那场面无法想象啊……"

贾秀全也是个暴脾气,队里几乎所有人都被他"修理"过,谁也不想去触这个霉头。躲在房间里的队员自己也想不明白,怎么这场比赛就输了呢?

"轻敌,可能是太轻敌了。"

黄博文说,足球有时候就是这么残酷,这是他的国字号经历中的一次重大挫折。

"大家都想进国字号队伍,都想进国家队,我也一样,经历了这次失利以后,20 岁生日那年,我的愿望就是早日进入国家队,国青队时候的遗憾,只能留待国家队去弥补了。"

独在异乡为异客

从 2004 年第一次登场,到 2010 年赛季结束,黄博文总共为国安效力了 7 个赛季。

这 7 个赛季,经历过低谷,也攀上过高峰。2009 年 10 月 31 日,国安主场夺冠,他们拿到了第一个联赛冠军。

夺冠当天,比赛一结束,黄博文就被拉到了北京电视台做节目。回到队里,庆祝仪式都已经散了。

就跟当初首秀进球一样,这种夺冠的感觉也像做梦一般。喧闹的夜晚过去,第二天醒来。

京城大雪,白茫茫一片。

从 12 岁离开南方的长沙,奔赴秦皇岛,然后去北京,在北方,黄博文待的时间已经超过了在家乡的时间,他早已经把这里当作了自己的家。

所以 2011 年他决定离开"家"去全北现代效力的时候,也颇下了一番决心。

"一个朋友给我介绍了个韩国经纪人,就这么认识了,他说全北希望我来,其实当时教练就看了我的国内比赛以及亚冠的录像带,然后就是到这边来谈合同。其实签合同前,我都没跟教练崔康熙见过。"

这个韩国经纪人,黄博文不知道他的名字,只叫他 moro,但是黄博文却很大胆地将自己的命运交到了经纪人的手里,来到了全州。

到达全州的晚上,住进全州那家唯一的"星级宾馆",打开窗帘,黄博文眼泪都差点掉下来了:

全州，如果从繁荣程度来说，大概相当于中国东部的一个发达县城，极目远眺，"怎么都是些像古代一样的，矮矮的房子？"

"我是不是有病？在北京好好的，突然跑到这里受苦来了……"

独在异乡为异客，这种心情，很容易理解，主教练崔康熙也理解。黄博文到队里报到的第二天，崔康熙带着女儿，带上一束鲜花来探望黄博文："生活上有什么需要，你尽管说。"这种心情，老队员李同国也理解："我也当过外援，知道外援在国外不容易，语言不通，格外想家，所以有什么需要，你尽管说。"

好吧，毕竟是来踢球的，不是来享乐的。黄博文来韩国踢球，就是想看看外面的世界到底怎么样。

"我们以前在国内，训练是训练，比赛是比赛，节奏、对抗的差别还是很大的。但在韩国这边，训练就是比赛，上来就是丁零当啷一阵乱踢，实战性非常强。以前跟韩国的队伍踢，的确有点怵，但有过在韩国踢球的经历后，那就心里有数了。"

在异乡的日子，黄博文最感谢的是自己的妻子李甜甜："有她在我身边，我才有更多的信心坚持下去。"

两个人在 17 岁时候就认识了，李甜甜出生于北京西城区，是土生土长的北京人。他们 22 岁结婚，典型的早婚早恋。

婚后两个人还开着玩笑，李甜甜说："都是因为你，耽误了我上大学。"

黄博文说："都是因为你，差点耽误了我踢球。"

2011 年在韩国全州，两个人都才 24 岁，都是第一次出国生活，照顾黄博文生活的重任就落在了李甜甜的肩上。

"她是个'大家闺秀'，以前也没怎么做过饭。"

但是到了全州以后，李甜甜在厨房的墙壁上贴满了贴纸，每一张贴纸上都是关于各种菜的做法，再加上出国前紧急学的几道菜，例如西红柿炒鸡蛋。这些"病急乱投医"的厨艺，在全州大显身手。

黄博文说:"有一天,我们请了队长赵星桓还有一个队友来家里吃饭,李甜甜就做的这个,他们可爱吃了,而且都很吃惊,没想到西红柿可以这么做。因为在韩国,西红柿一般都生吃,当水果吃,超市里都没有,要去水果店里买,所以李甜甜做的这个他们都觉得不可思议。"

说起吃饭还有不少笑话。其实全北没有给黄博文配备中文翻译,而是使用英文翻译和黄博文沟通。黄博文在队里显示出了一定水平,能打上比赛后,队友们都对他刮目相看。队长赵星桓的妻子在首尔,他自己不太做饭。有一次他找朋友帮助写了一条中文短信给黄博文,结果黄博文的手机显示是乱码,不知道是什么意思。小黄就写回去韩文,问啥事,结果那边也收得不是很明白。

无奈之下,双方又互发英文短信,还是表达得糊里糊涂。最后还是通过翻译才搞明白,原来是赵星桓想请他们夫妇吃饭。而李甜甜的西红柿炒鸡蛋,则是回请队长的答礼。

一道再平常不过的西红柿炒鸡蛋,扬我国威,也算是在韩国最有意思的回忆之一了。

却道故人心易变

还在北京国安效力的时候,黄博文和杨智做了很长时间的室友。

杨智把自己在广州时候的习惯带过来,喜欢看香港电视翡翠台。按理说,黄博文是湖南人,而湖南,则是受强势的粤语文化影响最深的周边地区之一,但自小离家的黄博文,对于粤语一窍不通,也毫无兴趣。

"你说你都到北京了,怎么还看粤语节目呢?"

"怎么,让你学习一下粤语,不好吗?"

"我学粤语干吗?我又不去广州踢球。"

怎奈一语成谶。2012年7月,黄博文加盟广州恒大。7月9日,黄博文到恒大报到,而 7 月 13 日,就是他的 25 岁生日。

加盟恒大以后,最难过,也是必须要过的一关就是去工体。

2013 年 3 月 29 日,这是黄博文加盟恒大以后,第一次回到工体比赛。那场比赛,恒大与国安 1∶1 战平。

那场比赛的赛前训练,恒大的大巴开进工体,经过国安俱乐部的食堂时,大巴缓缓行驶,坐在车窗边的黄博文特意向食堂里的熟人们挥手打招呼。

"当年在国安,因为年纪小,食堂的大叔大妈没少照顾我,给我打饭的时候,都多给我一点,就想让我身体长得壮实一点。"

但赛前的温情,在赛后却被"撕裂"了。

赛后,黄博文在随队友前往 12 号看台答谢恒大球迷之后,独自一人沿着跑道向一个个看台致敬,每走几步还行一个 90 度的鞠躬。但是京城球迷并不买账,几乎每个看台送给黄博文的都是谩骂,个别球迷更是把手中的报纸、球票,甚至是杯装可乐,向黄博文扔去。对此黄博文面无表情,依然执拗地进行着谢场,等到他走近"御林军"所在的 24 号看台的时候,安保人员出于安全考虑,想将他带离跑道进入更衣室,黄博文仍然坚持想将自己的谢场进行到底,甚至一度情绪激动。黄博文最终被引领进了球员通道

对于这件事情,黄博文说:"赛后绕场是我在比赛开始前早就计划好的。球迷们怎么做是他们的自由,我也不觉得有什么,我只是想把自己该做的东西做了就可以了。当时有些激动,也只是因为安保的人要我赶紧进去,而我觉得还有几步就走完了,没什么特别的意思。"

黄博文从全北加盟恒大,被部分国安球迷认为是"叛徒",但当初恒大引进黄博文时,他和全北有合同在身,黄博文身不由己。况且退一步说,即使引进他的不是恒大,也不会是国安,因为当时和全北现代接触的五六支国内球队中,并没有国安的名字。

但对于很多国安球迷来说，他们是看着黄博文一步步从国安成长起来，一步步从一个16岁的孩子变成队中不可或缺的主力。而今故人归来，战袍由绿变红，他们内心的滋味可想而知。

人生若只如初见，何事秋风悲画扇。等闲变却故人心，却道故人心易变。

黄博文觉得自己是个相当"无所谓"的人："平时嘻嘻哈哈，怎么都行，没有太多人、太多事能惹怒我，但如果真把我惹急了，爱谁谁。"

在球场上唯一的"爱谁谁"发生在2011年，代表国家队和新加坡队比赛的时候，黄博文报复对方，打了对方一拳，吃了一张红牌。原因是："球在脚下的时候，你怎么踢，我都能忍，这也正常。但球都出去了，离我几米远，你还踢我，于是火就一下子冒上来了。"

那么在工体被泼可乐的事情，是否超出了黄博文的忍耐限度？

黄博文说："这件事情其实并没有像外界想象的对我能怎样，反而通过这件事情，把我的心态可能锻炼出来了。做好自己应该做的事情，外界很多事情不是你能控制的，你想再多也没用。"

中年心事浓似酒

来到广州以后，一切安好。

俱乐部很职业，甚至要办个港澳通行证，都会有人专门给你办好，对于这样的俱乐部，很难再奢求什么。

在恒大，已经拿了两个亚冠冠军、六个联赛冠军、两个足协杯冠军，而一转眼，黄博文也已经到了三十而立的年纪。

"我从来没有想到自己这么快就30岁了，我老感觉自己还二十五六岁呢！"

但这种"不切实际"的幻想，很容易被击碎。譬如说，在家里，"自从有了黄子腾（黄博文的儿子），我在家里的地位就江河日下了，无论在北京还是长沙，我的两个妈都不太关注我了"。

譬如在队里，眼看着一个个新人加盟，有些老队员也要离去了，譬如刘健，例如可能离开的邹正。

其实黄博文也想走，广州一切都好，但难以适应的是广州漫长而湿热的夏天。

长沙的夏天同样酷热，但黄博文的父母来了广州以后也直呼受不了。对于从小就去了北方的黄博文来说，长达八九个月的广州夏天一到，那种感觉就特别难熬。"我觉得，如果我去一个凉快的地方踢球，也许我的职业生涯还能延长几年。"

让黄博文更加眷恋的，还有他习惯的氛围。他算得上是在北方长大，他更多的社交圈子也在北京，妻子也是土生土长的北京人。

"每次回北京待几天，和朋友聚一下，有时候真的不想走了。"

黄博文也没有太掩饰自己的想法，他和俱乐部也交流过，希望可以转会，去北方踢球，去一个离北京不太远的地方踢球，但他的合同期还有3年，恒大怎么会放他走呢？

2017赛季，恒大在后期的成绩差，跟后腰位置上缺兵少将有直接关系，保利尼奥去了巴萨，黄博文受伤"报销"，后腰位置上只能依靠郑智带着廖力生和徐新苦苦支撑。

2018赛季，还是志在三冠王的恒大，虽然可以放人，但中轴线上的队员，尤其是像黄博文这种处于当打之年的球员，是无论如何要留在队里的，这一点，黄博文也很清楚。

"未来继续留在恒大，继续留在广州，希望能取得更多的冠军。30岁了，如果说有什么愿望的话，那就是希望跟以前一样，一切都顺顺利利，家人身体健康，平平安安。想感谢的人很多，尤其是那些在我成长过程中帮助过我的人。"

海阔天空范云龙

直到30岁的时候，范云龙才知道自己这么抢手。

由北向南：大连一方、天津泰达、河南建业、武汉卓尔、广州富力、深圳佳兆业都找过他，希望他加盟，最终还是广州富力"抢人"成功。

这也是30岁的范云龙，第一次脱下贵州的战袍，像是扔掉了一个壳，也像是蜕了一层皮。

从此，飞龙在天，海阔天空。

富力是最好的选择

从2005年16岁开始，范云龙为贵州整整征战了15个赛季。

2018赛季的时候，他还和贵州恒丰俱乐部续了5年长约，续约的时候，念头非常简单，终老贵州。

但没想到的是，在 2017 年还打进前八的贵州恒丰，在 2018 年断崖式下滑。当降级越来越明朗的时候，作为贵州队中最值钱的队员，范云龙炙手可热。

最有诚意的还是广州富力，赛季还没结束，富力就已经找到范云龙。"赛季还没结束，现在谈不合适，还是等赛季结束以后吧。"范云龙说。

赛季最后几轮比赛，范云龙和他的队伍一样"倒霉"。和恒大的比赛，上半场一脚远射轰在了门柱上；和富力的比赛，一脚任意球轰到了横梁上……

当然，队伍要降级，也并非一个人所能挽回。在球队真正降级以后，范云龙开始考虑自己的出路：还要继续在贵州待下去吗？

恒丰的投资人文伟也明白范云龙的想法，两人私交甚好。文伟问："有很多俱乐部要找你，你是怎么想的呢？"范云龙回答："我能不能转会，还是要看俱乐部的意思。当然，如果俱乐部给我这个机会的话，我真的想到外面的世界去看看了。"

"那你对未来的俱乐部有什么要求呢？"

"没什么特别的要求，就是不希望去北方的俱乐部，因为北方的生活，无论是我还是家里人都不太习惯。"

无论从哪个方面看，富力都是最好的选择——一来，贵州恒丰和广州富力一直有着良好的合作关系；二来，范云龙本身也愿意到富力这支崇尚技术、特点鲜明的队伍去。

放范云龙走，对于贵州恒丰来说也是件好事情，因为他们也需要这笔钱。

就这样，范云龙终于脱下了穿了 15 年的"贵州"战袍，完成了第三次转会。前两次转会，都是贵州内部消化，从智诚转到人和，又从人和转到恒丰。

来到广州以后，昔日的老大哥汪嵩还特意关照，一定多注意广州的天

气。2009 年底,汪嵩准备从四川转会的时候,面临和范云龙一样的处境,他的态度也是,不去北方的球队。最终,2010 赛季,他加盟了浙江绿城。

那时候,准备转会的汪嵩跟随贵州智诚训练。打教学比赛的时候,有汪嵩在,队伍的进攻提升不止一个档次,范云龙迅速成为他的小迷弟。训练结束以后,两人一起加练任意球,范云龙输了数十罐"红牛"。

对于这位小老弟,汪嵩说:"慢慢来,熬得住,机会总会到来的!"

天道酬勤

来广州的时候,范云龙特意带上了一样东西,那是一幅"天道酬勤"的书法作品,这是一位球迷送给他的,他视若珍宝。

"我会把它挂起来,这是对我的肯定,也是对自己的一种激励。"

从贵州这个足球和经济都不发达的地方走出来,勤奋是必须的。

1995 年,33 岁的袁弋还是贵阳一个机关单位的工作人员,每天坐在办公室,一包烟,一杯茶,一张报纸,很容易就打发掉一天的时间,收入六七百元,不多不少,在贵阳属于中等水平。

袁弋曾经是贵州省足球队的一员,但是对于曾经的省队生涯,荣誉实在乏善可陈,但凡正式比赛,净负对手 5 球以上是家常便饭,有时失球甚至达到两位数。"当时都不敢在全国范围进行比较,就是在云贵川这个区域,贵州足球也是最落后的。"

具体是哪一天,袁弋现在也想不起来,当年他在贵州省队的主教练何炳权找上门来,希望他能去贵阳实验二小当一批孩子的足球教练,这时袁弋有点蒙了。

昔日教练的请求,加上袁弋对足球还有一份梦想,于是他决定接下这个任务。接手时,每个月可以领到两百多块钱,但是这对袁弋的本职工作影响很大。经常请假后,袁弋干脆自己出钱买断了工龄,最后从一个公务员变成了足球教练。

袁弋在实验二小的校园内贴了几张广告来招纳队员。正式集合的那天,一共来了20个队员,把球给他们的时候,袁弋就开始怀疑自己的选择——这批新收的孩子都不知道什么是颠球,而此前已经去了市府路小学的那批队员,有的颠球已经超过200个了。

这20名小学新生最后被袁弋全部收下,他们并没有经历所谓的"选材"关。他们有的想踢足球,有的想进这所重点小学才报名学踢球,还有的体弱多病想锻炼身体。每天下午,孩子们要练4个小时。实验二小每个年级各有一支足球队,别的孩子放学回家,别的球队全部收队之后,袁弋的球队还在挑灯夜战。重点小学还不能放松功课,训练结束回家吃过饭,孩子们经常写着作业就趴在桌上睡着了。

6岁的范云龙就是在这个队里开始了自己的足球生涯。

第一个冬天,因为天冷,范云龙的爷爷不再送孙子来参加训练。袁弋后来遇到了范云龙的父母,经过劝说,这个孩子重新回到了球场。

2000年,这群五年级的孩子获得了"贝贝杯"全国少儿足球乙组冠军。面对一年之后的小学毕业典礼,他们要么放弃足球继续中学的学业,要么像前辈黎兵一样流浪到外省。最终,他们的表现引起了广西金嗓子足球学校的注意,经过袁弋和家长实地考察,孩子们被金嗓子足校集体买断,从此背井离乡。

金嗓子足校的学员来自全国各地,只有袁弋的队伍是清一色的贵州籍队员,他们入校时被列为"六队"。换而言之,上面还有5支不同年龄的大龄球队。籍贯的不同,招致无端的敌意。这支队伍很快成为这所学校学员们群架、打斗的最大目标。

在场下,他们遭遇大龄球员歧视性的辱骂和拳头;在场上,他们害怕对手报复而无法正常比赛,只能承受"黑脚"和大比分落败的羞辱。雪上加霜的是,每次落败,受尽欺凌的全队都要受到袁弋的责罚。范云龙说:

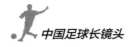
"尽管大家都受过体罚，但还没有出现过因此离队的现象，其实我们晓得，袁教练下手的时候，他心头也很酸。"

无论在贵阳实验二小还是金嗓子足校，袁弋的球队总是练得最多、最苦的那一支。因为训练太投入，他经常忘记收队的时间。有一个周六，球队从上午8点30连续练到下午2点30，一堂训练课用了6个小时。苦练的成果是，2004年在有64支球队参加的全国U15足协杯比赛中，他们取得了第二名。

成绩出来了，自然会引起人们的注意。2004年，徐根宝决定要走队中包括范云龙在内的7名孩子；此后，天津泰达也看中了4名队员，甚至连装备都给他们发了——但是温思渝的出现，让这批孩子的命运又发生了一次转折。

温思渝，曾经是何炳权的队员，也曾经是西安财经大学金融系主任，后来"下海"，创办公司，在北京、贵阳、成都、香港都有产业。在贵阳，智诚集团的产业包括房地产、百货。

显然，温思渝曾经的贵州队员的经历，让他对贵州足球多了一份特殊的关注。2005年，他组建了贵州智诚俱乐部，带走了这批队员。实际上，从2005年到2007年，金嗓子和智诚之间一直在打官司，金嗓子想卖240万，但智诚认为不值这个钱。要这么扯下去，这批队员要熬足36个月才能成为自由身。最终中国足协在2007年裁决，智诚支付60万，买断了这批队员的所有权。

这两年，范云龙他们不能参加中国的U系列比赛，他们只能"讨比赛"踢。譬如，昆明海埂集训的时候，他们送上门去打教学比赛，中超的球队听说这种"野球队"，摆手拒绝；中甲中乙的队伍"屈尊"打一下比赛，那也是给了好大面子。当然，在海埂开教练培训班的时候，需要队员来示范，他们随叫随到……

范云龙很喜欢《海阔天空》这首歌，因为那些歌词完全是他们心境的写照:"多少次,迎着冷眼与嘲笑,从没有放弃过心中的理想。"

直到 2008 年开始参加乙级联赛,2009 年参加全运会,这支队伍才一步步走上全国舞台,范云龙也才慢慢为人所熟知。

历史没有如果

2010 年,重庆,已经冲击了三年中甲联赛的贵州智诚在半决赛中被大连阿尔滨击败,再次无缘中甲。

已经成为自由身的范云龙迈出了离开球队的第一步。阿尔滨看中他,总教练迟尚斌给他开出的条件是 5 年合约,第一年工资,每月 2 万,但逐年递增,2、4、6、8、10。这对于在贵州智诚每月工资 7000 元的范云龙来说,诱惑力已经很大了。

但范云龙最终选择了徐根宝的东亚队,因为这是他在上海足校时的老教练推荐的,而且根宝麾下曹赟定刚走,留下的左路空缺,刚好由范云龙无缝对接。

根宝办事,雷厉风行。他也给范云龙开出月薪 2 万的工资,但涨幅不如财大气粗的大连阿尔滨,为了留下范云龙,他支付了 20 万的签字费。

上了崇明岛办银行卡的范云龙,5 分钟内就收到了这笔"巨款"。这个场景,他一辈子都记得。他给父亲打电话:"爸,我收到钱了。""这么快?你看清楚了,真的是 5 个 0 吗?"

从小学开始踢球,直到那一刻,范云龙才感到自己值点钱。

但是去了东亚不久,智诚的老板老温就买下了中甲上海中邦的壳,用这种方式,贵州智诚实现了中甲梦。老板给范云龙打电话,让他回去踢。

什么条件都没谈,什么规划都没做的范云龙就这样答应了老板的请求。"老板是个好人,而且在最困难的时候帮助了我们,知恩图报,当时的想法就是这么简单。"

"反悔"的范云龙碰上了吹胡子瞪眼的徐根宝——徐根宝说:"你知道为了你,我付出了多大代价吗?"范云龙说:"徐导,真是不好意思,您付出多大代价,我能赔的,都赔。""你赔得起吗?叫你背后的人跟我谈吧!"

徐根宝爱才心切,但最后是贵州省体育局和上海市体育局出面商谈,最终徐根宝只能放人。走的时候,范云龙把20万的签字费,以及发的一个多月工资全部还给了徐根宝。回到智诚以后,没有签字费,工资,2万一个月。

在跟着东亚冬训的时候,已经确定去恒大的张琳芃还没有走,但是比赛都不敢让他怎么踢,因为他的最大任务就是不要受伤,完成"顺利交接"。张琳芃的转会费是1200万,当时是个天文数字。

作为同一个年龄段的队员,范云龙不敢和张琳芃比,但毕竟张琳芃从东亚出去,活生生的例子,触手可及。如果当年留在东亚,范云龙会到达怎样的高度呢?

"现在回想起来,当时脑子里都是水,满脑子糨糊。"范云龙说。他没有经纪人,没有人给他规划,即使到现在,他都没有经纪人,那么多俱乐部找他,给他打电话,他都得训练以后,找个没人的地方,一个一个回电话。

如果再来一次,是否会做出同样的选择?虽然范云龙现在已用戏谑的口吻回顾这段往事,表现得如此"悔不当初",但当初支撑他回去的不仅是一种报答的信念,还有一种家乡的情感。这些东西,得用多少年才能慢慢抹掉呢?

在动身前往广州的前一天,文伟还特意把范云龙叫到家里,问了一句"没头没脑"的话:"出去以后,人家问你是哪里人,你怎么说?"

"还用问吗?当然是贵州人啊。"

已经为贵州足球投进了差不多10个亿真金白银的文伟,在范云龙的眼里,是个特别讲义气和信用,并且家乡情结特别重的人。

两个人交谈完毕,文伟和范云龙还定下了一个君子协定:"退役以后,如果你回来,如果我还在搞足球,那么你一定要过来帮我。"

"落叶归根,退役以后我是肯定要回去的。"但世事如白衣苍狗,就在一年前,范云龙也没有想到自己会这么快离开贵州。

这次和富力又是签了5年长约,5年后的事情,谁说得准呢?

如果不算家乡安徽蚌埠,广州已经是张成林待过的第七座城市。

上海—沈阳—长沙—西安—贵阳—北京—广州,东南西北,山一程、水一程,风一更、雪一更。

所以,张成林内心最渴望的,不是什么香车美人,而是一种真正的归属感。在三十而立的时候,又将迎来自己第一个孩子的出生,这种感觉会更加强烈。

我要从北走到南,我要从白走到黑

【张成林记忆中家里的第一栋"独栋大别墅"——一间大平房,差点要了他的命,这次受伤给他留下了终身的"后遗症",左腿比右腿长了 1 厘米左右。所以从小踢前锋的张成林吹牛:"我的踢法很像'小鸟'加林查,加林查,你们知道吗?"】

家境贫穷,可能会让人自卑,也可能是人格外上进的动力。

"穷,小时候家里是真穷。"张成林说。

他出生于安徽省蚌埠市固镇县张桥子村,父母都是运动员出身,母亲苏梅是安徽第一批女子足球运动员,父亲张大永先练举重后转健美,并且多次获得过全国健美冠军。

夫妻俩退役以后,苏梅被分配到蚌埠纺织厂,而张大永选择了自由职业,开了个小型豆制品厂,有 20 多个工人。刚开始生意还不错,于是苏梅就辞去了纺织厂的工作,帮忙一起经营,同时豆制品厂生产出的豆渣卖不出去,张大永便投资了一个小的养猪场。

这都是辛苦的营生。

"我出生的地方估计也就是像现在的公共厕所那么大,只有两个长板凳和一张木板组成的床。"

作为家中的老大,出生于 1987 年 1 月的张成林是在家中由接生婆接生的。

"从我记事的时候开始,我们就住在外婆家里,爸妈每天都是忙得焦头烂额的,为了我们能够拥有自己的家努力奋斗着。我记得爸妈卖过水果,卖过豆制品,养过猪,卖过猪,种过田。"

总之,父母通过做各种买卖,盖起了张成林记忆中家里的第一栋"独栋大别墅"——一间大平房,不过也正是这栋"大别墅"差点要了张成林的命。

"当时我记得我跟弟弟还小,我大概 6 岁,弟弟差不多 4 岁的样子。夏天嘛比较热,那个时候别说空调了,连电风扇都是大户人家用的。我们家当时的条件自然也就是屋顶自然风啦,还有就是手动扇扇子。"

"有一天下午我跟弟弟在屋顶玩,当时是卡了一口痰,因为晚上要在屋顶上睡觉乘凉,怕弄脏了屋顶,就跑到屋顶边上想吐到楼下。结果跑得太快,没控制住速度,掉了下去。当时因为房子刚盖好没多久,楼下好多大石头,有的石头尖子都是朝上的,我正好掉到了这个石头阵中,左大腿、左胳膊,全部粉碎性骨折。万幸的是没有撞到头,要不,唉……后果不堪设想啊……"

张成林被送到医院后,度过了一生中最难忘的第一个时刻。由于是粉碎性骨折,有的错位很严重,大腿骨头更是直接断成两截。"可能当时

不流行手术吧,我也不知道什么原因,反正选择了保守治疗。治疗的过程就是几个大汉把我按住,另外两个人把断开的骨头用手拉,对着 X 光机对上,当时的那种痛真的太酸爽了。"

这还没完。"后来接上以后打上石膏,总是打惊,就是被吓得一哆嗦的样子。睡着以后总是哆嗦醒,疼醒。然后医生来拍片子看我的腿骨是不是接上了,结果发现被我这样打惊,给打错开了,又要重接。于是同样的过程又重复了一次……"

这时候的张成林还没开始踢足球,但这次受伤已经给他留下了终身的"后遗症",长短手,长短脚,左腿比右腿长了 1 厘米左右,"我走路从小就晃,大家都看不出来"。

但这个"秘密",踢球以后还是瞒不住的,所以从小踢前锋的张成林吹牛:"我的踢法很像'小鸟'加林查。加林查,你们知道吗?"

其实就是个"瘸子"嘛……

某年的体检,还真有队医问过他:"你的两条腿为什么长短不一样呢?"

张成林告诉他原委,队医恍然大悟。张成林还特意说:"帮我测清楚了,我看我的两条腿到底差了多少。"

现在,张成林的手机里存着小时候的各种照片,包括老屋的照片。"看看这些照片就知道我们小时候家里有多困难,这也在提醒我自己,我的父母是在怎样的环境下培养我成才的!"

【张成林的父亲张大永抱着试试看的想法,把兄弟俩送到来宪强教练的球队里去了。他的目的有两个,一是孩子们可以有人看管,自己可以安心练健美,二也可以锻炼孩子们的身体素质。】

1996年暑假,张成林和张成祥兄弟俩没有人看管,父亲张大永像往常一样,带着他们俩到蚌埠体育场健身房健身,正好碰见安徽著名教练来宪强(培养出李毅、张成林、韦世豪三代国脚)选拔组建少儿足球队。张大永本来就和来宪强认识,于是抱着试试看的想法,把兄弟俩送到来教练的球队里去了。他的目的有两个,一是孩子们可以有人看管,自己可以安心练健美,二也可以锻炼孩子们的身体素质。

训练了一个阶段后,兄弟俩展现了天赋,身体素质和球性、技术都出类拔萃,于是父母就把重心放到孩子们的足球训练方面去,张大永放弃了练健美,把精力用于改善孩子们的营养状况。

"我爸在事业高峰期的时候放弃了自己的事业,改而培养我们兄弟俩,他和我妈都太不容易了。"

每年暑假,教练来宪强都会带着他的球队到处参加少儿足球邀请赛。1999年,队伍到上海参加少儿足球邀请赛,张成林兄弟俩被徐根宝看中。于是在2000年,通过选拔,兄弟俩都进入了崇明根宝足球俱乐部。

两兄弟在上海立足后,张大永因为在全国健美行业很有名气,于是就带着妻子到广东汕头一个外资健身俱乐部打工,当起了健身教练,妻子也在俱乐部里找了一份工作。

"从到上海开始,我就开始漂泊,和队友的时间比跟父母在一起的时间还多。那时候小,意识还比较朦胧,等年纪慢慢大了,感觉就开始非常强烈了,一家人一定要在一起,这才是一个家。"

【在崇明岛,张成林和晚来两个月的张琳芃堪称至交。徐根宝怕外地的球员想家,于是安排家在上海的球员,每人领一个外地球员回家过周末,但张成林和张琳芃去了几次以后就嫌拘束和麻烦,还是在基地自己玩吧。他们练得最多的就是张琳芃发角球,张成林头球抢点攻门,进球率颇高。】

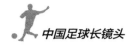

人与人之间，讲缘分。

在崇明岛，张成林和晚来两个月的张琳芃堪称至交。

张成林被徐根宝编在了"国家一队"，队里有姜至鹏、王燊超和吕文君等队员。他当时还司职前锋，身穿10号球衣，他争强好胜："一场球进不了三四个球，下来就想哭。"

张琳芃同样争强好胜，于是两个争强好胜的人什么都要争，比写字，比训练，比技术，比长传，比射门。

最初的根宝基地有这么一项"政策"，为了不让外地的球员想家，家在上海的球员，每人领一个外地球员回家过周末，但张成林跟张琳芃去了几次以后就嫌拘束和麻烦，还是在基地自己玩吧。

"我跟张琳芃那时候练的最多的就是他发角球，我去头球抢点破门，成功率非常高。可惜，这项'绝招'后来都没什么机会用了。"

练完以后，一帮人还要"斗地主"，谁输了，谁就去操场裸奔，一丝不挂地裸奔。结果某次裸奔的时候，突然一个洗衣服的阿姨不知道从哪里冒出来，吓得张成林"好呀"一声趴在草丛里……

根宝基地不让带零食，但他俩谁有袋装的奶粉、豆粉或者鸡爪，那是必须要平分的——这些点点滴滴的细节，培养出一段深厚的友谊。

但在上海的生活仅仅持续了一年，性格倔强的张成林就因为与教练闹矛盾而离开了根宝基地。

走的时候，全队都哭了。

张成林没有多和张琳芃说什么。"我这个人就是这样，离开上海以后我们的联系也不算多。但我心里是这么想的，有我一口吃的，就有你一口！"

离开崇明以后，张成林去了上海杨浦的一所足球学校。但条件与训练仍不如意，于是在杨浦踢了半年后，好强的张成林又不想踢了。"在上海那一年多的时间里,我真的感觉自己踢不下去了,所以就离开足校回到了蚌埠。因为感觉不到前途,也没遇到好的队伍……"张成林说。

回到蚌埠的张成林,因为没有上学,便开始到处打球。"我回到家乡后经常跟一帮朋友踢野球,很有名气。因为我一场比赛下来,经常能进三四个球。可以说,进球对于我来说就不是问题,只是没有遇到好的队伍……"回忆起那段时间,张成林感慨万千,"但机会最终来了,因为高指导的队伍到了蚌埠……"

2000年冬,当时准备上初中的张成林碰到了高丰文。"我记得我回到蚌埠已经很长一段时间不踢了,但我的朋友告诉我,说有一个叫高丰文的人从东北带领一些人来蚌埠选足球运动员,并且要跟我们踢一场比赛。由于那时候我和弟弟二龙已经代表蚌埠足球队打过少年比赛,所以就有朋友把我也拉来,加入我们过去所在的那支球队,在蚌埠的体育场跟高丰文足校的队员踢比赛。可能是在那场比赛中我表现得还不错,比赛结束后,高指导就问我:'愿意去沈阳踢足球不?'其实那个时候我已经很久不踢了,但听到高指导这么一说,我感觉自己对足球仍然很有热情,所以被高指导这么一夸奖,我就又动心了。在跟父母商量了一番后,我随后就到了沈阳。"

【在沈阳,父亲给他每个月的生活费是300元。有一年春节,球队放假时间短,他没有回家。可没想到的是,放假后基地宿舍就关门了,食堂也停止供餐,当时口袋里没有一分钱。身无分文的张成林只好去基地旁一家网吧打工。】

张大永、张成林父子,还有教练来宪强,一起踏上了去沈阳的列车。

到沈阳以后,大雪没过膝盖。这一场雪给张成林一生都留下了难以磨灭的记忆。

到了沈阳以后,他很顺利地被选拔进了沈阳金德梯队。然而当天的一切都是乱糟糟的,他要住的宿舍,被褥什么都没有,甚至连吃饭的饭盒都没有,于是张大永和来宪强两个人佝偻着身体,去超市给张成林买日用品。

"天气太冷,我们根本就没做好准备,带的衣服就不够,我在选拔的时候,他们就在旁边瑟瑟发抖。给我去买东西的时候,我就在窗户里面看着他们的背影,那时候我就发誓,一定要踢出来!"

"我的父亲一直是个特别坚强的人,他是个硬汉,从来不会点头哈腰,但那天我看着他的样子,我真的非常非常心酸。"

这一年,张成林13岁,他看着父亲的背影,就像朱自清看着父亲给自己买橘子的背影一样心酸。

朱自清的《背影》,后来张成林读过:"太让人伤感了。"

就在父亲回去后不久,张成林给父母写了一封信,里面写道:"我不会让你们失望的,你们放心,我决定让你们过幸福的生活,不会让你们过辛苦的生活。"

信的末尾,张成林写道:"别回信了,我会给你们打电话的。"

哦,对了,那时候张成林还叫"张成龙",大家都叫他"大龙"。

在沈阳,父亲给他每个月的生活费是300元。他很少花,为了省钱,"无所不用其极"。

"有一年过春节,球队放假7天。时间短,还要在路上折腾花钱,我就没有回家。可没想到的是,放假后基地宿舍就关门了,食堂也停止供餐。最糟糕的是,我当时口袋里没有一分钱。"身无分文的张成林只好去基地旁一家网吧打工。"我当时跟网吧老板说,让我扫地吧,能给我买一碗方便面的钱就成。整整一个春节7天假,我就是这样度过来的。"

但这样的事情,是不会跟父母说的。

省钱是一方面,另一方面,要踢出来,还得加紧苦练。大冬天的,休息的时候,一个人就背着两三兜球去练射门,毕竟他还在踢前锋。同屋的大哥汪强也对他鞭策不少,每当他想休息的时候,汪强就说:"这么年轻,休息什么,赶紧去练!"

好,于是再找人,譬如说暂时当替补的"大哥"。"大哥"帮忙传中,张成林负责顶头球,每天都要练两三百个。

"他们开玩笑说,我脑子不好。我想可能也是,天天这么顶,可能把脑子都顶坏了。"

和冯潇霆做队友以后,冯潇霆也开玩笑:"你的脑门头发这么少,也是顶球顶多了吧?"

【不管第一场的表现是完美还是拙劣,能够在18岁的时候踢上中超,张成林已经迈出了坚实的第一步。"教练就是让我上去抢,抢完给队友,毫无经验,60分钟就抽筋了。"】

张成林的中超处子秀是在 2005 年 8 月 20 日。

对于张成林的这场处子秀,当地的《沈阳晚报》是这样描述的:

由于实在无人可用,库夫曼不得不将今年刚满 18 周岁的小将张成林推到了锋线,而这位小将在几个月前才刚刚从金德二队升入一队,在此之前,他还没有过一场中超联赛的经历。

由于经验欠缺,张成林在昨天沈沪之战中的表现并不令人满意,虽然他表现出了年轻队员所具备的"冲劲儿",但其个人能力和与队友之间的配合都还无法担当起这个重要的角色。由于过于想表现自己,张成林在上半场第 15 分钟因为在进攻时故意手球而被判黄牌。在下半场开始后不久,张成林更是因为拼得太凶导致抽筋,不得不被中途换下。在近 60 分钟的上场时间里,这

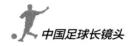

名 18 岁小将没有一次有威胁的射门,也没有和队友完成一次默契的配合。不过,对于这名小将的中超"处子战",库夫曼还是给予了很大鼓励,"这是任何一名年轻队员都必须要走的一个阶段,他其实是很幸运的,这么小的年龄就可以在中超赛场上表现自己,只要他努力,有一天他一定会像陈涛那样踢球的"。

对于这场能够"载入史册"的比赛,张成林记得的细节只有:"教练就是让我上去抢,抢完给队友,毫无经验,60 分钟就抽筋了。"

不管第一场的表现是完美还是拙劣,能够在 18 岁的时候踢上中超,张成林已经迈出了坚实的第一步。

这也是沈阳留给他的美好记忆之一。2005 年底,张成林正式进入一队。

2006 年,球队从沈阳迁到长沙,更名长沙金德。这一年年初,全队前往西班牙冬训。

【这次西班牙冬训差点要了张成林的命。到了西班牙以后,张成林就开始发烧,连续 20 天,每天体温都在 40 度左右,原因不明,束手无策。每次输液的时候,都感觉像蚂蚁在咬。实在顶不住了以后,张成林直接把滞留针口给拔了下来。后来回国后诊断,这叫"成人斯蒂尔病"。】

"我跟带'牙'字的国家犯冲。"张成林说。

这次西班牙冬训差点要了张成林的命。到了西班牙以后,张成林就开始发烧,连续 20 天,每天体温都在 40 度左右,原因不明,束手无策。每次输液的时候,都感觉像蚂蚁在咬。实在顶不住了以后,张成林直接把滞留针口给拔了下来。

那时候的张成林刚买了个电脑，有空的时候跟家里人视频。开始还瞒着家里人，但坚持不住了，张成林和家里人联系上，痛哭着说："爸，我受不了了，我快死了，你快接我回去，我不能死在外国，要死也要死在中国。"

可想而知，父亲张大永当时近乎崩溃……

张大永砸锅卖铁，也要把儿子从西班牙接回来，但条件所限，最终跟俱乐部商量以后，让人把张成林送回来。

"必须自己过机场安检，不要让人看出来你不舒服，不然你就走不了啦。"

当时的张成林，烧得看眼前一米的景象都是模糊的，完全凭着惊人的意志力，他过了安检，然后从西班牙飞回上海。

在上海住院，继续高烧。最后实在没办法，张成林的父亲听说老家有一位"神医"，于是请过来。"神医"非常有医德，从老家自己坐车过来，看了张成林的病情，然后说："我就给他打三针，三针下去以后，如果体温下不来，我也就没有办法了。"

奇迹发生了，第一针下去以后，张成林的体温就下降到 37 度，从鬼门关走了一遭以后，张成林回来了。

按照医院最后的诊断，这叫"成人斯蒂尔病"。

"那是我第一次见到父亲流泪，那段时间，他足足瘦了 4 斤。"

2017 年，刚刚转会到恒大的张成林随队前往葡萄牙集训，脚腕受伤，一直到 9 月份才完全康复，所幸的是，恒大的冬训选在了西亚。

终于不用去带"牙"的国家了。

【在金德，张成林遭到了"三停"的处罚。回到蚌埠后他非常失落，一方面，他觉得对不起自己，对不起父母；另一方面，又觉得迷茫，这球还能不能继续踢下去，就算再踢下去，又能怎样呢？】

病后不久,张成林又遭受了"三停"的处罚。

"那时候我啥病也没有,可教练就是不带我训练,每天只让我跑圈。我想,凭啥呢?难道是我犯了啥事?于是我首先问大夫,是不是我有什么伤病。大夫说没有。于是我又问翻译,主教练凭啥不安排我训练,翻译说这事他也不知道。接着我又问主教练(日瓦蒂诺维奇),可主教练告诉我,这是俱乐部安排的。于是我找到当时的领导,没想到我一问这事,他就说:'滚滚滚滚滚……'我当时一听就急了,鞋一扔,大喊一声:'我不踢了。'……那时候年轻,不像现在这么平和,幸好被队友们拉开,我们没有冲突起来。就这样,由于训练都不带我,我决定不踢了。接着俱乐部就通知我'三停'。"

回到蚌埠的张成林,非常失落。

一方面,他觉得对不起自己,对不起父母,毕竟当年在沈阳发过誓要让父母过上幸福生活的,现在却是半途而废;另一方面,又觉得迷茫,这球还能不能继续踢下去,就算再踢下去,又能怎样呢?

那时候的张成林,一个月也就赚1000多元的工资,司职前锋。

"我爸背着我跑去跟球队说,希望我能够回队……我记得我那时候在家里真的是不想踢了,还托我父亲认识的一个在北京中国人民大学工作的教授想办法,让我以特招生的身份进人大念书。当时我正在家准备考试,结果球队打给我父亲一个电话,要我归队……"

就冲着父亲的这番苦心,张成林也必须归队,况且当时弟弟张成祥也在金德梯队。

回到队里后,真正让张成林站稳脚跟的是郝伟出任主教练以后,他让张成林改踢后卫,机会慢慢增多。从这个意义上说,郝伟是张成林真正的"伯乐"。

"当你要踏进足球场的时候,你在场边想一想,你今天要干些什么,改变些什么,当你想清楚了,你才把你的脚踏进去。"这是郝伟跟张成林经常说的一句话。

张成林铭记于心。

2010 年,长沙金德降级,张成林和他的弟弟张成祥"打包"转会到陕西浐灞队。

要转会时,张成林的条件很简单,先不谈钱,但一定要和弟弟在一起。最终陕西浐灞用了不到两个小时就谈下了这桩转会。

"弟弟从小天赋比我高,但他还缺乏一个真正的伯乐,我也不想和他分开,所以在金德的时候我们在一起,在西安的时候我们也在一起。"

弟弟张成祥出生于 1989 年,的确,从启蒙教练来宪强到崇明根宝基地的教练,都更看好"二龙"能踢出来。

在离开根宝基地的时候,张成林对弟弟说:"哥要走了,你要留下来好好踢……"后来在离开上海的时候,张成林再次和弟弟道别:"哥踢不了了,你得坚持。"

这样的情景发生过多次,去沈阳的时候,张成林说:"哥这次去沈阳也不知道能不能踢出来,反正你要加油,不能让爸妈失望……"

在长沙被"三停"的时候,回家前张成林又说:"哥是不行了,你千万别走弯路。"这时候,张成祥说:"哥,回家以后自己好好反思一下,也别把这事放在心上,我相信你肯定还能回来,一定能够踢出来的。"

这时候张成林感觉到,哦,弟弟也已经长大了。

但是弟弟的发展终究不如哥哥那么顺利。"第一,他还没有找到好的伯乐;第二,运动员最怕伤病困扰,这两年他碰到这个坎了;第三,他踢前锋位置,我当年从前锋改后卫,机会才多了,大家都知道,现在前锋的位置,一般都由外援占据嘛。"

不过,弟弟张成祥已经跟随黑龙江火山鸣泉队冲甲成功,对于他来说,2018 年又将是一个新的开始。

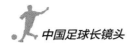

【"从小就漂泊，所以我就渴望一个家。"】

从西安到贵阳到北京，张成林跟随人和俱乐部转战了三个城市。

"从小就漂泊，所以我就渴望一个家。"张成林说。

他对妻子也是如此表白的。

2013年，在深圳龙岗冬训的时候，主教练宫磊某天突然交给他一个任务，到机场去接贵州电视台来采访的记者，闲着没事的张成林欣然接受了这个任务，把一行人接回来了。

那一行人中就有他日后的妻子李钰婷。相识以后，队伍回到贵阳，因为每个主场的比赛，李钰婷都要直播，所以一来二去，两人就开始熟络起来。

两人要真正确立恋爱关系的时候，张成林很直白："我谈恋爱，就是奔着结婚去的。你也知道，一个职业球员是要到处去漂泊的，你如果跟着我，可能你的工作也不会很稳定。钱的事情，我去努力解决，这点不用担心。如果你能接受这一点，那我们就开始。"

李钰婷的回答是："既然这样，我先考虑考虑。"

事情果然如张成林预料的那样，人和2016年搬迁到北京，张成林2017年转会到恒大，但这段感情并没有因为张成林的漂泊而终止。2016年6月6日，两个人在北京领证结婚。

六六大顺，这是张成林夫妇特意挑的吉日，也因为跟着张成林东奔西跑，所以李钰婷辞去了自己在贵州电视台的工作。

2017赛季结束以后，张成林回到上海的家，照顾妻子，静待第一个孩子的出生。可惜的是，孩子"不听话"，过了预产期还没有动静，队伍在广州集中以后，前往西亚集训，张成林只能遗憾地踏上征程。

本来按照张成林的计划，离开北京人和以后，他应该前往上海，毕竟离父母近,这样一家人都能团聚在一起。但最终人和老板戴永革把他转会给了恒大,并且他是 2017 年的本土标王。刚刚 30 岁的张成林就这样来到了他人生中的第七座城市。

来到广州以后,张成林就在恒大御景半岛租了一套房子,和家人住在一起,但父母住了很短的时间就走了。

广州的天气,外地人一般都受不了。

年初去葡萄牙时脚腕受伤,广州湿热的天气又难以适应,这一年对于张成林来说,很不顺。

"我还记得足协杯对梅县客家的时候,刚踢了不到 10 分钟,我就开始吐了,但没办法,我只能咬牙顶住。"

广州的天气,10 个外地球员,9 个要吐槽。譬如说李学鹏也吐槽过:"我比你好一点,第一次能踢 30 分钟……"

再不适应也要慢慢适应,哪怕适应的时间要长一点。在和富力的足协杯第二回合比赛中,恒大取得 7:2 的大胜,淘汰对手,张成林也打进一球,那是"杀死"比赛的一个进球。

这也让张成林保持了每年至少进一个球的纪录。此前,张成林已经为人和贡献了 19 粒进球,尤其是在状态最好的 2013 赛季,张成林单赛季打进 6 球——这些年没有哪个边后卫的进球数量能和他媲美,这也是恒大追逐了这么多年后终于花巨资引进他的原因。

"我从小就好胜,这一点没有变过,来到恒大以后,我不想让人家说我躺着赚钱。俱乐部花了这么大价钱买我来,我想我是一定要踢好,一定要证明给大家看,恒大买我并没有买亏!"

"青训老骥"程显飞

程显飞做梦也想不到,有一天他会离开大连,到别的地方去搞足球。

他生于大连,长于大连,事业发轫于大连,鼎盛于大连,他在大连培养过的队员,已经可以组成一支国家队。

但在 2017 年 7 月,程显飞下定决心离开大连,前往 3500 公里以外的昆明,继续从事他的青训事业。

出生于 1955 年的他,已经 62 岁了。"老骥伏枥,志在千里",这句话说的可不是要老骥离槽,但程显飞这匹"识途老马"却毅然决然地离开了大连。

也许所有的"反常",背后都有一段故事吧。

一

人说大连人说话,一股海蛎子味,程显飞亦然,这是乡音,一辈子改不了。现在在昆明训练,着急上火的时候,他就想用大连话骂,但话到了嘴边又咕咚一声咽回去:"这已经是在昆明,不是在大连了。"

以前在大连,那不仅是骂,还直接上手。譬如,赵旭日小时候因为一个动作不认真,程显飞上去就是一耳光,粗口喷薄而出,而赵旭日的妈妈就在旁边看着,当程显飞意识到不好的时候,已经是覆水难收。

当然,也没人怪罪他,只是现在他也得提醒自己:"这里是昆明,不是大连,现在的小孩跟以前也不一样了,尽量少骂,尽量不打。"

他现在用的喝水的不锈钢杯子,上面写着"大连油泵油嘴厂建厂40周年纪念"。这家位于大连沙河口区东北路的企业成立于1956年,40周年纪念的时候,一位曾经在"文化大革命"期间下放到该厂的地方大员还特意回来参加纪念,于是这个杯子也有了"特殊"的纪念意义。

东北路小学总教练柳忠云从老丈人那里讨来了这个杯子,然后送给了程显飞,这个杯子,程显飞一用就是20多年。

杯子合用,又有着大连的印记,所以程显飞即使到了昆明,也还带着。就这样,带着这个杯子,还有一肚子的回忆,程显飞离开了大连。

走的时候,铁哥们柳忠云说:"你就不能不走?在大连你哪怕不去其他地方,就在我东北路小学待着行不行?这里工资也不算低,有什么要求你可以提,你哪怕来一个多小时指点一下队员就行,这不但对你自己好,也算是帮我,帮东北路小学,帮大连,帮大连一方,培养出更多的球员。"

但柳忠云的这番话仍然没有动摇程显飞离开的决心。最后柳忠云说:"在外面你要待得不高兴,你就回来,这里的位置一直给你留着。"

感谢过兄弟的好意，但程显飞还是只身南下。于是，大连一个家，昆明一个家，女儿在韩国，那也是一个家。

他坚决不让老伴跟着自己到昆明，来昆明半年，老伴和女儿来探望过一次，但没两天，就被他轰走了："走走走，你们在这里耽误我训练。"

就是这么一个"怪人"，等家人离开以后，他内心又是后悔的，尤其是对女儿："我以前在大连只想着干足球，也没怎么管她，而且我这个人本身又简单粗暴，所以我觉得我和女儿的关系，这一辈子也好不了了……"

关系转圜，时机稍纵即逝，但程显飞就是这样"简单粗暴"的人，对于他来说，最大的快乐不是享受天伦之乐，而是在赛场上拿下一个个冠军。

"拿冠军，才是最快乐的时刻。"

但这种快乐，同样是转眼即逝，因为冠军永远没有尽头，拿了这一个，还有下一个。

足球就像一根鞭子，抽得程显飞像个陀螺般永不停歇。

二

程显飞在中国足球界取得的名声，来源于他像个机器一般，培养出一批又一批人才。

85/86 年龄段的冯潇霆、董方卓、朱挺、赵旭日、权磊、赵明剑，87/88年龄段的于汉超、戴琳、杨善平、杨旭、丁捷，89/90 年龄段的王大雷、孙世林、邱添一、刘殿座，95/96 年龄段的刘奕鸣、汪晋贤，等等。

这是一支国家队的配置。

如果在职业层面上，他的履历是：1995 年担任过铁路毅腾队（甲 B）主教练，第十二届全运会辽宁队代理主教练。

从青训的角度说,程显飞堪称大连的青训名教头,坊间有"南根宝,北显飞"的说法。

但是对于这个说法,程显飞连连摆手:"根宝是我尊敬的前辈,再说了,从影响力乃至各方面来说,我和他怎么相比呢?"

的确,根宝是一个品牌,而程显飞是个"个体户",他此前更多的是挂靠在铁路毅腾,队员一批批转会,所得的收入跟他也关系不大。

有朋友开玩笑说:"如果这些人的所有权都是属于他,他早就成了亿万富翁了!"

但现在,却都是为他人做了嫁衣。

在程显飞手中,有过这么几笔交易:

1999 年,冯潇霆、董方卓这一批队员以 800 万的价格转会至万达集团。这是王健林准备退出足坛之前送给大连足球的一份"厚礼",因为王健林听说这批孩子有可能被转会到外地,"不管万达搞不搞,这些孩子都是大连的财富"。

2003 年,于汉超、杨善平、戴琳、杨旭这批队员以 180 万的价格转会至辽宁足球俱乐部。

2013 年,毅腾 U17 青年队被大连阿尔滨足球俱乐部整体收购,价格1000 万元。

这三批,加上王大雷那一批,这四批队员都浸淫了程显飞的心血,这个挂靠着"铁路毅腾"的"个体户",已经把自己善于培养青少年球员的特点发挥到了极致。

2014 年中超颁奖典礼,获得最佳新人的是山东鲁能的刘彬彬,而给他颁奖的,则是特邀嘉宾程显飞。程显飞这么多年的青训耕耘,还是有人看在眼里的。

但那次颁奖,程显飞显得很懊恼:颁奖以后的现场采访环节,程显飞觉得自己很糗。

"我还以为是像平时采访那样,要聊半天呢,我刚说几句,人家就把话给打断了。哦,我才明白,这是现场采访,应景说几句就得了。"

这个让程显飞念念不忘的场景,似乎在提醒他:你也就在训练场上日晒雨淋还可以,其他地方,还差得远呢!

"我这个人,文化水平也不算高,各方面的缺陷也很多。说白了,我做个打工的还行,要做管理,差远了,差远了。"

也正因为内心的这种"差远了"的感觉,让程显飞感觉到,那些稍纵即逝的机会,怎么就没有好好抓住呢?

三

1998年,王健林准备引进铁路毅腾冯潇霆这批孩子,毅腾的老板崔毅对程显飞说:"万达那边发话了,你也可以跟队伍一起过去。"

程显飞的回答是:"我要见一下王健林,不见面我就不去,见面了看他怎么说,我才能决定。"

程显飞的性格就是这样。"王健林带领大连万达拿了这么多的甲A冠军,在我当时的印象中,他豪爽、爱才,我很崇拜他。但即使这样,我也要见他,要过去的话,总得看看自己老板是什么人。"

在大连中山广场,万达大厦的28层,王健林见了他。对于这件将近20年前的往事,程显飞几乎一字一句地复述两个人的对话过程:

"小程,你很优秀,我很欣赏你,我给你一张名片,以后有事直接找我,不用通过其他人。我这儿咖啡不错,你是喝咖啡还是别的?"

"你有什么想法,有什么要求,现在可以提出来。"

"我的要求很简单,希望如果到万达以后,工资提高到10000元一个月。"(程显飞在毅腾的时候,工资是6000多元。)

"这不是问题。"

"我们这支队伍里面,已经有两个人(朱挺和邹游)提前卖给万达了,我希望过去以后能把他们两个人要回来。另外,在昆明冬训的时候,我发现当地有一个非常不错的苗子,我也希望能买过来。"

"这些我都答应你,你要买哪个队员,需要多少钱,打个报告就行了。"

"听说你这批孩子很不错?"

"是的,不出意外的话,这里面会出 4 个国脚。"

程显飞估计的 4 个国脚是冯潇霆、董方卓、朱挺和权磊,那时候的赵旭日还不显山露水呢。

"小程,你就好好干,我会重用你。"

豪爽的王健林和耿直的程显飞的这次对话结束,一个月以后,他把大连队卖给了实德集团。

想在万达大展拳脚的程显飞一下子感觉到了不妙,他听到风声,要调整,要清洗。而他呢,第一,"高工资";第二,你是万达的人;第三,你没有大学文凭,不会外语……

于是他选择了自己辞职,和他一起辞职的还有同是毅腾系的王军。

虽然"此处不留爷,自有留爷处",可是内心深处,程显飞是多么希望没有球队转让的那一幕,毕竟实德的平台与万达是不可同日而语的,而且王健林给他的感觉是多么的好啊……

但想留时留不住,命运嘛,有时候就是这么难以捉摸。

在这批队员中,朱挺是最听话的,从小就是全队最能跑的,而且从来不偷懒;冯潇霆则脑子灵活,虽然当时身体瘦弱,但是程显飞认为他是块好料。

至于赵旭日和董方卓,这两个单亲家庭的孩子,程显飞倾注了更多的心血:

赵旭日的家境并不富裕，在他很小的时候，父亲就病故了。他是大连甘井子区的孩子，那时我在队中最为偏爱董方卓与他，这两个孩子都没有父亲，我有时甚至会让当时的主力队员当替补，而把位置让给他们俩踢。我宠着这两个孩子，不过打得也最多。赵旭日太顽皮，胆子大得惊人，什么都不怕。而董方卓训练时有些懒，因为性格内向，在场上显得有些胆小，不怎么敢跟人家硬碰硬。他们是走了两个极端，所以我管得也严格些。

赵旭日在个性方面有独特之处，另外身体条件很突出，力量、身高都要比同龄孩子好。1997年冬天，球队在火车头体育场进行冬训。1月的大连雪很大，风更大，但是赵旭日却在雪地里撒开欢地跑，铲球、带球、过人……什么动作都敢做。随后的几年冬天，我们的集训地变成了昆明，但场地条件仍然没有得到改善，全是石头地，我们就在这样的球场上进行训练和比赛。别的孩子在铲球时都格外小心，但赵旭日却不，他还跟以前一样，猛铲猛带，结果腿上的皮一块块地掉，到处都渗出血迹。教练们心疼了，让他下来处理一下。但那时医疗条件很简陋，找个破纸壳，卷成一个纸筒，套在大腿上。处理完了，他拖着条伤痕累累的腿，照样继续踢！

四

想留的时候留不住，该走的时候，却又没有走。

离开实德以后，程显飞把于汉超这批队员要走了。

当年要走冯潇霆这批队员的时候，已经有人在东北路挑了两次；要走于汉超这批队员的时候,大连漫山遍野都是队伍,但东北路硬是把这批队员留给了程显飞。

"也许就是柳忠云跟我关系好吧。"程显飞说。

把于汉超这批队员要走,训练的费用、比赛的费用、场地的费用、伙食的费用,这些都是程显飞自掏腰包。在大连的夏家河子,于汉超这批队员度过了4年。

当时程显飞租用了大连铁路疗养院的一块地。开始那里是个大斜坡,"我从海里自己拉沙子铺平,全是从海里拉的,带着于汉超、杨旭、杨善平、赵明剑和王大雷这些孩子,我们整整拉了七八百车"。

程显飞这帮人铺沙子填山,整整花了100多万,"但4年后铁路方面就要把地收回盖别墅,还没等法院判,他们就把场地用推土机给推了,盖上了高档别墅"。

为这件事情,程显飞打过官司,状告沈阳市铁路局,但官司输了。

有过这段经历的,无论是教练程显飞,还是队员于汉超、戴琳等人,都不会把这段记忆抹掉。

于汉超说:"他(程显飞)的条件太艰苦了,就是这么艰苦的条件,还能培养出这么多人。"

戴琳则说:"我爸在世的时候经常跟程导见面一起吃饭,他们的关系很要好。我去了外地踢球后回到大连有时候也会给程导打电话。我们心里都挺感激程导的,至少我非常感谢他,因为是他当时选中了我。"

孩子们长大以后,有两种方式:一是留在大连,二是远走外地。

"照我的本意,是想把他们留在大连的,但为何失败了呢?因为实德只想私下操作,只要其中5个球员,但这样一来,整队就会不值钱。当时我们在铁路疗养院训练,铁路体协还是要给院方交钱,在欠了100多万后,领导说,还是卖了吧,于是最终作价180万卖给了辽宁队。"

辽宁方面来商讨此事的是当时的总经理张曙光,双方约定在大连火

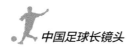

车站见面。上车以后，张曙光憋了半天，说了一句话："你怎么开这个车来接我？"

那是一辆价值"高达"2万多的五菱之光，这是铁路方面一个特别的奖励，程显飞平时开着它买全队的菜。开着这辆"专车"，程显飞说："我心里美得很呢！"

当然，这辆"不合时宜"的车不会影响这笔交易。

"唯一留在大连的人是赵明剑，他打死不愿意去辽宁，但每少一个人，成交价就得降。好说歹说之下，原本的190万降到180万，但赵明剑因此留了下来。我坚信，赵明剑留下来是正确的，这个孩子脾气急，碰到一点不愉快的事很容易毁掉自己，但在大连，好歹有他爸爸能管着他，最终他也加盟了大连实德。"

"在我带过的所有队员中，王大雷是最调皮、最有个性的，他经常和小朋友发生争执，也经常惹事，为此挨过我的打。但这孩子只有一点好，不管你刚才怎么打他、踢他，哭得有多厉害，训练时间一到，他都能马上投入，该跑步跑步，该上力量就上力量，绝对不会耽误训练。"

"另一个调皮蛋是赵明剑，这孩子家庭条件一般，他父亲把他交给我时就说：'这孩子交给您，您只要能帮我带出来，让我上天摘月亮我都去。'但这孩子小时候的确不打不行，管他一松他就跑了，或者跟教练斗气。有一次我打得他满地打滚，赵明剑给自己爸爸打了电话。结果他爸爸来了以后说：'程导，消消气，我请你吃饭去。'回头他爸爸又打了赵明剑一顿。"

"至于于汉超、杨旭和戴琳这一拨球员，从他们小时候我就认定能成才，这几个孩子小时候都非常好。于汉超自小就特别懂事、招人喜欢。杨旭和于汉超小时候，我就经常安排他们以小打大，接受锻炼。"

在交易完成以后，张曙光问程显飞："愿不愿意来辽宁？有奖金也分你一份。另外，每一个队员上一线队，俱乐部奖你一笔钱。"

这个条件让程显飞很心动，但他拒绝了，原因是：

我还有一批 89/90 的孩子要带呢！

该走的时候没有走，命运继续跟程显飞捉迷藏。

五

送走于汉超这批队员，培养完王大雷这批队员，轮到 95/96 这批队员。这是程显飞耗费心血最多的一批队员，也是对他伤害最深的一批队员。

这个队伍堪称多灾多难。2011 年，在武汉参加耐克杯比赛的时候，程显飞认为自己的这支队伍"闭着眼睛踢也能拿冠军"，然而在一场比赛过后，他们被罚了 7 个，而且其中 1 名队员被停赛两年，3 名队员被停赛一年，这是队伍的第一劫。其后还是在武汉，这支队伍在代表大连参加全国城运会的比赛中，小组头两场两战两胜，确保拿到出线权以后，队伍遭到举报——年龄造假，有鼻子有眼，这显然是"内鬼"干的。

"改年龄的事情确有其事，这一点上，我未能独善其身，因为别人改，你不改，那会吃亏的。"

在队伍遭到举报的情况下，大连队自动退赛，其造成的反应和影响可想而知。

队伍遇到的事情很多，但程显飞却一直对这批队员特别有信心。当时他说："刘奕鸣、晏紫豪这些队员肯定能踢出来。"

2013 年，十二届全运会在辽宁省举行，家门口举办的全运会，作为足球大省的辽宁，对这块 U18 的金牌自然志在必得。这支队伍的大部分队员都来自程显飞的队伍，于是程显飞被任命为这支队伍的代理主教练。

关于这支队伍备战全运会的过程，程显飞不愿意多说，但是这个大连人来到沈阳去担任全运会辽宁队的主教练，中间牵涉到的派系争斗，

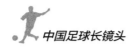

可想而知。

"生气的时候摔过饭盒,彷徨的时候一个人到操场上流泪,这些事情都经历过了。"程显飞说。

最终,他离带领这支队伍登上全运会冠军领奖台只有"一步之遥",这个代理主教练没有撑到全运会开始的时候,这支队伍是在日本人仓田安治的带领下夺冠的。最后选择仓田安治,是因为当时他是大连阿尔滨队的梯队教练,而阿尔滨的这支梯队,就是当初收购的程显飞带的那支铁路毅腾队伍……

"鹬蚌相争,渔人得利",仓田安治冷手执了个热煎堆。

这事对程显飞的打击大不大?全运会的主教练,谁都想当,队伍大部分又都是自己培养的队员,况且自己当代理主教练的时候队伍一直带得不错。

不想当将军的士兵不是好士兵。此前有两次机会,程显飞可以到国字号的队伍去任职,但中国足协两次发出的口头邀请,最终都被程显飞自己推辞了。

"我很想去,做梦都想去,自己搞了这么多年青训,怎么不渴望能到国字号的队伍去历练呢?"

"然而我又不敢去,我总是觉得自己的文化水平不高,在大连带小孩还行,到了国字号,我的水平怎么够呢?"

矛盾,总是在矛盾,只能用这么一句话来宽慰程显飞:

得之,我幸,不得,我命。

六

事情还没有结束。

一桩"没有赢家"的官司,在 2013 年,让程显飞跟多位队员之间的师徒情谊彻底决裂。

2013 年 3 月，毅腾 U17 青年队被大连阿尔滨足球俱乐部整体收购。此后，程显飞找到该队球员纪政玉索要培养费。在索要无果后，程显飞一纸诉状将纪政玉告到大连市西岗区人民法院。法庭最终判决纪政玉支付程显飞 70 万元。

之所以索要"培养费"，是因为此前程显飞和球员签订过一份补充协议，其中写着："一旦球员踢上中超，该球员需以每年 10 万元的价格向程显飞支付培养经费。"

对这件讼案，当事人纪政玉是这么看的："这份合同不是在我 2005 年刚进队时签的，而是在 2009 年补充的。签合同时，我当时想填上日期，他不让，日期是他后来自己给填上去的。他说如果我们不签，他就不带我们打城运，并且不准我们看合同的内容。我们感觉这个不太合理，通过这样的方式跟我们要钱。而且是他主动把我们从毅腾队卖到阿尔滨的，为此他们拿到了 1000 万，为什么还跟我们要这个钱呢？我现在进了大连阿尔滨，一个月 5000 元工资，我怎么给他 70 万？我其实真的想过，我要是以后踢出来了，挣到钱了，是他给我带出来，对我有恩，我肯定要回报他吧。现在弄成这样了，我也没有钱，怎么给他？"

而程显飞说："我为什么要维权？因为当时的协议是，他们踢不上中超，那我不收他们钱，三年五年都不要紧，但你们得给我一个补充协议，咱们未来还有讨价还价的余地。"

依据这份协议，他向孩子及其家长提出要钱："当初这些家长们和我签订协议，似乎根本就没把它当真，因为他们不曾想孩子日后能踢到中超，能加盟阿尔滨。这些孩子到我手下的时候才四五年级，其实可以问问这些孩子家长，当初他们是不是冲着我程显飞来。请问现在的兴趣班，有哪个钢琴老师敢和孩子签约保证成才？但在足球上，我敢。"

"我为什么走向法庭，因为纪政玉和其他两名队员单鹏飞、崔明安，他们擅自离开球队，一走就把其他队员带走了 4 个。7 年前，我也想等待未来有名利双收的一天，既把队员培养出来，也获得本应属于自己的收益，但在这种情况下，我只能依靠法律来维权。"

官司胜诉了，但是程显飞没有一点胜利的喜悦。这桩几年前的官司最终以庭外和解结束，程显飞根据队员的实际情况，有些收取几万，有些收取几千，要回了部分的"培养费"，合计 30 万元左右。

"这个官司，我知道外面有很多说法，说我收黑钱，说我人品差，等等。我敢拿起法律的武器去维权，就是为了证明自己站得正。如果可以的话，我多想没有这场官司。我为了这支队伍付出了多少心血，我为他们付出了多少钱不说，就说我老伴儿，给队伍做饭，落下了一身的病……"

带了这支队伍整整 7 年，程显飞对于队员而言，是好教练，对于很多家长而言，是好朋友。

在铁路毅腾的基地，很多家长成了"陪读"家长，一来二去，远亲不如近邻，互相都熟悉得不得了。

更何况，大家不仅经历过患难，而且经历过生死——某天晚上，因为疲劳驾驶，程显飞的车出了车祸，现场惨烈。交警到达现场后的第一反应是："驾驶员肯定没命了。"奇迹般的，程显飞只是受了轻伤。在医院治疗完毕以后，做笔录的时候，警察问："你喝酒了没有？"程显飞说："没有。"警察说："算了，就算你喝酒，也不管你了，你这命是捡回来的，万中无一，万中无一啊。"

程显飞后怕："那时候实在是太累了，白天要训练，晚上要买菜，还有队伍杂七杂八的事情一大堆。幸好那次没有出人命。"

当时在车上的就有队员的家长——大家都庆幸从阎王爷面前捡回了一条命，但没想到的是，这种劫后余生的患难之交，日后会被撕得粉碎。

共患难易,同富贵难啊!"有些队员,现在早已经是中超主力,家长跟我也是好朋友,但现在这个培养费还没有给我,我也累了,希望他们哪天能想起来这些事情吧。"

七

种种遭遇,让程显飞有了离开大连的念头。

"再说了,在大连这个地方,你把孩子们带成冠军,人家也不觉得你有多牛,拿不到冠军,人家倒说你水平不行。我倒也想看看,我程显飞离开大连,是不是也能培养出队员来。"

但从大连到昆明,这个跨度实在也大了些。

2015 年,云南足协向中国足协求援,希望找一个经验丰富的青训教练帮助云南青训,中国足协向云南足协推荐了程显飞。以云南青训顾问的身份来到云南,这是程显飞第一次接触云南青训。

事实上,程显飞与云南有过渊源,作为运动员,程显飞曾经是昆明部队足球队的一员;作为教练,程显飞无数次来到昆明海埂体育训练基地,在这里他度过了一个又一个春节。

"这里人热情、朴实。"

作为云南青训顾问,程显飞第一次来到云南,在云南足协组织的全省"后备力量"青少年足球比赛中,他从近 2000 名参赛球员中,挑选了 78 名队员,并展开了为期一周时间的集训。短短一周的时间,无论是训练的方法还是手段,程显飞都给云南足球人留下了很深的印象。之后程显飞一度成为云南全运足球队技术顾问。在程显飞的调教下,云南全运足球队的进步很大,其中令人印象最深刻的是程显飞针对队员的特点,进行位置的调整。在程显飞来之前,李彪一直是球队的中后卫,程显飞来到队伍后,他把李彪的位置改成了中锋。李彪在中锋位置上很快崭露头角，不仅入选了当时的国青队，而且留洋葡萄牙，成为云南全运队最具实力的希望之星。李彪的变化，更加让人佩服程显飞的眼光。

在云南短暂的工作时光，云南足球给程显飞留下了深刻的印象。"云南青少年球员很有特点。"程显飞说。而对于程显飞而言，他更看中云南足球的氛围。"这里就像一片净土，很干净。"

2016 年，云南昆陆足球运动俱乐部有限公司成立。从成立那一天起，公司就把青训列为俱乐部发展的重点。要提升云南青训的质量，首要解决的是教练员问题，俱乐部负责人第一个便想到了程显飞，通过与云南足协的合作，与程显飞也取得了联系。然后由于种种原因，程显飞拒绝了云南方面的邀请，但昆陆足球俱乐部负责人并未死心，而是一次次找到程显飞，希望他能到云南执教。最终，俱乐部的真诚打动了程显飞，他做出了别人难以想象的决定——离开大连，到云南执教。

"我以前一个人单枪匹马，很多事情都是凭经验去摸索，法律意识也不够，我知道自己适合打工，不适合当管理者。现在有一个好的平台可以把其他的问题都解决掉，我要做的事情就是安安静静、认认真真地为云南培养一些优秀的足球运动员。"

2016 年 12 月，尹明善把重庆力帆足球俱乐部转让给了双刃剑公司，尹明善就此退出足坛。这位支撑了重庆足球 17 年的老爷子，终究是对重庆足球做出了不可磨灭的贡献。

"成都和重庆之间的足球，
就差了一个尹明善"

终于，已经 79 岁的尹明善把重庆足球的接力棒交到了双刃剑的手中。

从 2000 年开始接手重庆足球，到 2017 年退出，17 年时间，重庆足球兴衰交替，但火种始终不灭，这是老爷子的一份功绩。

我跟老爷子一点都不熟，今天这篇文章属于"侧面采访"，这些年接触的人中，不少人都和尹明善打过交道，不妨看看他们都是怎样评价尹明善其人的。

他们的话，比一个媒体人说的话，会更到位。

李章洙　采访时间：2010 年 3 月

这次采访是李章洙在广州恒大上任后不久。在一次饭局中，李章洙

慢慢打开他的话匣子,讲述他是如何突然从韩国回到中国,然后在恒大的执教合同上签下了自己的名字。

饭局以后,我写过这样一段文字:

> 他还想起了第一次来中国时,第一次和尹明善谈的时候那种兴奋。当年尹明善也给李章洙设计了一份完美蓝图,但是一转身力帆就告诉李章洙,他们给外援的预备费用是一个人25万美元左右,三个人不超过70万美元。李章洙形容那种感觉,就像上了船却又下不来。

25日中午,李章洙正式在合同上签下了自己的名字。他把他的重庆往事跟朋友说了说,朋友笑着说:"放心,许家印和恒大绝对不是这样的。"这时候李章洙突然问:"恒大是干什么的?""搞房地产的。""比建业大吗?比绿城大吗?""你放心,许家印是目前中国足球投资人之中的首富,资产超过400亿人民币。"李章洙愕然。这时候他才知道,从今天起,他开始为这名首富打工了。

虽然李章洙并没有评价尹明善,但从他的这段话中不难看出,他跟尹明善的相处并不算愉快,第一,力帆的投入可能达不到李章洙的预期;第二,尹明善的性格和他有点格格不入。所以,2002年,李章洙就离开重庆去了青岛。

55岁才出来创业的尹明善,从底层摸爬滚打,靠实业起家,不是那种"挥金如土"的老板,但真正花起钱来,那也要咬着牙。2003年,重庆从末代甲A降级。2004年,力帆把自己中甲的壳卖到湖南,变成了后来的"湖南湘军",然后花了3800万把云南红塔买过来。重庆保住了自己的中超资格,而云南,顶级足球的历史从此成为绝唱。

石雪清　采访时间:2005 年 6 月

　　2005 年,《足球》报做了一个大专题——中国足球潜价值。第一个要采访的就是王健林,我奉命前往大连,先和他的手下,曾经担任过大连万达总经理、重庆力帆总经理,媒体人出身的石雪清进行过一次长谈。

　　采访完毕,我写了这么一段文字:

　　　　在离开重庆力帆以后,石雪清回到万达集团任职。后来有人不服气就问王健林:"石雪清已经走了, 老板你为什么还让他回来?"王健林说:"他是我的兄弟,而且在离开万达之前他也征求过我的意见。我说,你有更好的发展我当然不会阻止你,但是如果在那边不顺心,你可以随时回来。你们也一样,兄弟要发财,我更不会挡你们财路的!"

　　但是在王健林的万达集团里却没有王健林自己的一个亲戚。对于这一点,曾经跟尹明善共过事的石雪清进行过一个比较:"尹明善的企业用人理论中最重要的一点是'家鸡理论'——'家鸡打得团团转,野鸡一打飞上天',所以尹明善的企业是家族式企业,王健林跟他不一样。当然没有谁对谁错,只是如果要把企业做得更大更强,摒弃家族式管理似乎更有利一点。"

　　石总转述的"家鸡野鸡"理论,让我当时差点笑出声。

　　无独有偶,在 2004 年的一个大型论坛上,尹明善作为重庆的企业家代表讲话,他的讲话中也有这么一句:"家鸡打得团团转,野鸡打得遍地飞,小小民企寸草心,犹报祖国三春晖。"

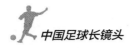

当然他说的这个"家鸡",形容的是国企,而"野鸡",则是像力帆这样的"民企"。

媒体出身的石总,他的精彩语录还有很多:

"足球圈的人才有三种。一曰'人灾',吴政就是;二曰'人才',区区在下就是;三曰'人在',陈宏就是。"

所谓"人灾",顾名思义,不用多解释。对于吴政,石总愤愤不平,他把吴政从大连带来重庆,结果最后却被吴政"抢班夺权",这口气如何都咽不下去。2004年,力帆中甲的壳变成了"湖南湘军",吴政也前往湖南,担任总经理。不过这支移民球队当年花钱如流水,成绩也不好,这让管理层直接出台了输球罚钱的措施——而吴政,很快也从"职业经理人"的圈子中消失。

至于"人在",那就是我们经常说的:"没有功劳,也有苦劳,没有苦劳,也有疲劳……"

不过,"人灾"走了,"人才"也走了,剩下就是靠"人在"来主持大局了。

8年,这是陈宏作为力帆俱乐部负责人的时间,但这位尹明善的得力手下,却在2012年春节前被警方带走协助调查,原因是涉及裁判黄俊杰和重庆足管中心原主任高健的案子。

众所周知,尹明善曾站在足坛"反赌扫黑"的第一线。当年,尹明善曾高举反实德系大旗,认为这种俱乐部之间的关联会滋生假球和赌球。2004年,尹明善曾别出心裁地召开"球员家长会",希望用这种方式教育、拯救打假球的队员。当时和尹明善一起对队员宣讲假球危害的就是陈宏。那个时候,他和尹明善一起,对队员打假球的行为痛心疾首,恨铁不成钢。也是陈宏,在2006年力帆从中超降级时,发出了"我们是最干净球队,从未打过任何假球"的公开声音。

熟悉力帆俱乐部的人都知道,尹明善最厌恶的就是假球,陈宏也是在公开场合捍卫尹明善口号最得力的干将。但是在黄俊杰案件被曝光后,力帆也陷入这个旋涡,对尹明善来说无疑是震撼的。而多年来重用的陈宏一旦涉案,无疑更是插入尹明善心中的一根刺。

现在,力帆退出足球圈,那些"人灾""人才""人在",俱往矣……

在得知尹明善彻底退出足球以后,石雪清说了这么一段话:

> 我觉得尹老爷子是中国职业足球的真正见证者,他见证了中国足球的由盛转衰,再由衰转盛的过程。作为一个企业家,有责任的企业家,他对中国足球这些年付出了自己的真心,他很值得尊重。特别难得的是,他在中国足球最艰难的时候都没有退出,无论球队在中超还是中甲,他都在持续地投入。作为一个搞实业的企业家,能够有这份坚持,就应该赢得更多的尊重和掌声。

王栋　采访时间:2014 年 10 月

这一年,重庆力帆在中甲势如破竹,在他们即将杀回中超的时候,在重庆洋河基地王栋的房间内,王栋和我谈到老板尹明善的时候,他是这样说的:

> 我印象最深的,最佩服的人是老板尹明善。因为我来这儿之后,俱乐部从来没有拖欠过一分钱工资。每个月的工资和比赛奖金都是准时发,从来不拖欠,我由衷佩服。这说明老板是真正支持俱乐部,也是真心喜欢足球的人,也是真正为我们这些人考虑的。力帆这么多年来能够有这样一位老板,我从内心感到钦佩,

我也感谢老板对球队的支持。

是不是"好老板",中国球员最直接、最简单的判断标准就是——老板能否准时发工资。

职业足球这么多年,投资人如过江之鲫,偷鸡摸狗者有之,投机倒把者有之,壮志未酬者有之,蜻蜓点水者有之,他们的名声好坏,外界有评判标准,圈内也有自己的评判标准。

有几个投资人——河南建业的胡葆森、杭州绿城的宋卫平、重庆力帆的尹明善,他们的名声一直很好,在这几个俱乐部待过的队员,无论最后境遇如何,对于准时发工资这一点,他们都没有什么可挑剔的。

这几个中国足球第一代的投资人,现在各有各的活法——绿城集团已经不属于宋卫平了,但俱乐部还是他的,不幸的是,绿城也降级了。尹明善的力帆退出了,而地处中原的胡葆森还在坚守。

他们的球队都并非那种大富大贵之辈,相反,他们都经历过降级。要知道,每到这个时候,就是球队生死存亡的时候,也是考验投资人意志的时候——是否就此放手,从此海阔天空?

我想,能支撑他们的重要一点,是他们都不敢担起"罪人"的名声。家国情怀、故土责任,这是印在第一代投资人身上深深的烙印。

是的,80亿的大时代已经不属于他们了。但他们的口碑会一直存在。胡葆森如是,宋卫平如是,作为他们当中第一个撤走的尹明善,也当如是。

最后,用一句成都同行经常感叹的话来结尾:"成都和重庆之间的足球,就差了一个尹明善。"

这句话,我给100分。

王健林的足球《江湖行》

　　1851年，马克思在他的不朽名作《路易·波拿巴的雾月十八日》中写道："黑格尔在某个地方说过，一切伟大的世界历史事变和人物，可以说都出现两次。他忘记补充一点：第一次是作为悲剧出现，第二次是作为笑剧出现。"

　　当王健林和他的万达在时隔近20年重新回到中国足坛以后，我的脑海里蹦出来的首先是这句话——固然，革命导师说，第一次是悲剧，王健林和他的万达，在1998年宣布退出中国足坛时，看起来的确像个悲剧，那么20年后，故人归来，重入江湖，是笑剧、喜剧还是正剧？

　　历史没有未卜先知，也并非平铺直叙，不管未来是什么剧本，先用一曲《江湖行》送给王健林吧。

天下英雄出我辈

在恒大没有出现之前,万达曾经是中国职业联赛的标杆。

从 1994 年 3 月 8 日"万达足球俱乐部"宣布成立,到 2000 年 1 月 9 日实德宣布取代万达集团入主球队,王健林和大连万达俱乐部一起,在中国足坛创造了一段辉煌的历史。

1994 年,在足坛元老张宏根的带领下,万达将士以其不可战胜的气势,提前一轮获得了中国首个职业联赛的冠军。此后,在万达队征战甲 A 的 6 年中,他们总共获得了 4 个联赛冠军和 1 个联赛季军,并创造了无数的中国联赛纪录。1994 赛季第 5 轮至 1998 赛季第 25 轮,共 57 场主场不败的战绩至今没有球队能够打破。

底蕴最深厚的足球城大连,加上最舍得花钱的老板王健林,铸造了大连足球最辉煌的时代,也留下了最珍贵的回忆。

大连的一个老球迷曾经向我讲述了两次难忘的看球经历——第一次,1998 年,大连客场对辽宁。大连至沈阳 400 多公里路程,4000 多大连球迷齐刷刷"占领"了 20 节车厢,奔赴沈阳为大连万达队加油。在沈阳一下车,一个警察就找到石雪清(当时万达俱乐部的总经理):"你就是石雪清?大连的球迷出了事你负责!"这让石雪清心里一阵打鼓。到了赛场上,几十条警犬直勾勾地盯着观众,石雪清也一直在祈祷:"千万别出事,千万别出事。"终场前 5 分钟,双方战成 1∶1,两边球迷的叫骂声已经震耳欲聋。石雪清连忙手一挥,让已经红了眼的大连球迷提前撤退。"幸好 1∶1,不然我们就走不了啦!"

第二次还是在 1998 年,大连一度把主场移师普兰店,普兰店离大连市区有两个小时车程。有一场比赛,前往普兰店的大连球迷足足坐满了 100 辆大巴。两家传呼公司为了在大巴上打广告闹得不可开交,最后的解决办法是两家各在 50 辆大巴上打广告,这次纷争才平息。比赛在下午 4 点进行,但从上午 10 点开始,大连通往普兰店的路上已经塞满了车,人们却并不着急赶路,喧闹的锣鼓声让每一个大连球迷享受着朝圣般的幸福。

这些故事对于大连的老球迷来说都是弥足珍贵的记忆。在足球城大连,曾经名震一时的"蓝色激浪",全盛时期有 2000 多人,但后来只剩20 多人。大连的同行曾经戏谑般地说:"以前,他们喊'万达队加油',后来他们喊'实德队加油',最后他们只喊'大连队加油'了!"

其时的大连万达,拥有李明、张恩华、徐弘、韩文海、孙继海、王涛、魏意民等一批国内最强的球员,再加上以内梅切克为代表的外援,他们在国内赛场上所向披靡。

那也正是职业化以后的第一个黄金年代,范志毅、彭伟国、高峰、魏群等都是各地的城市英雄,而大大小小的民营老板也如过江之鲫,纷至沓来。

最为神奇的例子是松日的老板潘苏通,他在飞机上见到一张报纸,上面刊登着一条广州二队要转让的消息,于是他闻风而动,把球队买了下来,组建了广州松日队。

足球是那个时代的宠儿,但无论城头如何变幻大王旗,王健林和他的万达,始终是那个时代不可超越的一座高峰。

一入江湖岁月催

王健林打造的大连万达足球队,曾经是大手笔。放弃自己多年心血,可惜、无奈,但却是必然。

在 2000 年实德正式接手万达的时候,一批球员找到过渡时期的总经理石雪清:"我们要签合同了,我们要求年薪制。"——此前,大连万达

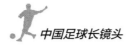

实行的一直是月薪制,工资最高的是月薪3万,而一般大腕是月薪2万。当时上海申花的旗帜性人物范志毅也是月薪3万,他被叮嘱"千万不要对外面说"。

对于像徐弘、韩文海这些老队员来说,他们还可以分到万达集团盖的"福利房"。到了1997年以后,大连万达队一年的花费居然高达5000多万,这是一个惊人的数字。

1998年,王健林把自己中意的教练徐根宝带到大连任命为主帅,让迟尚斌下课。在宣布后24小时,王健林被迫收回成命——在大连市政府的压力下,他被迫重新任命迟尚斌为主教练,于是徐根宝只好在大连旅游了24小时后又返回上海。

一天之内任命了两个主教练,队伍又在杭州集训,王健林对石雪清说:"你到球队去解释一下!"接着他摇摇头:"不行,还是我们一起去吧!"当时大连到杭州已经没有直航的飞机,王健林带着自己的助理黄平、石雪清和迟尚斌马上坐飞机到上海,然后杭州方面派出一辆车到上海,接上人从上海直扑杭州。

从上海到杭州要4个小时,这是尴尬而沉默的4个小时。王健林坐在前面,后面三人挤得紧紧地,王健林已经和迟尚斌闹翻,两人之间不肯说一句话,黄平和石雪清夹在中间更是不敢开口。车开了一半,王健林终于说了一句话:"停车,我要撒尿。"

于是一个无比滑稽的场面定格在沪杭高速公路外绿油油的田野上——四条东北汉子一字排开,一声不响,一起撒尿。完毕,王健林手一挥,四个人又钻回车内,只是四个人的脸仍然绷得紧紧的,继续他们的无声之旅。

在杭州,王健林在不知所措的球员面前沉默许久后开口:"不好意思,各位兄弟,我一天之内宣布了两个主教练,现在我正式宣布,迟尚斌指导还是你们的主教练,请大家以后继续支持迟指导的工作……"

交代完这些话,王健林一刻也不想停留,带着他的助理直奔杭州火车站。

一个老板连任命主教练的权力都没有,这是当时王健林的处境。

王健林在足球上不顺心的事情不只这些,一些球员的素质常常会让他破口大骂:"给了他们这么多钱,他们还是这个样!"万达时代有一个著名的事件,就是几个大腕顶撞迟尚斌的故事——几个大腕喝得醉醺醺的,回来刚好撞上巡夜的迟尚斌,一个大腕借着酒意,对着迟尚斌大吼:"你还想不想干了!"

王健林知道此事后暴跳如雷,几个队员第二天也知道大事不好,他们连同家属一起向迟尚斌求情,连迟尚斌都被感化了:"放过他们这一次吧。"其后便是一位大腕当众痛哭读检讨。最后一位副市长亲自到万达集团向王健林说情。余怒未消的王健林仍然不肯放松,时至深夜 12 点,终于有人提醒王健林:"他们几个还在大堂等您回话呢!"王健林长叹一声,挥挥手:"让他们去吧!"

王健林虽然是老板,但有些人他却动不得,这种趋势一直蔓延到他退出之前。关于退出,王健林说:"最重要的一点,当时中国足球圈内已经出现了赌球现象,我们队中也有。我曾经向中国足协提出要清除这些害群之马,但是最终没有成功。"

即使是他的大连万达,他也没有足够的力量去处理这些事情,因为足球对于大连来说实在是太重要了,王健林没法自曝家丑,这样的足球玩下去有什么意思呢?

想放手,不甘心,想继续,更不甘心,此时王健林对于足球的心情是剪不断,理还乱。而一个有关万达品牌的调查适时地击中了他心里最薄弱的环节。

1998 年,北京一家著名调查公司针对万达的知名度在全国 8 个城市进行了市场调查,调查对象的年龄为 8~70 岁,结果万达集团的知名

度排在全国前五名,与红塔集团、海尔集团具有同等的知名度。虽然万达的知名度很高,但万达的主业是什么却很少有人能答出来,因而万达在这项调查中的综合排名也滑到了百名以外。更有甚者,有人以为大连万达就是一个体育经纪公司。

因而从 1998 年底起,王健林就已经打定了退出足坛的心思。再者,足球实在消耗了他太多的精力——任命一个主教练,他还要亲自到杭州去对队员说明,时间都浪费在这上面,他还哪有工夫干其他的事情?

离开的脚步是越来越近了,2000 年初,实德终于接过了万达的枪。王健林最后一次和球队在一起是在昆明,大连市一位领导带着王健林和徐明一起到昆明。王健林说:"你们的待遇不会变,徐老板对你们像我对你们一样……"

这一次,王健林走得并不匆忙,这是彻底解脱后的一种闲适。血色黄昏里,王健林的背影拉得很长很长……

2000 年,大连万达完成了它在足球上的使命。1994 年 3 月 8 日,当万达足球俱乐部作为中国第一家职业俱乐部披红挂彩地宣布成立时,时任国家体委主任的伍绍祖发来了贺电,那是四句诗:"万达首创新模式,神州足坛喜事多,着眼体制和机制,事业腾飞靠改革。"后来伍绍祖见到王健林的时候说了一句话:"你们要杀出一条血路来。"

血路尚未杀出,而王健林这个标志性人物却只留给当时的中国足坛一个背影——此后的中国足球,在经历了 2002 年进入世界杯的回光返照以后,开始进入漫长的冰河期,中国足球的名声跌入最低谷。

在黑夜来临前选择离开,对于万达集团来说是幸事,对于中国足球来说是雪上加霜。

宏图霸业谈笑中

2000 年离开，到 2011 年万达集团重新回归足坛，11 年间，王健林和他的万达集团在商业地产上狂歌猛进。

对万达商业地产来说，标志性的事件发生在 2000 年。这一年，大连万达和世界零售业巨头沃尔玛进行谈判。这个第一单双方足足谈判了一年，原因很简单，当时的万达羽翼未丰，只是立足于大连一隅的企业，而沃尔玛则是世界 500 强之一。2001 年，经过一年谈判，占地 6.5 万平方米、亚洲单体面积最大的沃尔玛购物中心屹立在长春重庆路金街龙头的万达商业广场，万达成功了。

在这次谈判中，万达曾经在足球上取得的辉煌是敲门砖；足球，是王健林垫底的第一碗饭。

军人出身的王健林，为人豪爽，成为万达集团一家之长的时候，他喜欢把"兄弟"二字挂在嘴边："我的幸福观很简单，其中一条就是让跟着我的兄弟们有饭吃，有钱赚。"

曾任大连万达足球俱乐部总经理、大连一方足球俱乐部总经理的石雪清，在 2001 年结束了万达与实德过渡期的看守职务后回到大连万达集团，2001 年接受重庆力帆的邀请担任总经理，2003 年他再次回到万达集团。后来有人不服气就问王健林："石雪清已经走了，老板你为什么还让他回来？"王健林说："他是我的兄弟，而且在离开万达之前他也征求过我的意见。我说，你有更好的发展我当然不会阻止你，但是如果在那边不顺心，你可以随时回来。你们也一样，兄弟要发财，我更不会挡你们财路的！"

但是在王健林的万达集团里却没有王健林自己的一个亲戚。对于这一点，石雪清做过一个比喻："尹明善的企业用人理论中最重要的一点是'家鸡理论'——'家鸡打得团团转，野鸡一打飞上天'。这种企业是家族

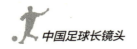

式企业,王健林跟他们不一样。当然没有谁对谁错,只是如果要把企业做得更大更强,摒弃家族式管理似乎更有利一点。"

2005年,王健林把企业总部从大连搬到北京。选择北京而放弃上海是因为北京有"王者之气","就像当年大连万达在绿茵场上的王者之气一样"。搬到北京以后,王健林曾经得意地说:"北京从东三环到长安街十几公里的路面上,坐北朝南的民营企业,只有我们万达一家。"

从2000年万达退出足球圈到2005年,从足球圈中脱身出来的王健林就把自己的企业做大到200个亿。但是王健林却并不满足:"做到500个亿我也不会满意,做到1000个亿了,我就可以考虑退休了。"

但如今万达集团的资产超过7000亿,王健林退休的日子仍然遥遥无期。况且世事变幻无常,曾经对中国足球心如死灰的王健林,居然又回来了。

2004年岁末,中超爆发了"G7革命",当"G7"在中超赛场上掀起风暴时,王健林推掉了辽宁电视台的一个采访——辽宁电视台的一个节目想请王健林谈一下足球,好不容易王健林答应了,在这个节骨眼上爆发了这么一件事,关于足球的话题一下子变得敏感起来。王健林后来说:"我现在去蹚这浑水干吗?"

但私底下,王健林却忍不住和部下谈了自己的想法:"中国足球首先要建立起公信力,没有公信力,再这么玩下去只能玩完。"在他的年度报告中,王健林不忘对中国足球进行一番讽刺:"中国有两个最臭的行业,一是股市,二是足球,用东北人的话说,是两个兽医抬头死驴,没治了。"

不胜人生一场醉

"没治"的中国足球,却在2010年后,迎来了爆发式的增长。

这情景,像极了 1994 年的时候。于是大小老板们再次如过江之鲫,纷至沓来。

王健林的归来,显得是那么的顺理成章。"足球的魅力显而易见,这是职业化时间最长、影响力最大的运动。我本身是球迷,为了帮助中国足球,我做了两件事情。首先,5 年前万达创办了足球学校,培育英才。然后就是这次的'中国杯'比赛。我们要让比赛的水平比亚洲杯高,成为亚洲第一国家队赛事。"

在回归足球以后,王健林如此说。

场馆问题,可以说是王健林这几年弄足球的思路延伸。此前他一边送小孩留洋踢球,一边出资为国足更换"名帅"卡马乔,期望从塔尖和塔底一头一尾提高中国足球的水平。但效果却没有达到人们的预期。

万达曾经做过调研:美国平均 4.6 万人拥有一个标准足球场,而且足球在美国不是热门运动,远远比不上橄榄球、篮球。日本平均 3.8 万人拥有一个标准足球场,而中国是超过 13 万人才拥有一个标准足球场。

"中国的足球场搞不上去,中国的足球也很难搞上去。"这是王健林的结论。

那么对中国足球而言,人和钱都是排在后面的,首先要做的就是保证场馆设施。但是万达一个建广场的,不可能直接在各个城市建球场,于是赛事就成了解决这一问题的最好方式。

王健林希望创办一个有品牌价值的赛事知识产权(IP),一个城市想要举办这个赛事,就得有相应的配套设施。赛事每年在各个城市间流转,这样就能依靠政府的力量,去完善各地的场馆设施建设。场馆的兴建与赛事本身都能令各地的足球氛围更浓厚, 从而扩大整个足球人口数量,同时还能为举办世界杯未雨绸缪,提供组织经验与硬件支持。

这是王健林给出的解决方案。同时,"中国杯"的另外一个重要因素就是商业。一开始万达是计划将"中国杯"定在成都,最终也是因为与政

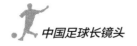

府的商业合作因素定在了南宁。早在 2015 年，万达就与广西壮族自治区政府签订了一份 700 亿的合作计划。

足球，在中国从来就不是一项简单的运动。

对于"中国杯"，万达花了很多心血。2017 年的第一届比赛，邀请了克罗地亚、冰岛和智利三支球队，据估算，万达的花费在 5000 万人民币左右。

在 3 月 22 日举行的第二届比赛，邀请的是乌拉圭、捷克和威尔士，这三支队伍中不乏世界级明星，乌拉圭的苏亚雷斯、卡瓦尼和威尔士的贝尔，按照合同规定都要在比赛中出场。

结果在第一场中国和威尔士的比赛中，威尔士队没有给中国队任何面子，6∶0，贝尔上演帽子戏法，中国队被打得体无完肤，这是里皮执教生涯中最惨痛的失利。于是这场"惨案"又再一次引发人们的思考：

中国足球到底何去何从？

20 年过去了，为什么球员的钱赚得越来越多，国家队的水平却是毫无长进？

无论是王健林还是许家印，他们到底给中国足球带来了什么？

总体而言，从 2011 年回归中国足坛，到 2018 年接手大连足球，这 7 年时间，万达支持中国足球的一揽子计划包括这么几件事：

第一，万达成为中超联赛的冠名商，并将冠名费提升到了历史新高；第二，万达组建了"希望之星"的留洋之队，将一大批 95 后送到了欧洲；第三，这也是争议最大的一点，那就是在巴西世界杯 20 强赛开打前一个月，强行用卡马乔换掉了高洪波。如今回想起来，对"反赌扫黑"之后处于低谷期的中国足球，万达整体上给予了不小支持，助逐渐穷困潦倒的中国足协和中超联赛，度过了最艰难的一段时光。当万达 2014 年结束赞助期后，中国足球已经明显回暖，各项商业赞助纷至沓来，并且都在万达时期的基础上再有提升，这些都是不可抹杀的历史贡献。

但国字号球队的整体孱弱，让万达的这些计划，费时费力不讨好。万达终于明白一个道理，只有在地方有根据地，万达在中国足球的每一步才不是空中楼阁，才不会是无的放矢。

终于，在 2018 赛季，万达正式接手大连一方，重新回到中超行列。

但联赛第一轮，大连一方就以 0∶8 输给了上海上港，刷新了中超联赛最大输球比分纪录。如果上溯到甲 A 年代，大连万达曾经 8∶0 战胜过八一队，当然还有申花对阵国安时著名的 9∶1。

王健林只能苦笑：当年只有万达打别人 8∶0 的时候，没想到今天也有沦落如斯的时候。

怪只能怪大连万达接手接得太晚了。

此前的大连一方，在升上中超以后，就成为一支前景未明、动荡不已的球队，马林接过教鞭，也只能勉力维持。当时大家都不知道前景，也无法针对性地去引进球员，就是这么一支球队，仓促间走上了中超的舞台。

虽然万达尽力在亡羊补牢，虽然卡拉斯科、盖坦和冯特火线加盟，但虚不受补，再强力的外援加盟，短时间内也难以改变大连一方原有班底太弱的事实。

"如果恒大一直这么一家独大，我实在看不下去了，不排除我会再出来跟他掰掰手腕。"这是王健林曾经的一句玩笑话。

但现在的中超毕竟不是当年的甲 A 了，万达离开这个江湖已经快 20 年了。

这 20 年，就像一场还没有散掉的酒局，昔日的大哥是回来了，但招呼推杯换盏的，却已经另有其人。

足记"狗仔队"
——2016 年记者节随想

一

聂树斌终于被平反了。

如此重要的事件,显然,这几天,朋友圈都被这件事情刷屏了,大概总结为:迟来的正义,媒体的力量。

既然是媒体的力量,自然要向为推动此案一步步廓清迷雾,持之以恒、锲而不舍的媒体人致敬,网上多有总结,此处无须赘述——作为一个记者,一方面,我向这些前辈、同行们致敬,另一方面留意着他们现在的职业、身份,他们当中百分之九十的人,或赋闲,或转行。

从悲观的层面上看,这个时代留不住这些人;从乐观的层面上看,接力棒已经交给了下一代人。

两个结论,你们相信哪一个?

作为一个入行十几年的老兵,我是个悲观者。一方面,时代说,要向这些真正铁肩担道义的新闻人致敬;另一方面,这个时代又驱逐着这伙老兵,让有力者无力,让乐观者止步。

就是如此矛盾。

聂案是个时政话题,作为一名足记,发言到此为止——但道理大概是相通的,我留意了一下自己身边的同行们,现在还能坚持下来,还能认真调查,甚至我把标准再降低一点,能认真写字的人,也渐像《孔乙己》里的茴香豆。

多乎哉?不多也!

二

在足球世界里,这几天的头等大事,自然是发生在巴西的空难。

这是个社会新闻。空难发生时,我身边的亲友,甚至平时不认识的人,得知我的记者身份,都会说:"巴西空难,死了很多球员。"——你要知道,他们平时都不怎么关心足球。

此事一出,举世同悲,足球史上的几次大空难都被翻出来,都灵队的空难,曼联的慕尼黑空难,赞比亚国家队的空难,等等。我呢,作为一名足球记者,除了关心这些死去的队员们,还特意留心了一下,是的,这几次大的空难,都有记者随行。

就如同这次的巴西空难,随行记者 20 人,一人获救,这意味着,罹难的随队记者有 19 人。

但在我看到的信息中,人们悼念记者的话语少之又少,近乎没有。大概这是人类本性,人们的所有注意力已经消耗在主体物品,至于随队记者这种"附属品",用 8 个字"悼念所有遇难人士"就可以打发了。

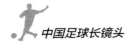

后来,终于有国内一家媒体用了一条新闻稿,介绍了 19 名罹难的随队记者的生平。也罢,同行之间哀悼,就是这个小圈子里的相互取暖。一束微弱的光,照亮不了整个世界,如能留此存照,足矣。

这不是在空难面前还要争宠,此事在提醒自己,必须要清楚自己的定位,记者是记录悲欢离合的人,但千万不要指望,有多少人惦记着你的悲欢离合。

三

回到我熟悉的中国足球,赛季结束,无甚大事,但最近刚在足协杯中打进制胜一球的黄博文和记者吵架了。

起因是我的这位同行写了一篇文章,大意是屡屡打进世界波的小黄,其实脚部有轻微残疾。小黄看了此文,自然大动肝火,公开用了一句大脏话来骂我的这位同行。

此事孰是孰非,我就不去评判了,不过记者跟球员之间干仗,倒也司空见惯——现在的场景,就是我们这些足记的日常:

聂案伟岸而神圣,而我们足记,大概一辈子都碰不到这样的事,我们的日常,就在这个小圈子里日复一日地写着一些鸡虫之事。

也许有很多人羡慕足记,天天和职业球员打交道,他们可都是常人难以接触得到的群体。这里又涉及定位问题了——嘿,足记朋友们,你们是怎样的存在呢?

哦,大概应该是这样吧?你去脑补一下《大话西游》里的剧情,那个夕阳武士和紫霞仙子在城头相遇,正当他们半推半就却又互相退让的时候,孙猴子作了个法,漫天黄沙中,他们相拥而吻,然后他们用余光注意到了孙猴子。

"那个人,他好像一条狗耶!"

是的嘛,不然怎么会把记者称为"狗仔队"呢?

尤其是中国的足记,口碑尤其不好呢!

四

所谓"蛇有蛇路,鼠有鼠道",知道自己的角色定位,那就好。

2010 年,我给当时尚在恒大效力的一位队员写了一个整版的人物稿,最后却不停地被这位队员埋怨——文章提到他之前"颠沛流离",又被原来的俱乐部欠薪,但到了恒大以后,一切河清海晏,想买奥迪 Q7 的梦想,也终于实现了。就是这么一个不算什么的细节却让这位队员非常生气,他认为我这样写,"让我那些还在讨薪的朋友们怎样想?"

解释?解释不通,原以为随着时间的流逝,这点小事情会慢慢淡化。但后来才知道,这位队员会跟新来的队员说:"注意那个《足球》报的××
×,不要和他打交道,他会乱写。"

我得知此事后,勃然大怒,但后来禁不起一位同行老师的规劝:"跟他生这个气干吗?他跟你有什么关系?重要的是你身边的人,你的老婆孩子……"

其实我去找他算账和我依旧关心自己的老婆孩子,逻辑并不矛盾。但我居然被说服了,或者是因为,自那时候起自己就已经慢慢明白,球员、记者,两个职业群体的人,不过是互不相干的两条平行线。

至于能否做朋友,那就真看缘分了。一定要当敌人,其实也不在乎。

2014 年,恒大主场被国安击败,提前一轮主场夺冠的梦想落空。赛后新闻发布会上,里皮用意大利语爆了粗口,其后我向本报的意大利语专家求证,得到确切的答复后,写了一篇文章——此事后来被大批的"恒大球迷"攻击。

他们的逻辑是:你一个跟队记者,居然不厌其烦地求证里皮是否爆

了粗口,居然不顾"跟队"身份去批评里皮,这是典型的"恒大叛徒"哪!

你看,总有人搞不懂什么叫"跟队记者"——球迷和球队可以在城墙上深情拥吻,所以我就不去做第三者了。你们爱的是球队,我做的是新闻,只不过在某年某月的某一天,大家碰巧相遇而已。

那么,会喜欢这支球队吗?喜欢,当然喜欢。以前的广州日之泉、广州医药,现在的广州恒大,我一样喜欢。但大家都别许下什么诺言,就像一个亲吻队徽的队员,也许下个赛季他就会为别的队伍效力;就像一支曾经八夺冠军的队伍,他们现在早已消失在地球的某个角落。

重申一句,在下是《足球》报记者,可不是"恒大记者"呢。在一些场合,大家互相介绍的时候,别人提起我,很多时候说"恒大跟队记者"。说者无心,听者有意,我心里想说的是——跟恒大的时间太久了,其实我一点都不喜欢"恒大记者"这个"标签"。真希望有一天,能把我当初"脱掉"的衣服一件件地穿回来。

现在,2016年要过去了,我一点也不会怀念它,无非就是把一个旧的采访证收起来,然后等待下一个采访证的到来。

足球烟火气

一个县城的足球众生和梦想

18 年后再见到阿劲，我们寒暄以后，聊到阿寿，阿劲说："他已经走了。"

十年人士几番新，听到故人病逝的消息，并不意外，只是在轻描淡写之间，便把一个人的生死大事交代清楚，使人觉得人世间的事情几乎儿戏，不需要太多追问了——阿寿年纪已经大了，撒手而去也就自然而然了。

阿寿是广东省阳春市（县级市，地处广东西南部，离广州约 260 公里）原足协主席，头衔听起来高大上，所谓足协其实就是一群热爱足球的民间人士自己发起的组织，大多数人甚至不知道他的全名，也不知道他的真正职业，虽然他在这个小城的足球史上是"名垂青史"的人物。

但我还是要写下这篇文章，向这些真正热爱足球的梦想家们致敬。因为我在他们身上看到的是中国足球最稀缺的资源——正能量。

足协主席是门卫

我第一次见到阿寿的时候，他在给场地画界线。偌大的一个县只有一块略为平整的土地，在场地的四个角落里蔓延着一些杂草，中间光秃秃，大风起处，尘土飞扬。

他的脸上沾满灰土，还覆了一层白色的石灰，甚是狼狈。画了一遍界线等于没有画，三番四次以后，他把石灰桶一撂："累死我了！"阿寿虽然是足协主席，但和光杆司令差不多。其时正是 1994 年，甲 A 的热潮席卷全国，县城也终于举办了一次足球比赛。我所在的队获得了少年组的冠军。当成年组的决赛举行的时候，县城万人空巷。阿寿很得意地占据了最好的位置，拿出一个高音喇叭，兴致勃勃地进行解说。第一句话就引起哄堂大笑——"场上的×××同志……"都什么年月了，还把运动员称同志？

决赛那天本来应该是阿寿吹比赛的，但是因为参加决赛的两个队伍集体抵制而换了裁判，因为老眼昏花的阿寿根本跑不动，他只能在中圈一带游弋。当解说反倒成了他人生的一个大荣耀，因为数以千计的人听到了他的声音。赛后，我们嚷嚷着要阿寿请客，阿寿呸了一声："你们有几百块的奖金拿，还好意思让我请客，我可一分钱没有！"

小县城没有足球传统。20 世纪 80 年代，足球项目就被体校踢了出去，所以这个不拿钱只干活的主席，有关方面无比欢迎。阿寿当这个民间组织主席的唯一收获，是在县体育场看台上占了一个 4 平方米的单间，放球，放球网，摆一张桌子，墙上挂一面足协的旗帜，这个草台班子就算搭起来了。于是阿寿每天下班以后就屁颠屁颠地骑着自行车过来，吆喝一下，自得其乐。但一到星期天，整个球场空空荡荡，因为大家都在家里看甲 A。然后第二天在球场踢完球以后，坐在球场上一直聊甲 A 聊到月

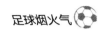

光满地。

阿寿是想干点事的。他组建了成年队、少年队，他带领着我们这帮人去市里打比赛。比赛打平，点球也打平。阿寿高兴啊："你们这帮小崽子争气，客场打平，走，我们吃饭去。"但阿寿掏钱结账的时候，才发现自己身上带的钱不够，还是我们队里当天带了一点钱的小孩帮忙付了。阿寿满脸歉意："下一场比赛，我一定让你打主力！"

回到主场的比赛，我们5∶1狂胜，付了钱的小孩其实也没有打上主力，因为阿寿找了几个十八九岁的人混到我们里面。阿寿解释说："没有办法啊，这么多人来看比赛，县领导也来了一个，我得争点面子啊！"

阿寿的足球梦越做越大，甚至想组建队伍参加省运会。我超龄了一年多，他很失望，他提议过改年龄，被我拒绝了。阿寿最终没有实现这个愿望，因为他没钱，他能拉到的最大赞助就是2000元，赞助商是个球友。

多年以后，我已经是个足球记者。一天，父亲突然问回到家乡的我："你是不是认识阿寿？"我大吃一惊。父亲继续说："他现在逢人便说，当年是他劝你去读书，去当足球记者，你听了他的话才变成这样的。"

我这才知道阿寿的真正身份——阿寿原来是父亲所在公司（当时还叫"阳春钢铁公司"，现已破产）的门卫。

被命运抽打的足球陀螺

"对，他当门卫的时候，我还去过他的值班室。"阿劲说。

在90年代初的某个冬夜，四处漏风的值班室，北风来回激荡，历史完成了重要的一笔，阿寿把阿劲叫过来，交给他的任务就是抄写阳春足球协会的章程——这一天阿寿不仅开始了正式筹备县足协的壮举，同时也为未来的阳春足球选定了接班人。

出生于70年代初的阿劲，在八九岁的时候，不过是想去买个排球，

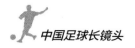

但那天去供销社的时候,没有排球卖,退而求其次,买了个塑胶足球。一见足球误终身,从此开始了自己的足球生涯。

阿劲有天赋,身体条件出色,已经46岁的人,驰骋在足球场上和年轻人对抗仍然毫不吃亏。更重要的是,他对足球超乎寻常的热爱——这是阿寿最看重他的地方。当然,他的选择也不多,有多少人愿意干这种毫无回报,完全凭借着对足球的热爱而坚持下去的活儿呢?

同样因为这种热爱,张仔也被拉下了水。

张仔也已经年近40了,少时踢球,阿劲当过他的教练,在省城广州读完大学以后,回到阳春,有自己的生意。就像当年阿寿找阿劲,现在阿劲找张仔一样,这些领头人都需要自己的帮手,需要志同道合的同志,需要一代代人的传承。

要维系火种,除了平时自发的"开场",还需要不断地组织比赛,贺岁杯、联赛,拉赞助,定赛程,找裁判,处理各种可能出现的状况。足协主席阿劲和足协秘书长张仔,以及他们的兄弟们,年复一年。说到底,这不过就是一批热爱足球的民间志愿者而已。

这种志愿者,最讨厌的事情就是,为比赛忙前忙后,但经常还要被人埋怨,例如赛程安排不合理,裁判"不公",等等。所以张仔在抱怨的时候,也只能对阿劲保持敬意:"没有他在这里撑着,谁还愿意干这些破事啊!想着他也不容易,又是带过自己的教练,不然早就想退出不干了。"

就像万晓利的《陀螺》所唱:

在阳光灿烂的一天,
你用手捂着你的脸,
对我说你很疲倦。
你扔下手中的道具,

开始咒骂这场游戏,

说你一直想放弃。

但这群被命运抽打的足球陀螺,终究没有放弃,也无法割舍——阿劲有一次带队去江门参加比赛,错过了大舅哥的婚礼,此事被老婆唠叨至今。而他的兄弟"大个子"则"不屑一顾"地说:"这算什么,就算是老婆生孩子,该踢还是踢啊。你想啊,生孩子的时候,你在旁边又有什么用呢?"

在今年的一次比赛中,诞生了一张海报"向老也致敬!"老也(老嘢,粤语,老家伙),小伙伴们用这样的方式表达了对阿劲的敬意。

阿劲笑着说:"我还不老,我还能继续踢呢!"

一块球场的悲喜

无论是阿寿还是阿劲,都像守着一块薄田的老农,他们能耕作的,也只有体育中心这块场地。1992 年,阳春撤县建市,最大的贡献是把原来体育中心的场地平整,种上了草。此后 20 多年,场地自生自灭。

每次踢比赛前,必须要清理场地,阿劲大夏天戴着草帽和兄弟们一起清理场地里的碎石。广东天气太热,晚上如果能踢球是最佳选择。没有钱铺设灯光场地,于是他们想出了一个"奇招",想办法把电通到场边,然后用杆子挂起大功率的灯泡,踢的时候需要人扶着杆子……

就是这样的场地,你要视若珍宝——但只能尽人事,听天命。

处于县城中心地带的这片场地,也是周围人们的好去处,散步的散步,遛狗的遛狗,能保留下来也是奇迹——在房地产大肆发展的今天,不是没有人打过这块地的主意,但政府最终没有把这块地卖出去。重要的原因是,体育中心旁边就是老干部之家,老干部们不同意卖掉这块地,你建了房子,我们去哪里散步呢?

多年来,阿劲他们也希望能把这块场地包下来重新整修,开始也被拒绝了,理由一样,你们搞了场地,把场围起来,周围的群众又去哪里散步呢?

这样的事情来回牵扯,最终在这块场地和跑道之间的空地上,阿劲他们建起了一块五人制的人工草球场。这块小型场地从申请到最终建成,也足足花了 3 年的时间。

在这个经济落后、足球基础薄弱的地方,足球终究像个野孩子,它是这群人的信仰,但在圈子以外,却是个可有可无的点缀品。

无法抱怨些什么,说政府不支持?每年的贺岁杯,他们毕竟也会拨款几千块来支持,体育中心的场地实际上也是交给阿劲他们免费使用。阿劲经常和政府方面的朋友念叨,希望多多支持。后来经历的事情多了,一个大致的结论形成——政府的支持,永远和这些足球人的期望有差距,只要做到不拖后腿,那就是最大的支持了!

也真多亏了这两年足球改革的风潮,体育中心终于重新整修,轧地、种草。体育中心历史性地成为灯光球场以后,阿劲和他的兄弟们的激动可想而知。他们的朋友圈里刷屏着这样一句话——阳春也可以在晚上踢球了!

这是 2016 年,一个人口超过百万的大县,终于拥有了自己的第一块灯光球场,喜耶? 悲耶?

一个职业足球的梦想

这些人,大概都有过职业球员的梦想。作为曾经的阳春第一球星,阿劲每每感叹:"如果当年我也能接受专业训练,也许真的有机会。"

这地方,不是梅县,不是湛江。20 世纪 80 年代,广东队鼎盛的时候,广州、梅州两地队员分庭抗礼,而粤西地区的湛江也是足球重镇。1989

年,高丰文率领的中国国家队冲击 1990 年世界杯,在新加坡进行最后的亚洲 6 强决战时,队中有 4 名球员,谢育新、郭亿军、张小文和伍文兵,他们都来自梅州兴宁县。这种盛况, 只能让阳春这种足球空白地带羡慕——不要说国脚,这里能出去一个踢职业比赛的球员,足矣!

没有教练,没有培训基础,有足球梦想,只能背井离乡到外地去试试运气。阿丕比我小一岁,后来他去了秦皇岛足球学校(中国足协主办,培养出郜林、黄博文等球星),这可能是阳春历史上第一个抱着职业球员梦想而背井离乡的人,此举在阳春圈内引发的震动可想而知。

多年以后,我以足球记者的身份碰到阿丕,他最终没有成为职业球员。他跟我说:"没有办法,竞争太激烈。我跟北体大的麻雪田教授很熟,以后需要找他的时候,我可以帮你牵线……"

我没有过多地询问他在秦皇岛足校的遭遇,因为我早知道要成为职业球员是何等的艰难,我关心的是他以后的打算。

"就在阳春当足球教练,希望能带一下阳春的小孩子踢球。"

毕业于秦皇岛足球学校,如果他真的能成为教练,那将是阳春足球历史上"招牌"最亮的一位教练,但他最终没有在这条路上继续走下去。

"要教,也得有人学。那段时间,中国足球形象这么差,广东足球成绩又那么差,哪里有什么小孩子愿意学踢球。"阿劲说。

这曾经是他最大的恐慌之一。圈子里来来去去都是这么一群人,他们一天一天老去,年轻人纵使有吃足球这碗饭的想法,但这碗饭,吃不了。

这些年轻人,平时打工,业余时间就在足协帮忙。有梦想的话,会到外面参加一些教练员的培训班,其中的佼佼者会在外面闯荡。

这也是阳春足球给中国足球所尽的一些绵薄之力吧。

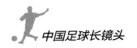

基层足球的反弹

出去了，就很难有机会再回来。我和阿劲时隔将近 20 年再联系上，不过是因为大业体育产业公司和广东民间促进会（会长容志行）举办的"广东省超级联赛"。该联赛要在广东各个地级市成立赛区，当我鼓动阳春足协承办阳江赛区时（阳春县级市，由阳江市代管），阿劲他们犹豫、反复，最终答应了下来。

犹豫、反复，来自于困难。这样高规格的比赛，阳春足协一直觉得有心无力。虽然组织方跟他们反复强调，比赛成本不高，而且在珠三角地区广受欢迎，以及珠三角各地赛区的冠名费、广告牌的价格是如何的"高昂"。阿劲苦笑着说："你也知道，那是在珠三角。他们一块广告牌可以卖两三千，我们这里可能只卖两三百，那还都是朋友们给面子呢！"

但最终，他们硬着头皮接下来这个比赛。一个最直接的原因是，这样他们就可以绕开阳江，直接建立和省里相关资源的桥梁。

县级市和地级市的关系一向微妙，体现在足球上同样如此。但凡有省里的比赛，通知直接下达到阳江，这种机会一般不会再给下面的地方。一来二去，双方就会产生隔膜。阳春也派队伍参加过阳江的比赛，但双方印象都不佳。一来二去，从此便老死不相往来。

不和外面交流，便如孤岛一般——所以当这样的机会来临以后，阿劲他们不想再错过。"比赛还在其次，重要的是建立起这样的渠道，这样我们的教练有机会直接去省里参加正规的培训。同时也希望省里也能有人过来指导我们自己的青训队伍。"

在阳春承办阳江赛区比赛当天的新闻发布会上，阳春市足协请来了所有曾经关心支持过他们搞足球的人，这固然是他们的一种喜悦，也是他们的一种信心。

　　这种信心，自然是来自足球大环境的变化。一些学校已经开始建立了足球培训班，需要足协派人去指导；一些中小学之间的比赛开始进行，也需要足协派人去指导；本地的联赛一直进行，规模越来越大，越来越正规，所以阳春足协的工作量越来越大。但这种工作量对于阿劲他们来说，那不是一种累赘，而是一种喜悦。

　　人口只有 30 万的冰岛，可以诞生一支战胜英格兰，打进欧洲 8 强的队伍，而人口超过百万的一个县，却还没培养出一名职业球员。这种强烈的反差，大概是中国足球为什么落后的一个重要原因。

　　学校足球的蓬勃发展，足协另外开培训班，同时让自己的教练有机会到外面接受培训，再把本土的联赛搞好——这是这些基层足协希望能做到的几件事情。"时来天地皆同力，运去英雄不自由。"那些年做上述每一件事都举步维艰，而这短短一两年，一切水到渠成。纵然基础仍然薄弱，但命运终于还是给了这群人，一点希冀，一点梦想。

　　我想，故去的阿寿的梦想，就由阿劲他们去完成吧。

用足球对抗毒品的农民

今天讲的故事发生在云南,中国最遥远的角落。当然,距离或远或近,经济或富或贫,形势或好或坏,都改变不了足球的魔力——总有一些"孤胆英雄",在足球的道路上摸爬滚打。

一个月前,我在云南采访,从昆明出发,经楚雄、大理、腾冲,然后到达德宏州首府芒市——德宏州,地处中国西南边陲,该州和缅甸接壤的国境线长达 500 公里。

德宏州盈江县,这里曾经有一个传奇人物——刀安仁。

出生于 1872 年的刀安仁是盈江干崖宣抚使第 23 任土司刀盈廷掌印夫人所生的长子,被称为"混相",即傣语"宝石王子"之意,是法定的土司继承人。

这位边陲之地的土司继承人,却是同盟会元老。1911 年 9 月 6 日,发动腾越(今腾冲)起义,成立滇西国民军都督府,任滇西国民军都督府第二都督。1913 年病逝时,孙中山深表痛惜,致挽云:"中华精英,边塞伟男。"

刀安仁在盈江的事迹很多。当地人说:"他是个喜欢新鲜事物的人。"1904 年,他从新加坡引种的橡胶树,至今还存活着一棵,被称为"中国橡胶母树";他还喜欢留声机,所以盈江便有了留声机;他喜欢足球,于是盈江便有了足球——屈指一算,盈江地区的足球历史,也已经超过100 年了。

"我们这里,绝对是德宏州最有足球底蕴的地区之一。"杨善勇说。

杨善勇,38 岁,盈江旧城镇人,农民足球队"农民融心队"的创始人,也是当地规模最大的业余赛事"融心"杯的创办者。

这样的民间足球"带头人",全国各地有很多,然而杨善勇干过的一件惊世骇俗的事情,独一无二。

2001 年,旧城镇一家个体经营的摩托车维修点门口贴出了一张告示:

> 免费收徒。凡年满 14 岁到 20 岁之间的无业青年,均可免费入店当学徒。本店提供住宿和薪水,吸毒人员或父母、亲属有吸毒史的从优。

维修点的主人就是杨善勇,那一年他 23 岁。

杨善勇发现,不少年轻人染上毒瘾是因为没有事干,大家三五成群地聚在一起空虚无聊。吸毒人员中年轻人居多。年轻人爱赶时髦,有的人明知毒品有害,但也要图一个新鲜刺激,想尝一口。一方面这些吸毒人员被毒品所累,另一方面还要为自己的毒瘾买单。当地的治安因为毒品的入侵也变得越来越差。

告示贴出之后,当年就有 10 名青年到杨善勇这里学习摩托车修理技术。杨善勇倾囊相授,他的徒弟也越来越多。杨善勇对这些徒弟生活上

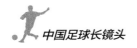

要求严格：不准酗酒、打架斗殴，不得与有吸毒倾向的人员往来。但年轻人精力旺盛，总要有事情来填补空虚。喜好足球的杨善勇就与镇文化站组织了一支足球队，他个人投资 3 万元为他们配备了球衣、球鞋，还修缮了场地。

从 2005 年到 2007 年，杨善勇被政府评为禁毒防艾先进个人。他亲戚家的小孩也戒掉了毒品，开始踢起了球。球队规模越来越大，逐渐吸纳了不少当地喜欢踢球的农民。现在，杨善勇的徒弟已经有 300 多人，遍布云南。他的"农民融心队"已经有 70 多个队员。

农民球队条件有限，当地只有旧城镇中学的一块新中国成立初期修建的场地还算正规，但谈不上平整；队医是一个祖上学医的农民；队里的车就是杨善勇收来的二手车。而这样一支球队，日常训练和比赛的装备、外出比赛的食宿和交通费等，也是一笔不小的开销。这些钱原本都是由杨善勇自掏腰包。

过去，每年杨善勇的投入大概有五六万，随着队伍的扩大和比赛的增多，球队一年的花销已经接近 20 万元。单凭自己的二手车生意，杨善勇已经无法独立支撑，但在政府的扶持和一些生意伙伴的支持下，杨善勇可以继续支撑下去。

搞业余足球如此费时费力费钱，家人当然不太理解。虽然杨善勇用自己的强势统一了意见，但愧疚从未少过。几个月前，杨善勇唯一的女儿刚刚完成婚礼。因为每年过年都要忙足球赛事，杨善勇说他甚至连带女儿串亲戚的时间也没有。说到这里，当着我的面，他哭了。

也许对于无法理解足球"魔力"的人来说，像把自己所有的业余时间和精力都献给足球的杨善勇，都是足球"疯子"；但对于他们来说，足球是他们的精神支柱，而他们，也正是中国足球的脊梁。

丁俊晖、张玉宁身后的"狼爸"

2016 年 9 月 25 日晚,8 万人体育馆,斯诺克上海大师赛决赛,丁俊晖对阵塞尔比。

距离 8 万人体育馆大概 300 米,我和张玉宁的父亲张全成在一家宾馆里喝着茶,说的自然是张玉宁的故事。张玉宁这个 19 岁的年轻人,已经是国足参加 12 强赛的主力中锋,也是目前唯一效力于欧洲顶级联赛(荷甲维特斯队)的中国球员。

晚上 8 点 30 分,电视上正放着丁俊晖和塞尔比的比赛直播,而老张则打开手机,收看维特斯的比赛。

斯诺克的直播中,丁俊晖在 6∶6 以后,势如破竹;足球的直播中,老张在苦苦等待,儿子这场是否有上场机会。

尘埃落定,丁俊晖 10∶6 战胜塞尔比,获得冠军,拿走 85,000 英镑的奖金;而维特斯两个受伤被动换人,导致张玉宁无法出场。

在颁奖的时候,丁俊晖流下了眼泪,这个冠军来得不容易。儿子无法出场,老张的心情有点郁闷,看着丁俊晖夺冠,也是分散注意力的一种方法。

"现在很少看见丁俊晖他老爸出来了哦。"我说。

"嗯,当然了,儿子都已经长大了。好几年前,就已经没看到老丁出来了,老丁现在应该可以颐养天年了。"老张说。

张全成并不认识丁俊晖的父亲丁文钧,但我相信,如果他们见面的话,应该会成为不错的朋友,因为在培养儿子走体育道路方面,两个人实在有太多相似的地方。

教育界有"虎妈",而这两位,就是体育界的"狼爸"。

"无中生有"的丁文钧

这两位"狼爸"——丁文钧,江苏宜兴人;张全成,浙江温州人。

丁文钧,做的是"无中生有"的工作。

若无丁俊晖,相信"高雅"的斯诺克,在中国人的印象中仍然是街边的一张桌子,留待闲杂无业人员无事消遣的无聊游戏,更有甚者,斯诺克就是直接和赌博挂钩的一种营生。在如此情形下,丁文钧把丁俊晖打造成了一个世界冠军,从而让中国的斯诺克运动形象彻底改头换面,筚路蓝缕,无比艰辛。

从丁俊晖8岁开始,丁文钧开始带领他一次次出战宜兴的大小台球场。丁文钧认准了一点:儿子打桌球,也是可以成才的。

顶住了来自妻子和周围人的压力,为了让儿子能够有更多时间玩台球,丁文钧投入全部家产买了7张台子,开了一家台球房。随后他做出了更加疯狂的举动:让儿子退学,专门玩台球。

丁俊晖在江苏已经很难找到对手了,丁文钧决定要找个更加适合他

练习的地方,于是举家搬迁到了东莞。经过在东莞的打磨,丁俊晖获得
2002 年世界业余选手冠军赛亚军,随后拿到 2002 年亚洲锦标赛冠军,
并有机会参加 2002 年世界斯诺克青年赛。考虑到国内的斯诺克水平一
般,为了提高水平,最后丁家父子远渡英伦。

在英国,丁俊晖每年都要支付数十万元的学习、生活费用,为了培养
他,丁文钧一家几乎倾家荡产,生活非常拮据。为了减少开支,丁家父
子除了房租和伙食开销外,再没有别的什么花销。陪同儿子的丁文钧,除了
精心地照顾儿子的饮食起居外,还不时到中餐馆打工,尽可能地多挣些
钱。后来两个人的压力实在太大,丁文钧便回到了国内,和妻子一起为儿
子打工。

作为宜兴当地的小老板,丁文钧也不是没有富过,但把 11 岁的丁俊
晖从宜兴带到东莞练球后,丁家人就挤在一家台球馆的一角,用三合板
隔出一块 8 平方米的地方。在东莞没有生活来源,于是丁文钧把宜兴的
房子卖掉,并把老婆"赶回"了老家。父子俩就是在这样的坚持中一步步
走到今天。

损失一个亿的"张疯子"

张玉宁的父亲张全成,生意曾经做得很大。

作为一名温州商人,他有自己的圈子,名噪一时又英年早逝的王均
瑶就是他们那个圈子里的人。

2002 年,为了让 5 岁的张玉宁可以有更好的踢球环境,张全成决定
前往上海定居。因为温州是足球沙漠,想要往专业的方向发展,必须有所
割舍。张全成形容:"不去上海,我儿子的足球梦实现不了,去了上海,我
的生意要完了。"

张玉宁 6 岁时被送进上海陆家嘴的一所私立小学,学习踢球;11 岁

时举家搬到杭州,进入绿城足校;18岁时转会加盟荷甲维特斯队,登陆欧洲赛场,同时完成了国少、国青、国奥的三级跳……

张玉宁的足球之路,顺风顺水,但张全成的"投资"却一直与风险相伴。为了儿子踢球,他放弃了自己的生意,放弃了上海的房产,儿子的每一步都在他的设计中,而每一步都是"步步惊心"。

张全成最大的愿望,就是把儿子培养成一名世界级的足球运动员,为了达成心愿,他有着一个明晰的计划,其中就包括提前进行英语教学和饮食方面的欧洲化。

因为从小抓得紧,张玉宁的英语基础打得很扎实,在上海读书期间就曾拿过全市英语竞赛的二等奖,其中一等奖就1人,二等奖总共3人。而在饮食方面,张全成早早让儿子的菜单上出现了牛肉、牛排、黄油等食物,这让他的肌肉力量明显强于同龄球员。

到荷兰维特斯踢球以后,还要忍受得住诱惑。由于国内足坛资本热不断升温,打张玉宁主意的国内俱乐部不在少数,甚至有俱乐部的高层直接跑到维特斯俱乐部开价1000万欧元要求张玉宁回国踢中超,但这都被张全成拒绝了。他的心愿就是让儿子能在欧洲立足,扬名立万。

外号"张疯子"的张全成,放弃了自己的事业,一心一意陪着儿子成长。所以张玉宁的一位教练曾经对他说:"如果张玉宁踢不出来,只怕你真的要疯掉了。"

的确,为了断绝张玉宁留在上海的念头,张全成把自己上海的所有房子全部卖掉,按照上海逐渐升高的楼价,他至少损失了一个亿……

和这两位"狼爸"相比,"虎妈"们的事迹简直弱爆了,他们是拿毕生的身家性命去赌。"虎妈"们监督虽严,儿女们即使未如所愿,仍有退路;竞技体育却是"一将功成万骨枯",一旦失败,父亲固然一无所有,而儿子是否有在社会立足的必需的生存技能,都是个未知之数。

恒大足校的"虎妈"们

说完这两个"狼爸",再说说我认识的一群"虎妈"。

我曾经在恒大足校做过一次采访,在学校中就有这么一群人,为了孩子的成长,同样离乡背井,就住在恒大足校附近,成为一群"留守家长"。他们走的,其实正是丁文钧、张全成走过的路。

在来广东清远(恒大足校所在地)之前,阿玲和她的丈夫正在广西钦州做个体生意。福建人喜欢创业,她的丈夫曾在西班牙待过 10 年。她是福建平潭人,对于"男主外,女主内"的传统方式习以为常:"在我们福建,到处都是这样的家庭,作为一个女人,首先就是要把自己的家庭照顾好。"

阿玲的儿子小高,之前一直在广西钦州一家比较好的小学寄宿。从三年级开始,他进入恒大足校就读。

在第一个学期,把儿子送到恒大足校以后,阿玲便返回了钦州。"儿子 5 岁就开始寄宿,当时觉得,到恒大足校也是寄宿,没有多大区别,希望他自己能照顾好自己。但是后来发现,我错了。"

来恒大之前,小高没有任何足球基础,而在这家以足球为特色的学校,不会踢球,自然受到别的同学有意无意地嘲笑。这和小高以前在钦州的情况完全不一样。在钦州,身边同学的差别并不大,而在恒大足校,孩子们来自五湖四海,各种习惯都不一样,对于一个仅仅 9 岁的孩子来说,要适应这种环境的巨大变化,仅靠自己,似乎是不够的。

无助之下,小高只能向家里哭诉。开始,阿玲骂过他:"送你去踢足球,是希望你能更阳刚,更像个男子汉,为什么没事就要向家里哭?"

当孩子打电话的次数渐渐增多,阿玲意识到问题来了。"5 岁的时候就把他送到了寄宿学校,现在又在这么远的地方,我想,如果我再不过去,可能他人生中最重要的这个阶段,我又要错过了。"

阿玲决定动身到清远,做一位陪读妈妈。但作为一名家庭主妇,她要面临的问题很多:第一,小女儿怎么办?第二,谁来照顾丈夫的生活?再细想一层,陪读,意味着夫妻分居两地的开始。我问:"你不担心后院会起火吗?"

"我跟我老公是这样说的,现在在孩子和你之间,我必须有所侧重。儿子呢,还小,什么是好的,什么是坏的,他不懂得分别;而你呢,已经是个成年人,什么是对的,什么是错的,你自己心里有数。"

就这样,阿玲带着她的小女儿来到清远,她在学校附近的楼盘租了一个房子,开始了她的陪读妈妈生涯。

很明显,在妈妈到了身边以后,小高的心理状态稳定了很多。"有时候很难怪孩子,他们说话,想到什么是什么,也许就是无心之失,也不能怪老师,这么多孩子,他不可能一个个都照顾过来。"

来到清远以后,其实多陪孩子说说话,多给孩子点鼓励,对于孩子来说,便有了莫大的勇气。毕竟千里之外的循循善诱,也许还抵不上母亲用手轻轻抚摸着孩子的脸。"我来了以后,他高兴了很多。做妈妈的,看到自己儿子开心,有进步,就觉得这个辛苦没有白费。"阿玲说。

对于孩子的将来,阿玲并不奢求他一定成为职业球员,锻炼一下性格,在足球方面有专长,足矣。

当然,陪读妈妈是辛苦的,例如买菜,附近的珠坑、龙颈可以买一点,要买更好的,就要开车去清远,一个星期买两次菜。学校的饮食改进很多,营养更加均衡,但儿子喜欢吃什么,妈妈心里更有数。

像阿玲这样的妈妈,在恒大足校有很多。这群陪读妈妈其实也是"虎妈",她们不是对孩子够狠,而是对自己够狠。

对她们的选择,只能说一句——可怜天下父母心。

没有下一个十几年了

恒大足校的"虎妈"们还在奋斗，是否会成功，不得而知，我所知的是，两个"狼爸"都赌对了。

但不得不再提醒一句，这两个例子，不敢说空前绝后，但也绝非一般人可以效仿，或者正如那句话："盖有非常之功，必待非常之人。"

实际上，让孩子走上体育道路，已经是一件"非常之事"，而丁文钧和张全成，则又是"非常之事"中的"非常之人"。

那么，体育成才是否可以按照一般人的生活轨迹，不需要如此"骇人听闻"？当然可以，譬如说姚明、刘翔，他们出生于上海，按部就班，一步步成为国际巨星——当然，这也是姚明、刘翔的幸运之处，毕竟他们身在城市所拥有的资源，减少了很多不必要的成本。而丁俊晖的父亲、张玉宁的父亲，我相信如果他们同样在北上广，可能故事会平淡得多，但是有多少孩子练体育的家庭有这样的幸运呢？

那天晚上，老张说了一句："这十几年，都是为了儿子而活着。"他的小儿子现在也是一名球员。"内心里，我觉得对不起我的小儿子，我能为大儿子做的，可能对小儿子就做不了了。不是我不想，而是我已经再没有下一个同样的十几年去陪伴小儿子了。"

"疯子"张全成

对球迷来说,张全成是张玉宁的父亲;对我来说,张玉宁是张全成的儿子。

是的,张玉宁的故事吸引人,但对我来说,他父亲的故事更吸引人。这样的故事,不如实地记录下来,是一种犯罪。

故事不悲伤,不催人泪下,张玉宁很阳光,张全成也很阳光。他是个中年帅哥,说到激动的时候,他的长发甚至要甩起来,仿佛跳舞一般。

当然,这个故事没有什么借鉴意义,因为它是独特的,也因为独特,所以传奇。

一

"你知道吗?我这次去韩国,连签证都没有办。"

　　张全成跟我说这件事的时候,脸上略带得意的神情。9 月 1 日,中国对韩国的比赛,张全成在看台上,作为一个球迷,全程在给中国队加油。

　　我不信。没有签证是怎么入境出境的呢?

　　"本来是要办的。结果说,我的不是上海户口,是浙江户口,办起来可能来不及。我一气之下说不办了,没有签证,我也要想办法去韩国给儿子加油,给中国队加油!"

　　于是老张买了一张去欧洲的机票,经韩国转机。入境的时候,没有太多障碍。9 月 2 日,也就是比赛结束的第二天,老张出境的时候,韩国海关人员不干了。

　　"你不是要去欧洲的吗? 怎么直接又回中国了呢? "

　　老张的回答是:"本来是要去的,结果中国队输球了,心情不好,不去了,直接回国! "

　　不知道韩国海关是如何接受这个解释的,但最终还是放行了。就这样,在没有签证的情况下,老张顺利地实现了他的韩国往返计划。

　　这就是他典型的办事风格——不合常规,非常冒险,成功了就是一段佳话,失败了就是一地鸡毛。细想,张全成培养张玉宁的过程,和这件小事有惊人的相似之处。

　　他有个绰号,叫"张疯子",这绰号真不是白叫的。

　　张全成首先是一个狂热的球迷。

　　作为一个温州苍南人,在老家没有职业联赛看的时候,他每次因为生意上的事情到上海, 都会去看申花的比赛。在 1995 年、1996 年的时候,他已经成为申花著名的球迷组织"蓝魔"的一员。

　　他的这种狂热传染给了儿子张玉宁。2002 年世界杯,他带着 5 岁的儿子去韩国看球,在目睹中国队在世界杯输得稀里哗啦以后,张玉宁说:"爸爸,我要去踢球!"

　　儿子想踢球,只是个愿望,然而对于张全成来说,他却立志要把儿子

培养成一个职业球员，而且是最顶尖的那种。温州没有这样的条件，于是他决定举家迁往上海。

这是 2002 年的事情。也许已经预见到日后这条路的艰难，所以张全成犹豫了很长时间，他要带儿子走上这条路，也在迫使自己做出选择。"不带他去上海，儿子完了，带他去上海，我的生意要完了。"

实际上，对于很多人来说，这并非是一种"非此即彼"的两难选择，即使带儿子去上海踢球，也未必就意味着自己的生意会完蛋，也许会有其他变通的方式——但张全成就是这么想的："我带他去上海，一个月就有 20 天在陪他，我做的是外贸生意，这时间上的成本，怎么损耗得起？"

不疯魔，不成活。在放弃了自己的外贸生意以后，儿子张玉宁就成了他最大的投资。所以但凡有关张玉宁的一些关键节点，即使现在回忆起来，张全成仍可以精确到某年某月某日，"前后大概不会差一天"。

譬如说，6 年以后，他下定决心让儿子离开上海的时候，他清楚地记得是 2008 年 2 月 1 日，腊月二十五。我一查日期，丝毫不差。

是夜大雪，积雪差不多 30 厘米厚，张全成带着儿子张玉宁，还有另外一个从老家温州去上海踢球的孩子回家，开了差不多 30 个小时。老张自嘲，幸好那天开的是宝马 X5 越野车，不然能不能回家还是个未知数。

而那一年的春节，留给人们印象最深刻的，正是那场百年难遇的冰灾。

二

2002 年，张全成带着儿子张玉宁去上海，是冲着一个叫康信德的老先生去的。

这位张全成至今仍然尊称为"康老师"的人，曾经在上海的平凉路小学,带出过上海滩赫赫有名的鞠李瑾、李中华、申思、虞伟亮、吉祥兄弟等,退休后在浦东新区仍然从事青少年培训工作。当然,现在他最得意的弟子是他的外孙,现役国脚蔡慧康。

浦东新区当时曾在几个重点小学都开设了足球班,而最吸引人的地方在于,金杨小学可以提供住宿,这在很大程度上解决了一些外地生源的后顾之忧。

张玉宁的足球生涯,就从上海浦东开始——菊园实验学校,地处陆家嘴腹地。儿子在上海稳定下来以后,张全成陪儿子成长的同时,另外做的事情,就是在上海买房子。他在儿子学校附近买下两套,可以望见浪奔浪流的黄浦江。买下这两套房子以后,张全成说:"这就是我养老的地方啦!"

上海,上海。对于一个从小出来打拼的温州人来说,在上海立足、置业,那是一件标志性的事情。1988年,17岁的张全成第一次来上海,上海的那种繁华和气派,给他留下了毕生难以磨灭的印象。

从某个意义上说,上海就是他的梦中情人。

作为在上海读过四年大学的我,尝试着这样跟老张总结:每个大城市都有特别势利的阶层。之于上海的"势利眼",如果你说着外语,那你就是一等公民;次之,说上海话;再次之,说标准的普通话;如果你说着带着方言口音的普通话,那你就是下等人中的下等人。

老张笑了:"或者你说的这种上海人不会看不起温州人,因为温州人有钱。"

2002—2008年,这6年间,张全成在上海总共买了8套房子。那时没有限购,入户也容易,也是机缘巧合,2003年"非典"的时候,他在的工厂也无法开工,于是他便用现金去买买买。"儿子和我也是互相成全,一切或者都是命中注定。"

虽然他曾经如此迷恋上海,但他始终没有把户口迁过来。

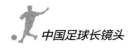

"我出生在哪里,户口永远就在哪里,这是我的信条。"老张说。也正因为他的户口一直在老家,所以前文提及办理韩国签证时,就遇到了麻烦,但这些"麻烦"在张全成看来,根本不值一提。

三

在上海开始接受足球训练以后,张玉宁崭露头角,而张全成的角色也开始转换。他本来是一个学生家长,最后成为康信德先生的得力助手,也成为那一批家长中的组织者。最后他还在上海浦东新区足协从事辅助青训的工作。

浦东新区,也慢慢成为上海青少年足球培养的一块重要基地。仅举一例,根宝的东亚系,1993年龄段的傅欢、贺惯、张一、李浩文都出自浦东,那一批十七八个人孩子,最终成为职业球员的有10个,成才率之高,令人咋舌;其后的94/95年龄段,很多人去了申花的精英队,恒大曾经引进过一个球员胡睿宝(1996年生人),也是浦东"制造"。

对这些从浦东走出来的队员,张全成如数家珍,譬如效力于上海申花的年轻队员徐骏敏,张全成对他评价颇高。但更令我惊异的是,"他出生于1994年9月",张全成随口而出。其后我去核对官方资料,跟张全成说的完全吻合。

在上海足球圈,无论是张全成,还是张玉宁,都慢慢开始小有名气。张玉宁是因为球踢得好,以技术和突破著称,绰号"小古广明";而张全成出名,则是因为他出众的组织能力,还有他那种火爆的脾气,"疯子"的外号就是从那时候慢慢叫起来的。

小学三年级时,张玉宁代表浦东新区出战上海市的小学生运动会,在半决赛对战另外一个区的球队时,在旁边观战的张全成越看越窝火,他感觉裁判明显在偏向对方。他在底下投诉,得到一句话:"你们浦东已经拿了两次冠军了,让别人拿一次,又怎么啦?"

别人能忍,但张全成不能忍。当裁判将一个明显的越位球吹进去以后,怒火中烧的张全成一把将边裁推出去几米远,然后掀翻了主席台……

事情闹大了,怎么处理呢?最初的处理意见是,既然是家长闹的事,那就处罚家长吧。但对手不愿意,要是个个家长都这么闹,罚点钱就算了,以后这比赛还搞不搞了。

于是最终的处罚结果是:禁止张玉宁参加上海市三年级的比赛一年。老爸的锅,儿子来背。

"真遗憾,我一直想找到那份禁止张玉宁参赛的红头文件,但直到现在都没有找到。"张全成说。

不知道当时开出罚单的人是粗心大意,还是故意给张玉宁留了个"活口",不能参加三年级的比赛,那就参加四年级的比赛?

此事对于张玉宁没有任何实质性的影响,但却让张全成的"名气更大"。不能随便惹这个人,这是这个圈子里的共识。

"我堂堂正正做人,看不惯一些歪风邪气,而且我这个人吧,火气上来,谁也拉不住。"

性格决定命运。张全成刚烈,他欣赏一句话:"宁为玉碎,不为瓦全。"所以,大儿子叫张玉宁,小儿子叫张玉全。

他的性格也遗传了两个儿子,"张玉宁的性格已经慢慢被磨平,我的小儿子,比我更倔!"

小儿子张玉全出生于2003年,比哥哥小6岁。从四五岁开始,为了不让小儿子再走足球的道路,张全成把他送去学游泳,从杭州陈经纶游泳学校(全国最好的游泳学校之一)起步。小儿子也不是没有成绩,但他只是一门心思想去踢足球。

"如果两个儿子都去踢足球,我想我真的会疯掉的。"张全成说。但这样的想法,却禁不住小儿子一步步的抗争。最激烈的时候,小儿子拿着刀

说:"你不让我去踢球,我就死给你看!"

无可奈何,张全成只能让他去练足球。"你入行晚了,我觉得你踢球可以,先从门将的位置开始练练?练了这么多年游泳,我觉得柔韧性各方面应该可以。"

已经破涕为笑的小儿子说:"爸,你怎么知道,我就一心想当守门员呢?"

对于小儿子,张全成内心一直觉得亏欠。"我花在他身上的功夫和心血,肯定没有老大多了,不是我不想,而是时间和精力已经不允许,我没有这么多十几年去培养他了。"

小儿子张玉全第一年踢边后卫,第二年中后卫,后来真的当了守门员,很多教练也看好他。"如果是幼儿园开始练的话,很多优点超过玉宁。"张全成说。

四

上海平静的日子,在 2006 年开始进入震荡期。

最大的问题是两个:一、政策原因,原来可以住宿的金杨小学不能再住宿了;二、从小学到初中,这个过渡衔接得不好,升初中的时候,很多有天赋的小孩面临家庭和升学压力,只能选择放弃足球。

如果张全成只为张玉宁一个人负责,倒也好办,他有办法,但他不想放弃自己花了大量心血的一班小孩。

训练场地无法保证。张玉宁读六年级的时候,有半年也只能在篮球场训练,平时也只能来回寻找场地。张全成的越野车里,经常塞着八九个小孩到处去找场地训练。

留不住人。好的苗子,例如 93/94 年龄段的,在 2007 年初,很多人直接就被徐根宝带到了崇明岛。这些还是幸运的,有一些干脆选择了不踢。

"张玉宁还不是这些小孩子里面最有天赋的。"张全成说。他至今对一个出生于 1995 年,叫王晨的小孩耿耿于怀。

"左脚,真正的天才。"他的评价。然而这位真正的天才,最后父母还是让他上初中,放弃走职业足球的道路。"我花了 3 年时间,前后谈了不下 10 次,希望他父母可以让他继续练下去,可惜啊,无能为力。"

这位无法继续下去的天才王晨,后来碰到张全成的时候也只能苦笑,他的膝盖因为在篮球场训练落下了伤病。在中国能培养出一名职业球员,其中过程之艰辛,或许只有每个当事的家庭才清楚。

这种情况一直维持到 2007 年底,由申思、祁宏组建的上海幸运星开始介入。初步商量的结果是,两个方案:一、包括张玉宁在内的 30 个人留下,由张全成负责。他的计划是,2008 年、2009 年、2010 年三年,他每年出 100 万来培养,打完城运会以后, 这些小孩的所有权全部归他所有。二、幸运星挑走有潜力的,剩下的自谋出路。

看起来完美的解决方案一,最终因为种种原因没有实现,最重要的原因是"不能挖浦东的墙角"。这个谈判的过程前后持续了两个多月,在胎死腹中的过程中,幸运星已经要走了十几个队员。大厦将倾,无力回天,剩下的事情,就是解决张玉宁个人的出路问题。

在和申思的商谈过程中,本来一切顺利,张玉宁已经做好了去幸运星的准备,但最后因为一个人,这个计划也谈崩了。

王秦麟,张玉宁当年的教练,申思在上海青年队的队友。张全成提出,张玉宁可以去幸运星,但申思必须答应王秦麟可以在幸运星当助理教练。这个条件,开始申思答应,但最后被否决了。

张全成是"识货之人",他认为王秦麟和他的老师黄政伟是上海滩少有的伯乐,武磊就是他们从南京"揪到"上海,后来才有在根宝手下一步步成为当红国脚的故事。

多年来的相处,让张全成和王秦麟成为很好的朋友,但答应的事情

临时变卦,让张全成觉得无法撇开朋友而跑去幸运星。

最后的谈话从 2008 年的 1 月 31 日晚到 2 月 1 日凌晨 1 点多,谈完出来,张全成下定决心,离开上海,带张玉宁去别的地方。但让他没想到的是,后来他以一种惨烈的方式,企图彻底割断自己、儿子和这座城市的所有联系。

五

2008 年,在家过完春节以后,张全成带领张玉宁去梧州参加冬训。这个冬训结束以后,张玉宁下一步去哪里,就要水落石出了。

山东鲁能的范学伟联系过张全成,条件很好,去鲁能足校,所有费用减免,每个月还发 500 元的生活费。山东鲁能当时的选材标准,重要的一条就是球员一对一的个人能力。当时身高只有 1 米 49 的张玉宁表现非常出色,当初“小古广明”的绰号,那不是吹的。

浙江绿城的汤辉也在联系张全成,这位曾经在高丰文足球学校任教的教练带过国脚胡人天。高丰文足球学校解散以后,汤辉投奔绿城,带领过绿城队和张玉宁的队伍打过比赛,对张玉宁的印象非常深刻。

“人,有时候讲究的是投缘。张玉宁踢球的过程中,碰到很多好的教练,王秦麟是,老汤(汤辉)也是。我当时跟他说,你现在是助理教练,如果是主教练,我张玉宁就投奔你去。”结果冬训结束以后,汤辉真的成了主教练,既如此,那么张玉宁就去绿城吧。

人,虽然到了绿城,但注册地、学籍全在上海,张全成还在犹豫中,而张玉宁则是极度的不习惯。从上海到杭州,从一个熟悉的环境到一个陌生地,而且教练还经常给他“小鞋”穿。张全成和汤辉的默契是:只损张玉宁,从来不表扬。因为两个人都觉得,张玉宁之前走的路太顺了。去了绿城没几天,张玉宁在一次队内训练中手臂骨折,这更让张玉宁愤懑，也让张全成怀疑自己的选择："是不是选错了，难道绿城的风水跟张玉宁不合？"

在磕磕绊绊中度过了两年，2010年，张玉宁回上海参加中学生运动会，这一下子让他唤醒了自己曾经的"上海记忆"。决赛中，面对U15的全国冠军幸运星，实力明显不如对方的浦东队只能依靠防守反击战术，最后依靠张玉宁抢断幸运星中卫李晓明（后河南建业主力队员），浦东队夺冠。

全国U15冠军不敌区代表队，张玉宁搞了个大新闻。

张玉宁之所以还没在绿城注册，那是因为张全成要还人情。在浦东培养了那么多年，终于为浦东拿回个冠军，本来是个高兴的事情，但接下来的事情，始料不及。

先是张玉宁，记忆被唤醒，自然磨磨蹭蹭，不想回杭州，这是小孩子的心思；而对于张全成来说，这是个成年人的世界，但这个成年人，那一刻却未以利弊来衡量这个世界，他像个小孩一样，一定要证明对错。

这次比赛以后，张玉宁又一次和幸运星相遇。那场比赛，幸运星的主教练申思在场边怒吼李晓明："李晓明，你怎么回事，为什么不敢铲张玉宁？"这让在场边观战的张全成非常恼火："哪里会有教练指名道姓地说这些话？"

张玉宁回不回上海？这是个大问题。徐根宝的得力助手杨礼敏和张全成聊过，希望张玉宁回上海。已经在国少队任职的祁宏，友善地提醒张全成："如果张玉宁不回上海，以后踢全运会的资格都有问题，更别提入选国字号的队伍了。"

祁宏是爱才之人，用这样的方式，无非也是希望张玉宁能回来。张全成至今感激祁宏："祁宏曾经带过张玉宁，对他真的非常好。"至于让张全成生气的申思，在张全成眼中，其实也是一个非常棒的教练："好的教练，不仅能做，还要会说，尤其是青少年的教练，这方面申思很擅长。"

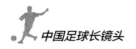

但当初离开上海时的那根刺,始终还没拔掉,而现在又发作了。这种发作,在外界看起来似乎并非那么顺理成章,但对于张全成来说,也许一句话就能把火药桶给点炸。

"人情还完了!这下子可以彻底走了!"

六

张全成做了一件人生中最疯狂的事。

卖房,彻底离开上海!浦西的也卖,浦东的也卖。他最爱的那两套在陆家嘴明月路的江景房,他曾经想象着哪怕去讨饭也不会卖的心头肉,一夜之间失去了所有的象征意义。

价格卖得很便宜,张全成唯一的一个条件是——只要现金。因为这样能最迅速、最快地离开这座城市。

"你的太太没有劝过你?"我问。

"没有,如果一开始她要劝的话,我估计我会犹豫,但这么多年,我做的事情,她都不会过问的。"

卖到浦西最后一套房子,张太太终于忍不住:"还是留一套吧,这是个学区房,以后老二还要上学呢。"

张全成的回答是:"你要不同意,明天我就放火烧了这套房子!"

8套房子,1500平方米左右,就这样全部放弃,这可是在上海……

"为了儿子。"张全成如此解释。他想让张玉宁彻底断了对上海的念想,安心在绿城踢。当然,他也早就做好了让儿子留洋的准备,但这个理由并非那么充分,他的这种"疯狂"举动,更多是自己对上海这座城市的"报复"。

"上海不属于你,我仇视上海。"这是张全成当时的心态,但时间终究会让那些疯狂褪去外衣。卖掉房子以后,张玉宁果然乖乖地在绿城踢球。

他也不敢问老爸的事情,问也没用,因为张全成说过:"我是个霸权主义者,我自己挣的钱,我自己怎么用都可以。"

2013 年 9 月,小儿子张玉全闹着踢球,还是从上海浦东起步,金茂小学,还是冲着康信德老先生去。张玉全发了疯似地练球,因为张全成说:"给你 3 年的机会,小学毕业你的足球水平达不到我的标准就结束。"

那段时间,张全成居然就在自己卖掉的陆家嘴的房子附近租房子,一个月 6000 元。

"我是不是疯了?当初卖了自己的房子,然后现在在附近租房子住?"

租完房子以后,散步时路过当初的房子,张全成念叨道:"可惜了,可惜了,以后再怎么有钱也买不到了,因为人家不会卖啊,这世界上不会再有第二个张全成这样的傻瓜了。"

卖掉上海的房子,彻底在杭州定居,这件事情,张全成也只敢让家里人知道,回到温州,如果让朋友圈里的人知道,那就炸锅了。从上海迁到杭州?老张这是作死的节奏啊!

七

从杭州绿城到荷兰维特斯,张玉宁的成长看起来按部就班,但实际上却是步步惊心。

2011 年代表杭州打完城运会以后,张玉宁已经准备出国,但因为 2013 年的全运会增加了乙组赛事,所以张玉宁的留洋又推迟了两年。"既然是浙江人,那就要代表浙江打完全运会再走。我始终认为,一个运动员没有打过全运会,他的职业生涯是有遗憾的。"张全成说。

打完全运会,为浙江队拿到乙组亚军(相当于一面金牌),心愿已了,张全成开始抓紧时间运作张玉宁的留洋事宜。其中,维特斯的诚意是最

足的，他们从 2011 年底开始就看中了张玉宁，为了张玉宁，他们的条件一再放宽。最终在 2015 年 1 月，他们已经和张玉宁初步达成协议。张玉宁转会，年薪可观，为了保证儿子的出场时间，张全成提出：未来两个赛季，任意一个赛季，维特斯要保证张玉宁 25 场的出场纪录（出场时间不低于 45 分钟）。张全成都没有想到，当初技术总监泰德会为了这么一个年轻的中国球员，开出如此的条件。

万事俱备，而需要的就是绿城的转会证明——张玉宁当初和绿城签的合同中有一条，就是如果有欧洲顶级联赛的队伍要和张玉宁签约，绿城必须无条件放人。

但绿城的情况是，在当时主教练特鲁西埃的计划中，在外援还没有完全到位的情况下，张玉宁将是队内的头号中锋。这样的队员，怎么能放呢？

绿城不放，张全成前往北京，要求中国足协仲裁。中国足协同意开临时转会证明，但必须张玉宁亲自到中国足协签字。时间非常紧迫，因为这是一桩国际转会，留给张全成只有两三天的工夫。

给儿子买好了机票的张全成在中国足协心急火燎地等，而尚在绿城训练的儿子却被绿城的负责人李总（为了避免不必要的麻烦，这位负责人，我姑且称作李总）"扣下"了。张玉宁的妈妈打电话求救："不行啊，李总在跟儿子谈话，走不了。"

"如果还走不了，你直接把他们办公楼的窗户给砸了。你告诉他们，如果今天我儿子到不了北京，回去以后，我就把他的腿砸断，然后直接上大学去，以后再也不踢职业足球了。"

此时，张玉宁正在办公室里接受李总的教育。李总说："张玉宁，你别听你爸的，他疯了。你觉得你这么年轻，去荷甲真的能踢上比赛吗？在我们绿城，未来一个赛季你有大把的上场机会。你如果听你爸的，他会毁了你。"

张玉宁的回答是："李总,我姓张,不姓李,如果姓李,我听您的,我今天走不了,我爸真的会砸断我的腿的!"

张玉宁妈妈的回答是:"李总,你让他走吧,他爸的脾气,你又不是不知道……"

其实换个角度看,李总一来要维护绿城俱乐部的利益,二来也确实担心张玉宁有可能在荷兰踢不上球,他的做法也无可厚非。然而他的这个想法,却根本敌不过一旦心意已决,便九头牛也拉不回来的张全成。

那天,由飞机又改成高铁的张玉宁终于赶到北京,最终完成了这桩转会。从此,欧洲的顶级联赛,终于重新有了中国人的身影。

其后的故事,大家耳熟能详,张玉宁在维特斯有上场机会,也有进球,然后成为国家队成员,并在 2016 年 9 月 6 日和伊朗队的比赛中首发出场。

在和伊朗队的比赛前,张全成给儿子发了一张电视剧《亮剑》里骑兵连孙连长独臂冲锋的图片,父子俩平时都爱看这个电视剧。

所以我笑他,也许是受了李云龙的影响太深,有"匪气",做事不依常规;有"胆气",为了儿子可以放弃自己的生意和房产;当然更有"痴气",儿子去了维特斯以后,国内的土豪俱乐部用大把的钱诱惑他回来,在欧洲,有中国人背景的俱乐部也盛情邀请张玉宁加盟,但张全成全部拒绝:"我要的就是他通过自己的本事,不带任何商业背景,真正能在欧洲立足。"

足球城记

2016 年,"绿巨人"胡尔克加盟上海上港。当时我觉察到,上海终于开始"反击"了。两年后的 2018 赛季,上港结束了恒大对中超冠军的垄断,恒大中超八连冠的梦想终止。

由此事延伸出来的北上广三个城市的足球道路,是相当新颖的总结。

5580 万欧元,
"绿巨人"点燃的是城市足球烽火

转会费 5580 万欧元,年薪税后 2000 万欧元(仅次于梅西和 C 罗),外号"绿巨人"的巴西人胡尔克以这样不可思议的身价从俄罗斯的泽尼特队离开加盟上海上港。上港搞了个大新闻,外界的舆论自然而然会想,作为中超的霸主,广州恒大是否有"谈笑风生"的签约来压住上海上港?

从俱乐部的角度看,恒大能直接感受到来自上港,以及河北华夏、江苏苏宁等几家"土豪"俱乐部的压力;从城市足球的角度看,广州和上海两座城市的竞争将会越来越激烈,而"绿巨人"胡尔克的加盟,点燃的就是这场城市足球战争的烽火。

中国职业足球经过 20 多年的发展,脉络越来越清晰,未来的竞争和几家顶级俱乐部身后的城市特质息息相关。北京、上海、广州,这三座中国的一线城市 20 多年的职业足球发展道路,与其城市特质惊人地吻合。广州占尽先机,但上海潜力深厚,足球,也会是这样吗?

北上广，细分之，北京为政治文化中心，而上海、广州均为商业中心。广州通商历史源远流长，未曾断绝，而上海则为后起之秀，开埠150多年，尽得风流。广州的市民气、上海的摩登气，为各自的特质。

再细分之下，广州之猛，在于民间活力，只要里子，不要面子；而上海之精，在于政府主导，国企发力，里子、面子，双管齐下——而回首两地的职业足球发展史，也未能摆脱此路径。

民间资本主导的广州足球

一向领风气之先的广州，在面对"职业足球"这个舶来品的时候，他们的选择是——让我先来。

因此他们是第一个"炒教练"的队伍。1994年，太阳神集团要炒掉主教练周穗安的时候，曾有外界舆论表示：太阳神集团何德何能，竟然敢炒掉"国家干部"？1995年，广东宏远队以42万元的价格从四川引进马明宇，64万元的价格从辽宁引进黎兵，主教练陈亦明一下子获得了"人贩子"的雅号。

敢为人先的观念，正好和广州活跃的民间资本匹配。广州足球的成功，民间资本当立首功。

细数广州足球的东家，从前期的太阳神，到吉利、日之泉，均为民营企业，而恒大，则是民营资本之集大成者。其间有4年的国企时代，2006年，广药集团禀政府之命接手，2010年黯然退出，有冲超之功，结束了广州足球长达10年在次级联赛挣扎的冰河期；然而又有假球之实，2009年的"反赌扫黑"风暴，让广州足球几乎遭受"灭顶之灾"。4年光阴，花钱无数，功过分明，有得有失。

在恒大之前的民营资本，均为中小企业——最成功者，自然是太阳神。太阳神和彭伟国、胡志军等队员相遇，我相信，那段日子对于广州球迷来说,至今仍然是黄金时代留下的不可磨灭的记忆,至于日后吉利和日之泉时代的步履蹒跚,个中因由已经是老生常谈,这种纯资本的小作坊式的"纯市场"足球,在当时的职业足球道路上丢盔弃甲,皆为当时特定的历史条件所致。

广州的商人,的确有其灵敏的嗅觉。2010 年,恒大低价抄入广州足球,然后开始书写恒大传奇。其后,恒大的很多做法为外界所效仿——向来领风气之先的广州,锻炼出来的是对商机的异常敏感,兴盛时有太阳神接盘,低谷时有恒大抄底。

上海国企足球的强势

而上海足球的职业化道路,体现得更多的是国企的强势。

从申花到文广集团到今天的上海绿地申花、上海上港,清一色的国企。上海足球最落寞的时候,正是朱骏执掌的时代——朱骏时代,新闻频出,球员出走。上海滩的足球,还是国企的天下,所以难为朱骏了,也难为申鑫的老板徐国良了。民营老板在上海滩搞足球,真难!

看两地的历史,广州以民营资本为主,唯一的一段国企时光,失败;上海以国企资本为主,唯一的一段民营时光,同样失败。

选择进入的时机,广州无出其右,而上海呢?他不急,他要"谋定而后动,知止而有得"——我急什么? 我身后是中国最有经济实力的城市,一旦我上了正轨以后,有谁是我的敌手?

沪穗之间各自的辉煌轨迹,恰恰是"君生我未生,我生君已老"。甲 A 年代的连沪争霸时,广州昙花一现便迅速沉沦;当广州恒大横空出世以后,又恰是上海朱骏时代的"卖血卖肉"。此前堪称重量级的对决,只有 1994 年和 2012 年。此间为外界津津乐道者,首推 1994 年太阳神客场 6:1 打败上海申花,徐根宝差点去跳黄浦江;2012 年,以"魔兽"德罗巴和阿内

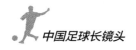

尔卡压阵的申花客场挑战拥有孔卡、穆里奇的霸主广州恒大,结果 2 : 2 战平。

俱往矣,现在就看看,"绿巨人"胡尔克带领上海上港与广州恒大碰撞出怎样的经典了。

未来历史的分水岭

即使广州领先大半个身位,但无论从现在还是从长远看,上海都是他们最大的对手——现在,广州恒大最直接的对手是同样舍得花钱,花钱花得更狠的、超大型国企"武装"起来的上海上港。

看看上港集团从徐根宝手里接过原来的东亚以后,这两年干的事情:一、他们喜欢买恒大用过的人,如孔卡、埃尔克森和孙祥;二、他们在转会市场上的投入已经超过了原来独占鳌头的广州恒大,而"绿巨人"胡尔克的 5580 万欧元,更是一个连广州恒大都难以企及的数字。

去年的联赛亚军,今年完全有可能夺得亚冠冠军,民企恒大为广州做到的事情,国企上港也期盼能为上海做到。当然,不要忘了,上海滩另一支底蕴更深厚的球队上海申花,他们同样有能力在中国足坛翻江倒海。

和广州相比,上海更善于"炒作"自己的精品——以"德比"为例,中国职业足球最早的正宗"德比"出现在广州,而在 1998 年,广州太阳神和广州松日的"德比"出现了创纪录的 9 黄 5 红。然而,这样的火爆却只能成为陪衬。2003 年,末代甲 A 出现的上海"德比"成为中国足坛"德比"的代名词。如今,广州恒大和广州富力之间的"德比"演绎的是温情脉脉,远不如上海上港和上海申花"德比"来得剑拔弩张。

职业足球需要炒作,需要噱头,从这一点上说,上海的确有更充足的底气去叫板广州。

京城"公益足球"之路

和广州、上海 20 年的风云变幻相比,北京职业足球稳定,这种凝固的稳定简直让人窒息,"公益足球"的理念让他们骄傲,也让他们迷茫。

要赚钱? 赚不了。花太多钱? 不愿意。成绩太差? 京城球迷不答应,也和北京的城市形象不符。退出? 那就更加不可能。

戴着镣铐跳舞,螺蛳壳里做道场的北京国安最终只能以"公益足球"的姿态坚持 20 年——然而,这种"坚持"终于在 2015 年被打破,恒大在工体完胜国安夺冠,这是压倒京城"公益足球"的最后一根稻草。

于是,北京也开始求变,他们引入了乐视作为自己的股东。求变本是好事,不过一来需要时间,二来北京作为政治文化中心,资源固然得天独厚,但做事毕竟与上海、广州这些商业城市是不同的,而职业足球,从"公益足球"转变为"市场足球",又岂是一朝一夕就能完成?

当然,从另一个角度看,求仁得仁——广州足球曾经有过一元贱卖的时候,上海申花经历过差点无人接手,也经历过差点外迁的时刻,看到贼吃肉,也要看到贼挨打,这种市场中的残酷淬炼,京城足球又何曾体验过呢?

如何认识广州？如何认识广州足球？这篇对我的采访应该能帮助读者更好地思考。

恒大和富力，是广州的两面

看懂一场球，需要的是有关足球的知识和信息。

但看懂一支球队的兴替和浮沉，答案往往不在足球里，而很可能隐藏在这支球队所在城市的内在特质之中，隐藏在球队所处的浩瀚历史大背景之中。

对于"城市与足球"这个专题，我们一直在试图揭示广州这座城市和足球的内在关联。

识广的第三篇专访，请到了《足球》报著名记者、国家队和广州恒大队跟队记者——白国华。

北上广，三座城市三种足球

识广：作为《足球》报广州恒大的跟队记者，你对广州足球观察多年，你是怎么理解足球和一个城市的关系的?

白国华:每个城市都有它足球的密码。这个密码在广州这座城市体现得尤为明显。

识广:具体怎么说?

白国华:以北上广为例,这三个城市职业足球走过的路就各不相同。

广州,从最早的太阳神时代,到如今的恒大时代,中间经历了吉利、香雪、日之泉,广药可以叫做"后太阳神时代"。

最成功的是一头一尾,太阳神和恒大都是民营企业。广药是唯一一段国企时期,时隔 10 年把广州队带回顶级联赛,但踢了两年,"假球"东窗事发,又被降下去了。

上海正好相反。上海历史更久的申花队,搞得好的是国企,搞得不好的就是朱骏那次,是私企。包括现在状态火热的上港队,背后也是个国企。

所以很有意思,广州以民营资本为主,唯一一段国企时光,失败;而上海以国企资本为主,唯一一段民营时光,也失败了。

识广:上海、广州同为发达的商业城市,为什么会有这样的差异?

白国华:广州的民营资本活跃,广州足球的成功更多是民营资本的功劳。但上海足球的发展,更多是体现政府意志的国企强势。

识广:所以广州在职业足球上总是能领风气之先?

白国华:确实如此。比如太阳神和恒大,干了同时期别人不敢干的事情,但一个阶段之后,经常会被上海超过去。

上海人可能想,你先搞,我看清楚路子,搞好了我跟上。而上海财力、人力、物力,各方面资源都要比广州有优势。

所以,广州可以在次级联赛踢 10 年,上海就不用。

识广:那北京呢?

白国华:北京比较模糊,不管民企、国企,都比较稳定。不搞,会被人

骂;投入太大,又不愿意。就维持这个投入,丰富一下京城人民的精神生活。所以,我称之为"公益足球"。

识广:我们之前采访了很多跟足球相关的人,对于广州的职业足球,他们或多或少都有一个想法,认为国企稳定,民营企业来去相对更自由。

白国华:这曾经是广州市体育局、足协最担心的问题。

所以 2010 年恒大接手广州队的时候,双方有过一个"君子协定"——欢迎恒大投钱,但第一年的管理权得在足协手上。

识广:广州足协最大的担心是什么呢?

白国华:以前广州足球惨的时候,每年都要头疼,股份怎么转让出去,找谁来冠名,谁来接手。

广东人常说"无利不起早"。

当你发现这个东西无利可图的时候,民营企业就撤了。这在中国职业足球前面是屡屡发生的事情。

识广:现在职业足球的赞助,房地产是很重要的一块。

白国华:新华社也发过文章,提出过一个担心,万一房地产不行了,谁来接盘。这不是一个俱乐部,而是整个行业的问题。

职业足球发展这么多年,一直都在反映一些行业的兴衰。

烟草行的时候烟草来搞,但国家不允许了;保健品行的时候保健品来搞;现在房地产牛了,房地产来搞。房地产不行,担心什么?总会有下一个新兴的行业接盘。如果房地产不行了互联网企业来了,它自然而然也会接受。

恒大、富力,就是广州这座城市的两面

识广:除了职业足球东家这个视角外,足球方面还有什么能反映广州这个城市的特质?

白国华:其实最能体现广州特点的,还是广州这两支球队。我问你,申花和上港有什么不同?

识广:我想不出有什么不同来。

白国华:这两支球队没什么不同,除了历史因素,它们是一个妈生的两个儿子。但是广州这两个队就是一个硬币的正反面,它们完全不同。

恒大体现了广州国际化的那种心态,富力则代表了传统。这就像广州,本身就是一个把传统和开放特别鲜明地结合在一起的城市。它有保守的一面,也有开放的一面。

识广:但上海的文化也有这两面性,海派文化就是开放的结果,但也有很地域化的一面。

白国华:对,但是在足球上却没有标志性的东西体现出来。

比如广州两支球队的主场,一个在天河,一个在越秀山,一个代表了新广州,一个代表了老广州。

富力老板张力很早就说过:我们要恢复"南派足球"。许家印不会这么傻,他一个河南人他恢复什么"南派足球"。

张力不一样,他在广州长大的,他经历过"南派足球"辉煌的时候。我问过他,你是不是觉得"南派足球"也是广东文化不可分割的一部分?他毫不犹豫地说:"是。"

当然,富力要推本土化可能也是被逼出来的。恒大这么强势,我怎么去跟它"抢地盘"呢?所以我走这个路。不过,我蛮佩服富力的,从老板管理层,到本土球员的使用,再到青训的布局,把"本土化"的路线走得很彻底。

青训,恒大、富力都有搞。

但恒大搞的是万人足校,全国各地到处招生;富力先放在梅州,这个广东传统的足球之乡。我跟黄胜华(富力足球俱乐部副董事长)聊过,广东原来的队员主要来自三个地方,一个是广州,一个是梅州,一个是湛

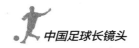

江。所以,青训的布点,抓的也是这三个地方。为什么选这三个地方?因为有历史。历史告诉他,这三个地方曾经有足球这么个传统在这里。

识广:有个有趣的现象,从历史沿袭上,恒大是根正苗红的广州队,但它更像是一个外来的球队;富力虽然是一个外迁过来的球队,反而是更像一个广州本土的球队。你怎么看这个问题?

白国华:所以广州这两个球队为什么特别能反映出这个城市的包容?原因就在这里。

识广:广州队的各个时期,你是如何评价成不成功?

白国华:我不会用成功或失败来评价,每一个俱乐部都有它的历史条件和它的历史使命。

比如最早的太阳神队,我觉得也很强,而且给球迷留下了非常多美好的回忆。

广药成不成功、功过是非,每个人都有不同的判断。但我觉得它把广州队重新带回中超就是它的成功。

识广:那有没有什么基本的衡量标准?

白国华:球迷的标准最简单,有实力拿冠军的,拿多几个冠军;没有实力拿冠军,至少留下了些美好回忆给他们。当然,还有人可能会想培养多少球星,这也很重要。

识广:作为恒大的跟队记者,你认为恒大距离顶级俱乐部还差多远?

白国华:差距还是很大的。俗话说:条条大路通罗马。这是恒大想的。欧洲那些顶级球队就生在罗马。

识广:现在回想起来,广州足球有过美好回忆,也有过相当长一段时间的沉寂。最鼎盛时期,"南派足球"曾经占据国家队半壁江山。你对"南派足球"如何看?

白国华:"南派足球"早就是个伪命题了,但富力可以化腐朽为神奇,踢得好看,确实有些"南派足球"的味道。当然,这里面也融合了外援的因素。

识广：广州是足球传统比较深厚的城市，为什么青训到职业化时代萎缩得这么快？

白国华：我自己也一直在考虑这个问题，去年碰到吴群立，无意中说起，他发现在美国，随随便便就能组成一个广东籍的国家队。很多在广东踢得非常好的国脚、省脚，后来都到海外去了。

在他们那个年代，足球没有职业化的时候，专业运动员退役以后去干什么？像北方比如辽宁，运动员退役了就继续当教练带小孩踢球，会一直吃足球这碗饭。

但八九十年代，广东这个地方，选择的机会更多。那个时候做教练，地位、收入都不算高，广东人可能选择移民或者做生意了。而且越有能力的队员，他的社会交际面会越广，路子就会越多，留下来的概率就越小。这可能是很重要的一个原因。

和上海相比，我们有时候还是太精了，需要沉下心来做一些事情的时候，可能不如人家。

识广：上海的青训，徐根宝是一面旗帜。

白国华：徐根宝是顶级的那种，在这个职业圈里面人脉非常广。

我们这边当然也有赵达裕、古广明，但他们最吃亏的地方是在职业联赛开始以后，他们基本上没在这个圈子里。广东出了那么多名将，真正后来搞青训的，而且有一定成绩的，就这两个人。

还是那句话，没有情怀，什么也干不了，光有情怀，什么也干不好。

沪迷最专业，西安闲人多

识广：作为恒大队的跟队记者，去过很多城市，各个城市的足球文化和氛围有什么不同？

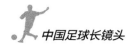

白国华:差异还是挺大的,最特殊的肯定是北京工体。如果从球场的声势来讲的话,工体应该是全国氛围最好的。天体(天河体育场)的人数可能会比较多一点,但我觉得北京球迷更勇于表达。

识广:说到球迷,中国球迷里最具标签符号的就是"北京球迷",你有什么感受?

白国华:这跟城市的性格一样的。北方文化本来就强势,最高点就在北京那里,这也是一种体现。一进工体,你就会听到球迷呼喊,"这是哪里?""北(读二声)京!"

识广:除了北京、广州呢?

白国华:上海吧,虹口球场虽然小,但球迷接受外来观念是最快的。

以前有一种说法:上海球迷学欧洲,全国球迷学上海。上海球迷的座位方式、助威方式甚至球迷组织,都是最早和欧洲接轨的。

其他还有西安。有一种说法是:西安是一个闲人太多的城市。以前陕西在基地训练时,我看到有好几百号人在外面看。我就问陕西的记者,怎么这么多来看训练的,他说就是闲人太多了。所以西安的足球氛围也挺不错的。

识广:国外的城市呢?

白国华:国外足球历史很长,足球已经成为一种深入骨髓的文化。

去年去罗马观看托蒂退役仪式,就感叹这个城市的足球文化基础怎么能这么深厚。感觉5个成年男性里,有4个是球迷。

罗马城有两支顶级球队,罗马和拉齐奥。那天我们坐了个出租车回酒店,随口就问那个司机,他说:"托蒂啊,托蒂不错。"聊了半天,他说他是拉齐奥球迷。

退役的前一天,到比赛当天,关于托蒂的印刷品,正规报纸、特刊之类的,可能有十几份。

但托蒂是一个特例,他在罗马踢了20年,这个很少有人做得到。

识广:托蒂不仅是罗马城的骄傲,更是这个城市的一张名片。国内有球员可能达到这样的高度吗?

白国华:(想了很久)可能武磊吧。

识广:需要什么条件?

白国华:不是他需要。当然个人努力很重要,而是中国足球需要。

上海人提到姚明竖大拇指,那是因为姚明在美职篮(NBA),他在中职篮(CBA)肯定不行,拿再多冠军也不行。

所以说,一个球员要成为一个城市的象征,那要看足球能在多大程度上被大多数人所接受,这取决于中国足球的高度。如果武磊带领中国队进了三次世界杯,那没的说了,是吧?

识广:足球有纯粹的一面,也有资本和权力博弈的一面。从 2002 年做足球记者至今,做了 10 多年足球记者,你是如何理解足球的?

白国华:足球既有商业的属性,也有社会属性。人们经常说,足球是城市的一张名片,它很快唤起你的第一印象。

比如米兰,除了时装,还有国米和 AC 米兰;曼彻斯特以前很牛,是最早的工业化城市,但现在提起来,知道最多的还是曼联和曼城这两支球队;还包括利物浦,这些城市都在衰落,但足球这张名片被更多人记住了。甚至可以说,皇家马德里的名头比马德里还要响。

识广:足球也算广州的一张名片了。

白国华:可能也是唯一的全国性名片。

认真做体育新闻的不多了

识广:作为恒大的随队记者,你是怎么保持媒体和俱乐部的平衡关系的?

白国华:相对来讲,和球队相处比较简单些。但恒大比较特殊,俱乐

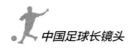

部更像是一个机器，体现的更多是恒大集团想要他们体现的声音和意志。所以，如何处理和恒大俱乐部的关系，很多时候取决于如何处理和恒大集团的关系。

识广：作为一个体育记者，需要懂战术吗？

白国华：基本的需要懂，懂得越多当然越好。但懂了以后，也不要试图去挑战教练的权威。

实际上，很多人对体育新闻可能有误解。

之前跟人聊天，人家听说我是复旦毕业的，就说你复旦毕业的来写足球干什么，来个体院的就可以了。其次，大部分人都认为，写足球领域，一定要写战术。

体育新闻，归根到底是新闻，道理都是一样的，新闻所有的规律都在里面。

识广：您做体育记者之前是个球迷吧。

白国华：我是七八岁开始踢球，9岁跟着父亲看球。

1989年的国家队、1990年世界杯、1994年职业联赛，一路看过来。

但做体育记者之前，其实并没有看过广州队的比赛，当时能看到的是广东宏远队的比赛。

识广：这么多年，足球的文化或氛围有什么样的变化或感受？

白国华：首先是看球人数多了，这是最直观的。

第二是舆论环境的本质没变，还是赢了赞、输了骂。

第三是球员和外界的沟通多了，但受到的监控也更多了，这就是互联网时代。

第四，从媒体的角度，信息越来越多，但专业的越来越少。这么多年，还留在足球新闻这个圈，还能认真干活儿的，可能一个手掌就能数出来了。

十年，你走了你的阳关道，
我过了我的独木桥

2009 年 8 月 1 日，第 13 届全运会足球决赛，上海 3：0 广东，夺冠。

上海，以上海东亚为班底；广东，以广东日之泉为骨架，那场大雨中的决战，就如同给两支队伍打好了标记。

差不多 10 年后，已经变成上港的东亚，拿走了中超联赛的冠军；而同时已经变成历史名词的广东日之泉，能够拿得出手的，就是叶伟超在中甲中乙附加赛中一脚帮梅县铁汉保住了中甲资格。

上海走了阳关道，广东走了独木桥。

究竟是什么造就了如此强烈的反差？

起跑线上的争夺

从走过的路看，当年的东亚和日之泉几乎每一步都相同。

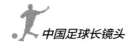

2006 年，徐根宝的上海东亚队开始组队参加全国乙级联赛,2007 年,他们冲甲成功。

2007 年,出于同样的目的,当时广东全运队的主教练找到以前合作过多年的日之泉老板林勤,我们也组队从乙级联赛开始?

这是一件双赢的事情,广东队需要比赛锻炼,而林勤接手这支队伍,也花不了多少钱,毕竟还有广东省体育局在全力支持,作为一个精明的生意人,日之泉那些年从来没有断过跟足球的联系。

后来,林勤不无得意地说过一句话:"重新搞回足球,我们的水的销量起码增加了 30%。"

体育局出球队,赞助商出钱,这不是什么稀奇的模式,但在当时,也仅有几个地方可以实现,毕竟中国足球的口碑当时正在谷底。根宝找到东亚,曹阳找到日之泉,那是因为根宝有面子,日之泉有传统。

2008 年,广东日之泉也冲甲成功,他们进入中甲的时间,比上海东亚仅仅晚了一年,但大家过程都一样,用了一年的时间,就完成了从乙级到中甲的转变。

两支"从小打到大"的队伍,开始在两条战线上竞争——中甲平台和全运会舞台。

叶伟超说:"像以前张琳芃、姜至鹏、武磊、汪佳捷、吕文君、颜骏凌这些队员,我们这批队员在 U15 的比赛时就开始交手,每年至少有两次比赛的机会,很熟。"

双方的实力如何,都心知肚明,他们的确是 89/90 年龄段国内最强的两支队伍。时隔多年,曹阳给了两支队伍中肯的评价:"从队员的能力来说,即使是当年,我也觉得上海的这批队员比我们要强,但是如果从准备的角度看,我们对 2009 年全运会的准备更加充分,可惜了,那场决赛……"

2009 年,对于两支志在夺得全运会冠军的队伍来说,几乎是命运的分水岭。

这一年,上海东亚"心有旁骛",他们既想在中甲取得不错的成绩,又想把最好的状态留到全运会上。

而日之泉则不同,联赛纯粹是为了锻炼队伍,他们所有的心思都在7月在山东进行的全运会上。

要在全运会上夺得冠军,可不是那么简单的。

首先,东道主是山东,整个山东代表团的策略很简单:凭借东道主的优势,要把"老大"广东代表团拉下马,而足球,一块金牌当三块,自然是重中之重。

在赛程编排上,按照当初的预计,广东、上海会在半决赛相遇,两虎相争以后,自然有东道主在决赛等着他们。孰知人算不如天算,一场突如其来的斗殴事件,让东道主的精心策划完全落空。

在C组最后一轮比赛中,北京队3∶1战胜天津队。

输掉比赛的天津队不但在比赛中被罚下3名球员,赛后几乎所有队员都参与了追打主裁判的"行动",12号替补队员在赛后狂追了当值主裁判何志彪近100米。

因为斗殴事件,组委会取消了天津全运会男子足球甲组代表队全运会决赛阶段比赛资格。虽然天津队被取消资格,但奇怪的是,小组赛积分榜没有被重新厘定。根据这个从来不存在的积分榜,C组的重庆、北京、上海三队均为一胜一负,净胜球数都是0,根据总进球数排名,小组第一为北京,小组第二为上海,小组第三为重庆,又因为B组第三名湖北与C组第三名重庆积分相同,通过抽签,重庆晋级。

按照预计,上海本来应该是这个小组的第一,但他们变成了小组第二,于是东道主山东和上海在半决赛就遇上了,双方进入点球决战,上海队进入决赛;另一个半区,半决赛中,广东队同样依靠点球淘汰了辽宁队,进入决赛。

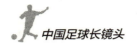

大概是上天有意安排这样的剧情,一定要让这两支队伍来一次宿命般的决战。

一场黑色幽默式的决战

这场决赛之前,双方那一年已经踢了三场比赛。

全运会第一阶段预赛,上海队在广东赛区就曾以 1∶0 小胜;在中甲联赛中,广东日之泉在主场 4∶2 获胜,客场 0∶1 输球。

但这场决战很快就失去了悬念。比赛在大雨中进行,场地泥泞。第 16 分钟,两队球员在中场进行拼抢,广东队谭宾凉和上海队张萌祺同时倒地,但是谭宾凉倒地之后有一个附加动作,主裁判万大雪直接出示了红牌将他罚下场,广东队刚开场就少打一人。最终凭借张琳芃、吕文君和战怡麟的进球,上海队 3∶0 完胜,时隔 26 年再次夺得全运会男足比赛的金牌。

本场比赛的当值主裁判是万大雪,2011 年中国足坛"反赌扫黑",公诉人起诉万大雪收受贿赂总计 94 万元,其中全运会上海队对垒重庆队和广东队两场比赛,万大雪担任主裁判,共收受上海市体育局足球运动管理中心 45 万元,这两场球,上海队分别以 2∶1 和 3∶0 取胜,并夺取了冠军。

不仅如此,他还执法了广东队对北京队的 8 强比赛,广东队以 1∶0 取胜。赛后,广东省足管中心"孝敬"给万大雪 10 万元。

回想起这段历史,让人哑然失笑:两支队伍决战,所处的居然是这样一种环境……

上海《新民晚报》后来回顾那场全运会决赛,表示:"这场雨战开场不到 20 分钟,万大雪就出示红牌罚下了一名广东队球员,从正常角度来看,这样的判罚的确过严。本来势均力敌,却过早缺少一人的广东队,只能改变战术全线回收防守。结果,人数占优的上海队下半场连进3球,最终以3∶0大获全胜。现在来看,万大雪的执法有不小的疑问。"

这场决战以上海的获胜告终,他们赢了至关重要的第一回合。当然,从职业发展的角度看,这可能并非是决定性的,因为队员们当时才20岁,留给他们的时间,还很长很长。

一步错,步步错

踢完全运会,上海东亚一步一步稳步前进,直至被上港集团收购,最终在2018年问鼎中超。这时候,离那场决赛已经快10年了。

而这10年间,广东全运队,或者叫广东日之泉的队员都经历了些什么呢?

在经历了几年的打拼以后,这支队伍已经具备了冲超的实力,或者说,他们本来可以走上跟东亚一样的道路,但阴差阳错间,咫尺天涯。

2011年,广州富力有意收购广东日之泉队。毕竟富力老板张力在广州长大,有着浓厚的"南派足球"情结,而这支日之泉,根正苗红,是再合适不过的收购对象了。

曹阳至今记得当初一位跟他相熟的朋友给他传递的消息:"有一个好消息,但对你来说,可能是一个坏消息。"

好消息是,富力想收购日之泉;坏消息是,收购了以后,曹阳可能下课。曹阳笑着说:"我下课有什么关系,最重要的是这支队伍能够有更好的发展前途。"

作为俱乐部的老总和球队的主教练,曹阳希望自己的弟子也能够早日升上中超的平台。后来该消息被证实,富力出价2000万收购日之泉,富力的心理底线甚至是3000万,但他们的收购,被林勤拒绝了。

最终,富力从金德集团手中收购了当时的深圳凤凰队,日之泉的机

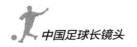

遇,就这样擦肩而过。

更为巧合的是,这一年,广东日之泉和广州富力的冲超几乎缠斗到了最后一刻。2011 年 7 月 3 日,在日之泉的主场广东省人民体育场,日之泉在领先的局面下被广州富力逼平。

曹阳说:"那场比赛之前,我们领先对方 4 分,如果赢了就领先对方 7 分。在这种情况下,对方冲超的心气也就停了,但是没有赢,给了对方信心。最后在下半年,他们加大投入,最终冲超成功。"

那一年,广州富力排名第二,日之泉排名第三。如果赛季初就被广州富力收购,又如果那场比赛再踢得好一点,那么日之泉在 2011 年就已经冲超成功。

而他们的竞争对手——上海东亚,则在一年后,也就是 2012 年冲超成功。

错过了 2011,还有 2013。2013 赛季,最后一轮仍然有冲超希望的日之泉在佛山世纪莲主场 0∶1 输给重庆 FC,最终又以赛季第三名的身份结束了整个赛季。

对于日之泉两次错失冲超机会,曹阳说:"没有进入中超,有多方面的原因,但当时如果俱乐部能够再加大一点投入,我想这应该是水到渠成的事情。"

叶伟超说:"如果当年投资人有更高、更长远的想法的话,我们这批人会有更好的机遇。"

作为俱乐部的投资人,林勤的风格一向是量力而行、步步为营。最终接手这支队伍的时候,包括征战中乙以及头几年在中甲站稳脚跟,日之泉的花费并不太大,但是真正需要咬牙进入中超的时候,林勤的犹豫也是可以想象的。

进入中超,投入是几何倍数的提升,怎么办?

广州已经是恒大的天下,就算冲入中超,又该怎么办?

最终，林勤选择了退出。2014年11月28日，广东省体育局同意广东日之泉足球俱乐部西迁申请，俱乐部产权100%归陕西所有，从此再无"广东日之泉"。

2014年12月14日，广东日之泉足球俱乐部正式易名为陕西五洲足球俱乐部。2015年1月31日，中国足协网站发布了《关于公布2015年中甲联赛参赛俱乐部名单的通知》，在该份通知中并没有陕西五洲俱乐部，这意味着该球队将无缘2015中甲联赛。

这里摘录一下当时转让失败时，很多日之泉队员面临的窘境：

球队注册中甲失败后，为了能够稳住军心，陕西五洲方面在今年1月22日开出了一份"承诺函"，书面保证一定会补齐欠款，并让球员打上中乙。队员杨斌说："我们那时已经做好了打中乙的准备，陕西那边也说一定没问题，肯定让我们踢上比赛。"

遗憾的是，"承诺函"很快成了一纸空文。球队前助教冯峰表示，陕西五洲俱乐部就像一个空壳，他说："陕西那边一直没有一个具体的负责人，队员们有事也根本不知道找谁，球队的具体安排也没人负责。"残酷的是，即便是打中乙，陕西五洲仍然未能通过注册，承诺一定会补齐的欠款也一分钱都没有发。

冯峰透露，直到现在，仍有部分球员的参赛证被扣在陕西那边。球员为了自己的生涯，只好向中国足协申报"参赛证挂失"。仍然对陕西方面抱有幻想的球员，则直到转会期截止前才不得不接受"失业"的现实。冯峰表示，这场闹剧对球员伤害最大："这是两家俱乐部转让不畅造成的，却让很多球员承担了后果，对球员来说，突然中断踢球对职业生涯真的很不利。"

目前，还有十几个球员没能赶上转会期而"待业"。杨斌说："我们现在就是等待夏季转会窗，争取能找到球队，先踢上职业联赛再说。"杨斌现在仍是广州体院的学生，他用随校队训练的方式保持状态。涂小朗选

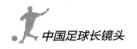

择在天河体校当少儿教练,而梁华、黄成帅等许多球员,只能暂时在业余赛场打拼。也有部分球员"曲线救国",如崔宁和黄浩轩这段时间正积极筹备赴希腊踢球。

关于日之泉西迁陕西却又离奇地未能获得注册的事情,现在仍然有很多谜团——只不过,对于这批队员来说,曾经属于他们一起奋斗的芳华,这一刻彻底结束了。

广东日之泉,已经成为一个历史名词。

只有一个徐根宝

如果把日之泉作为一个"反面教材",来反证徐根宝和上港这批队员的成功,那真的是绝佳的参照物。

选材上,两批队员起点都很高,无论是日之泉的双子星叶伟超和尹鸿博,还是东亚的武磊和张琳芃,都是 89/90 年龄段的佼佼者。然而,从机会上说,身处平台的不同,两批队员迥然不同。

曹阳坦承过这一点:"徐指导拥有的资源都是我们所不具备的。"

在上海,只要根宝看中的人,基本都可以带走,而广东省足协还要和平级单位广州足协、深圳足协抢人。虽然在全运会时,他们是"一家人",但是踢完全运会以后,广州的归广州,深圳的归深圳。2009 年全运会结束后,2010 年,郭子超、叶伟超、陈建龙等 8 名广州籍球员回到广州队,栗新、张讯伟 2 名深圳籍球员则回到深圳队。光凭这点,队伍的完整性已经无法跟根宝的队伍相比。

在进入国字号的问题上,日之泉的队员也无法跟东亚的队员相比。"那个年代,想进入国字号 U 系列的队伍,有时候还要送钱,我想想这不值得,所以你会察觉我们这批队员入选国字号队伍的不仅少,而且晚。"曹阳说。

而根宝不一样,根宝的队员还需要送钱进国字号队伍吗?

2009 年全运会结束后,郭子超、尹鸿博、潘佳、史亮入选国奥集训名单,如此多的广东球员入选国奥,历史罕见。这算是对这批队员的一次整体认可,但如果和根宝的队伍对比,他们早已经落后了一大步。

如果说队伍的完整性和平台的选择还不算决定性因素,那么在走上职业道路后,根宝在关键几步上的选择给弟子们带来的收益,则是日之泉的队员们望尘莫及的。

东亚钱不够,徐根宝逼着把张琳芃卖出去;还是钱不够的时候,把整支球队卖给了上港集团。这支徐根宝从崇明岛带出来的队伍,才得以有机会一步步登上中国足球的最高舞台,10 年历练以后,夺取中超冠军。

徐根宝又是投资人,又是总经理,又是主教练,三位一体,在决策上,完全可以一人说了算,同时他又具有常人所不能企及的资源。从这一点说,徐根宝在中国是独一无二的。

况且,徐根宝还走了另外一条路:上海本来是申花的天下,根宝身上就有着浓厚的申花标记,但是他却等于生生地创造了一个"上港",和"申花"分庭抗礼。试想,山东的"徐根宝"和北京的"徐根宝",就算培养出一批弟子,但他们也很难有机会让一批队员十年磨一剑,而最大的可能性就是,这家俱乐部要走几个队员,那家俱乐部买走几个队员……

从这个意义上说,当年的日之泉简直就是东亚的影子,但可惜的是,曹阳终究不是徐根宝。

也正因为如此,徐根宝在中国只有一个,就像马云只有一个一样。从竞争的角度说,一个马云的成功,会扼杀一百个李云、一千个周云……

当然,这不是马云的错,也不是徐根宝的错。

如果说幸运,武磊这批队员当然是幸运的。叶伟超说:"中国有几

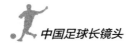
个徐根宝？不要说我们，你说北京的、山东的，哪个队员不希望成为他的弟子？"

从路径的依赖上说，日之泉成为历史名词，也不过是广东足球的又一次"旧病复发"。

还记得培养过吴坪枫、吴伟安、杨智等人的广东雄鹰一代吗？他们当年走过的路与日之泉如出一辙，如果说有区别的话，那就是当年没有像上港这样的队伍，像镜子一样，让自身存在的问题无所遁形。

再对比只能是伤害

当球队整体成为历史，剩下的就是个人如何把握自己的命运了。

作为队中的双子星，叶伟超和尹鸿博备受关注。

2010年，叶伟超、郭子超等8名广州籍球员回到广州队，当时的广州队被处罚降入中甲，广州足协托管球队。主教练原本是彭伟国，但随着恒大的入主，郭子超们很快就失去了自己的位置，整个2010赛季，郭子超只替补出场2次。

叶伟超已经是这拨人里最幸运的，他幸运地被租借到了日之泉，并在2010赛季大放异彩。

2010赛季第四轮，叶伟超上演"大四喜"，帮助日之泉5∶1大胜湖北国旅。这也是继1994年胡志军之后，第二个在中国职业联赛单场攻入4球的广东球员。

整个赛季，叶伟超攻入14球，没有一个是点球，仅次于打进20球（其中有4个是点球）的郜林，名列射手榜第二。再做对比，小叶伟超2岁的武磊，这个赛季攻入了9球，其中3个是点球。

2011年，叶伟超租借期满返回恒大，随队征战中超。凭借前一个赛季在中甲的出色表现，他在3月份入选了高洪波率领的国家队名单，并在对阵哥斯达黎加的热身赛的第 75 分钟替补出场，终场前助攻郜林破门。

2011 年 5 月 15 日，叶伟超在广州恒大主场对阵河南建业的中超联赛下半场替换雷纳托出场，首次代表广州队亮相。他在第 78 分钟打进反超比分的一球，最终帮助广州恒大 3:1 击败对手。但他在 2011 赛季中受到伤病困扰，仅获得 4 次替补出场的机会。叶伟超在 2013 年离开了恒大，租借到当时还在中乙的梅州客家队。

在恒大前锋位置上，叶伟超要面临外援的激烈竞争，即使这样，爱才的李章洙还是给了他机会，叶伟超也把握得不错。然而膝盖和脚踝的伤势一直困扰着他。

在恒大慢慢地没有了位置，但恒大还是不愿意彻底放走他。叶伟超回忆起那段日子："大概是 2013 赛季，有一天，俱乐部的高层给我打电话说，问我愿不愿意去青岛中能。当时恒大正在引进邹正，恒大希望以一种球员换球员的方式进行交易，中能当时在引援名单上选上了我，因为种种原因我拒绝了这个交易。但那时恒大人员很充足，已没有我的位置，所以那一年我在预备队中报名。当时并没有什么正规的训练、比赛，很多时候靠自己到处找比赛保持竞技状态，所以那段时间是我最无助、最艰苦的时候。"想去香港踢球，恒大给叶伟超开了几百万的转会费（其实不算多），但几百万差不多是香港球队一年的花费，于是这个转会也只能作罢。没有球踢，只能通过业余比赛来保持状态。"我有段时间睡不着觉，后来慢慢想通了，睡不着觉也是这样，睡得着也是这样，何必为难自己呢？"

从 2011 年踢上中超到无球可踢，叶伟超在恒大熬成了自由身，然后去了浙江毅腾试训。在时任主教练段鑫和总经理曹磊的帮助下，叶伟超重新回到熟悉的职业赛场。

他还是能在关键时刻展现杀手本色。梅县铁汉的冲甲关键战，对阵

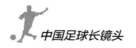

深圳雷曼,他打进关键一球;转年的中甲中乙附加赛,依靠他补时阶段的进球,铁汉保级成功。

他曾经被拿来和胡志军对比,对此,他说:"的确,我的特点就是门前把握机会,这一点的确和前辈很像。但是达不到他的高度和人们的期望,只能说是我自身的问题,譬如说伤病。"

叶伟超很享受目前的生活和状态,但当初日之泉的印记挥之不去:"日之泉队的解散,这支队伍对我来说很有感情,是我们那批队员从乙级一直踢到中甲,一起经历过中甲保级的困难时刻,有我们那批队员青春的回忆,解散那天我们的心理波动还是很大的。"

直到现在,这批队员有空还会聚在一起。

"如果要总结的话,我觉得我们这批人其实也是幸运的,毕竟还有那么多人活跃在职业联赛的舞台。至于说没有能达到更高的境界,只能说原因有很多方面,个人的力量是很有限的。"

和叶伟超相比,尹鸿博走的路要顺利很多。2013 年,他加盟河南建业,这一年他 24 岁,终于成为中超队员。在河南建业经历了 4 个赛季的历练以后,2017 年尹鸿博加盟了河北华夏。

而在国家队层面,2016 年,尹鸿博首次入选国家队,他跟随国家队参加了 12 强赛。和叶伟超 2011 年入选国家队相比,尹鸿博在国家队的经历要丰富得多,毕竟能参加 12 强赛已经是很多中国队员毕生能达到的最高境界了。

不过因为受伤,几乎整个 2018 赛季尹鸿博都没有出场,于是出征亚洲杯的名单中自然没有他的名字。

而里皮的 27 人名单中,则有颜骏凌、张琳芃和武磊三个人,当然这次算少的。

2018 年 11 月 3 日,上港客场 5∶4 战胜恒大,这场奠定夺冠基础的比赛最有意义,为上港进球的吕文君、蔡慧康、武磊和王燊超,都是东亚

"一期"的队员,这简直是给根宝的东亚队量身定做的最好广告。

没有对比就没有伤害,看着当初自己的对手如今梦想实现,不知道叶伟超这批队员会作何感受。

最后,可能归结为命运的安排。广东话中有句俗语,叫"好波(球)不如好命",我试图用这种简单的方式来做一个总结。

然后,叶伟超说:"这句话,全世界都适用。"

梅州足球三十年（上）

——三十功名尘与土

2019年1月1日，梅州五华，新落成的五华奥林匹克中心被命名为"惠堂"，这个体育场还有一个漂亮的名字——"天使之翼"。

当晚，梅州市第一届"棕榈·客家杯'一带一路'国际足球邀请赛"的开幕式在此举行，耗资9个亿的体育场美轮美奂，来自阿根廷、巴西、葡萄牙等国家和地区的12支球队参加了这次比赛。

高规格的赛事，政府的高度重视，再加上梅州已经有的"两甲一超"的职业俱乐部，一派欣欣向荣之景。

这才是真正的足球之乡嘛。

然而我们并不满足于此——因为这些都是"硬件"，要体现足球之乡的"软件"，评价的标准只有一个，那就是人才的培养。

这些年，梅州培养的国脚有几个？那些年，为什么梅州能培养出那么多国脚？未来，梅州还能给中国足球培养出多少国脚？

这就是这篇文章的由来，我们选择事件的起点是在 1989 年，因为这是梅州人才培养的最后巅峰。

弹指一挥间 30 年，这 30 年，梅州足球，乃至广东足球，到底发生了什么？

无可奈何花落去

1989 年 10 月 28 日，新加坡。中国队 1∶2 输给卡塔尔队，这是著名的两个"黑色三分钟"中的第二个——中国队只要获胜就可以进军意大利世界杯，而且把 1∶0 的比分坚持了 85 分钟，从第 85 分钟到第 88 分钟，卡塔尔人连进两球，中国队离罗马只差一步。

比赛当天，香港富商霍英东抵达新加坡，赛前他已经在新加坡最好的酒店预订了两桌，中国队只要获胜，大家就大快朵颐。不仅如此，他还宣布，如果国足战胜对手，他就给每位队员 1 万美元奖励。那时候的 1 万美元可不是一个小数目。

霍英东的国际足球事务负责人李高对霍英东说："老板，咱们没有那么多现金带在身边，中国队赢了怎么办？"

霍英东回答："李高你辛苦一趟。如果中国今天胜，你明天一早飞回香港，取了美金，当天再飞回来。"

1988 年进军汉城奥运会，1990 年进军意大利世界杯，两大战役都能拿下，这支国家队就能立下不世之功，而这一切，就差了那么几分钟。

现在，罢了，罢了……

气氛压抑得如同沉默的冰山。当晚，队员们只能自己去买点啤酒回房间解闷，22 岁的伍文兵的室友是来自武汉的涂胜桥，如果说作为替补队员，他们还没有那么痛彻心扉的话，那么 21 岁的谢育新，把这场比赛当作自己永远的耻辱。

"那场球我打满了全场,那场失利让我永世难忘。对我而言,那个'黑色三分钟'是种莫大的耻辱。这种耻辱甚至超过了我们在奥运会上的三个鸭蛋(0∶0平突尼斯、0∶2负于瑞典、0∶3负于联邦德国)。"

回忆是多么美好的事情,1987年的汉城奥运会预选赛,中国队在主场失利的情况下,客场迎战日本,最终2∶0拿下,顺利进军奥运会。19岁的谢育新还是第一次入选国家队就赶上了,那晚他喝得酩酊大醉。

"这是我第一次喝醉。"

和他一起出任主力的还有两个梅州同乡,司职中卫的郭亿军和司职左后卫的张小文,他们三个和没有出场的伍文兵,不仅都来自梅州,而且都是来自梅州的兴宁县。

一县四国脚同时出现在同一支国家队,如果国家队进军意大利世界杯,这是多好的一段佳话啊!

郭亿军,生于1963年,梅州兴宁人。

张小文,生于1964年,梅州兴宁人。

伍文兵,生于1967年,梅州兴宁人。

谢育新,生于1968年,梅州兴宁人。

这是梅州足球最后的巅峰,也是广东足球巅峰的尾巴。

此时,国家队已经从苏永舜、曾雪麟的南派风格转变为年维泗、高丰文的北派风格,即使如此,广东球员仍然占据半壁江山,除了"客家四虎",高家军还有麦超、吴群立两名广州籍球员。

这些队员在整个预选赛中立下了汗马功劳。张小文、郭亿军、麦超和谢育新都是绝对主力。

小组赛,主场2∶0战胜伊朗的比赛,张小文破门;客场2∶3输给伊朗的比赛,麦超点球破门,其后,张小文助攻马林破门。新加坡的狮城6强决战,首场2∶1战胜沙特,麦超梅开二度;1∶0战胜朝鲜的比赛,谢育新射入唯一进球。

无论你是"南派"还是"北派",有实力总是会得到重用的。

南派有南派的问题,技术好,有时候会自视甚高。高丰文带领国家队出访巴西的时候,巴西人不客气地问一名广东籍队员:"你叫什么名字?""我叫×××。"

"我还以为你的名字叫贝利呢!就算是贝利,他在场上也要听教练的指挥,更何况你不是贝利呢!"

北派有北派的问题,脾气火爆,不容易管理。张惠康和傅玉斌两名门将住在同一个房间,结果闹出了"贼喊捉贼"的闹剧。1990年亚运会的时候,队中某位大哥聚众赌博,这也让高丰文好不为难。

无论是专业时代的国家队还是职业化以后的国家队,国脚都是宠儿,如何管理这些队员,是一门学问。但总体来说,高丰文喜欢广东的队员,有技术,听话,不惹事。

听话、不惹事,30年过去了,这一条对于广东的队员,尤其是梅州的队员来说,仍然是适用的。但是"有技术"这一条,早已经成为明日黄花。

打完狮城决战,郭亿军和张小文基本告别国家队,其实他们的年纪都不大,一个26岁,一个25岁。那一届的国家队中,最年长的是生于1960年的朱波和吴群立,29岁。

22岁的伍文兵在国家队匆匆而过,21岁的谢育新和更加年轻的区楚良、彭伟国后来成为广东足球在国家队的门面担当。等到这几位从国家队退出后,不要说梅州,整个广东都被剃了光头。

谁能想到,1989年居然是梅州足球最后的辉煌,此后30年间,虽有李海强、李健华、饶伟辉、刘彬彬等队员在国家队一闪而过,但他们不过是闲棋冷子,昙花一现。

梅花香自苦寒来

在 4 名梅州国脚征战世界杯预选赛的时候,16 岁的李玉展正在广东省体校训练,这名来自梅州五华、身高 1 米 60 的"矮脚虎",来到省体校已经 3 年了。

都是梅州球员,五华、兴宁和梅县这三个地方各有不同——兴宁出尖子,梅县人最多,而五华的特点就是快。

"我们五华人的特点就是快,硬碰硬,我们说我们踢球就是'踢石头',"李玉展说,"身体快,速度快,就是脑子不够快"。

作为球王李惠堂的家乡,五华很穷。穷人的孩子,憋着一股劲儿,鲤鱼跃龙门,跳出农村,跳出五华,跳出梅州,跳到省城。

苦,大家都苦。在五华体校,每天的伙食很差,只能自己带点咸菜回来,想吃肉只能等到每年暑假,体校把自己养的猪杀掉,给大家加菜。

一年一度的杀猪大会,最能满足少年的味觉,"再也吃不到那么好吃的猪肉喽"。

1986 年,坐了一天的车,李玉展从五华抵达 300 多公里以外的广州。进入省体校以后,李玉展兴奋地发现:每天都有肉吃!

毕竟是省城啊! 这一点,每个从梅州进入省城的队员都能感受到。

1980 年,伍文兵和谢育新进入省体校,每天都有三菜一汤,或者凉瓜炒牛肉,或者冬菇蒸滑鸡,或者红焖猪手,一、三、五有牛奶,二、四、六有糖水。

共产主义也不过如此了吧?

衣服也要鸟枪换炮。在梅州,能穿上国产的梅花牌运动服,到了省里,那就是"柏仙奴"和"DA 多拿"。

所谓"柏仙奴",就是 Pacino(帕西诺),所谓"DA 多拿",就是 Diadora

（迪亚多纳，曾经的意大利国家队服装赞助商，1994年巴乔射丢点球时穿的就是这个牌子的球衣）。广东人自有广东人的说法，所以跟外省队员提起这些牌子时，对方一脸蒙。

这时候广东的队员心满意足："你们那地方，根本没有这个牌子嘛。"

这两个都是意大利牌子，意大利人的商业嗅觉，那时候是顶呱呱的。

到了省城，死活都要留下来，但每一次遴选都是残酷的。

1978年，14岁的张小文与郭亿军一同到广州参加省里的集训，结果郭亿军被选入为日后遴选省脚的省体校进行训练，而张小文却被退回了兴宁县体校。

回到兴宁，张小文做出的选择是报考广州体育学院，从另一条道路去为足球做出贡献。于是踢球成了他学业之余的爱好。

不过，在准备报考体院的两年中，张小文一直都没有放弃参加足球训练，这种对足球执着的爱，使他得以东山再起。1980年，机会终于再次降临了，担任梅县队中锋的张小文在当年的广东省中学生足球赛上崭露头角，被广东省中心体校召入该校深造。善于把握机会的张小文，仅在广东省中心体校经过了一年的训练，即转入广东青年队。到了1983年，张小文又被越级借调到正在准备五运会的广东队，参加当年的全国甲级联赛。

这是一个相当励志的故事。

对于梅州的队员来说，最怕的就是身材缺陷，13岁的伍文兵当时身高只有1米35。来自梅县的廖友华测完身高以后，忍不住哭了起来：

1米29，还差1厘米到1米30，也许差这一厘米就被刷回去了……

如果按照现在的选材标准，像伍文兵、廖友华这样的身材都要回乡下耕田，但挑选他们的是还在广东队执教的苏永舜。最看重技术的苏永舜不介意他的队员身材有多么矮小——挑完这批队员以后，苏永舜上调

国家队,不久他就把身高 1 米 60 的赵达裕选进了国家队。

梅州人的身体即使在省内都不占优势,除了个别像池明华和郭亿军这样的"另类",剩下的队员力量上无法跟别的地区的队员抗衡——不要说跟广州比了,即使连湛江的队员他们都比不了。

生于 1963 年的曹阳,当年在广东队以"拼命三郎"著称。这位"拼命三郎"说:"湛江佬,他们是吃海鲜长大的。而我们,是吃番薯长大的。"

听到这个说法,湛江的队员不乐意了:"谁说我们吃海鲜长大的? 每餐也就是一碗白粥……"

地方穷,身体差,要出人头地,唯一可以依靠的,就是自己加紧苦练。

曾经担任过广东队队长的王惠良,技术是从梅州东校场每天摸黑加练出来的;李玉展要加强腿部力量,唯一的器械就是杠铃,小时候练的深蹲太多,让他怀疑这就是导致自己 27 时腰椎间盘突出而退役的"元凶"。

和李玉展同一批入选省体校和广东队的李海发,来自梅县,担任梅县铁汉队教练的他,每天都在苦口婆心地劝他的队员:"技术是要靠自己的刻苦才练出来的!"

李海发在一众梅州名将中并不那么显眼,但是在少年时代,他们同样创造了辉煌。

1987 年 8 月 19 日,以梅县业余体校 73/74 足球班为基础的梅县队获得全国"幼苗杯"足球决赛冠军。在决赛中,他们击败的是拥有申思的上海队。

那时候,李海发经常和申思、张恩华交手。张恩华开始踢的是前锋,后来踢了后卫;李海发开始踢的是后卫,后来踢了前锋。

"以前我们每天至少练三个小时,中午打好饭了,觉得还要练,于是就把饭放在场地旁继续练脚法,一个不小心,谁的饭被踢飞了,中午就得饿肚子喽。"李海发说。

说这些故事,现在的队员也听不懂,因为他们都没经历过那个时代——足球,对于现在的十几岁的少年来说,还是个模糊不清的概念,而对于梅县那一批队员来说,足球梦清晰可见,触手可及。

踢得好,一级级踢上去,就意味着跳出农村,意味着国家编制,意味着人生逆袭,意味着光宗耀祖。

一代代、一批批,梅州的、湛江的、韶关的,这些队员从四面八方而来。

来了咬牙死撑,不能再回去。

和伍文兵、谢育新同一批入选省体校的游通江来自湛江海康,这是个广东省的"边陲之地",隔着琼州海峡和海南岛遥遥相望。从这里来到广州,游通江三四年没有回家,再一次回家的时候,差点哭了起来:

"我的家呢? 我家哪里去了?"

他的家以大树为标志,但三四年间,大树被推倒,马路被拆迁,游通江已经找不到来时的路。

家乡成"异乡",这是每一个人都会经历的故事。

1996年,22岁的李玉展开始了他的建房计划。已经成为职业球员的他,每年的收入在10万左右。家里五兄弟,他排行第四。从乡下出来,已经站稳脚跟的他一直想解决心头大事——家里人多,省城必须要有足够大的地方让他们落脚。

他在朋友的介绍下买下了海珠湖附近的一块地,占地100多平方米,最后起了4层,这套房子花了他60万。

李玉展卖掉了他的摩托车,价值好几万;卖掉了他刚买没多久的爱立信手机,价值1万左右,这还远远不够,于是他差不多向队里每个人借过钱,这个几万,那个几万,一到发工资的时候,赶紧还钱。用了两年的时间,这套"豪宅"大功告成。

"乡下出来的人,想法很简单,有钱赶紧建房子,这就是我当时最真实的想法。"李玉展说。

这是一个相当成功的小镇青年在大城市立足发展的故事,有人凭借的是考试,有人凭借的是当兵,而他们凭借的是足球。

你也可以把这种模式称为"抽水机",省城把一代代的精英们抽出来,但只要机器还在运转,这套模式就一直行之有效。最怕的是某一天,龙头再也抽不出水了……

我尝试着让梅州的名宿们去总结梅州过去为什么出了这么多人才。当然,历史氛围和群众氛围是第一位的,而勤学苦练则是必不可少的。只不过,"勤学苦练"这四个永不过时的字,已经很难成为这个时代的印记了。

毕竟,那个年代走过来的队员很多现在当了教练,无论是东北的、广东的、上海的、北京的,都在哀叹:当年的条件如此艰苦,我们都能做到的事情,现在的队员为什么就做不到呢?

覆巢之下无完卵

抽水机的抽水速度,有时候是很快的。

1988 年,《足球》报刊登了这么一条新闻:

> 1987 年全运会结束,随之而来的就是各支队伍的大调整。四川队 10 人离队,17 人进队;江苏队 8 人离队,9 人进队;山东队 9 人退役,14 人进队;辽宁 7 进 7 出;天津队 6 人离队,7 人进队;北京队新调进 18 人;广东队新调进 14 人……

专业体制年代,以全运会为目标,一届比赛完了便意味着一大批人完成了任务。1987 年广东队完成了主场夺冠,调整的幅度更大。

离开的人中,包括杨宁、黄德保、曹阳这些梅州名将;补充进来的 14

名队员,包括谢育新、区楚良、伍文兵和廖友华。

等到谢育新这批队员风华正茂的时候,就轮到下一批队员补充到广东青年队了。1990 年,李玉展和李海发进入广东青年队,告别农村户口,开始领工资。

每个月的工资,280 元。

离开广东队的时候,曹阳才 25 岁。而他的师兄,生于 1960 年的王惠良在 27 岁时挂靴了。

1987—1989 年,广东队员取得的成绩纷至沓来。1987 年的六运会,广东夺取冠军;1989 年的国家队,广东队员仍然占据半壁河山。当时没有任何迹象表明,此后的 30 年中,广东连个像样的国脚都培养不出来了……

一方面,老人走,新人来,这样的调整是大势所趋,个人很难抵挡这个趋势;另一方面,"老队员们"也很难有继续战斗下去的动力。

曾任八一队主教练的刘国江说:"大部分队员在 26~28 岁退役,这个年龄的运动员许多也是因为切身利益得不到妥善解决,他们毕竟还有大半辈子的日子要过,确有后顾之忧啊!看来现行的体制早已不符合足球运动发展的规律,非改革不可!"

怎么改?吵吵闹闹了一段时间,1989 年国家队的失利,又再次把体制问题推上了风口浪尖。

1990 年,敏锐的人们已经发现,很多地方的体委已经开始缩编足球。毕竟足球编制大、投入多、收益小,特别是女足,一线队伍从 1989 年的 40 支,一下子削减为不足 10 支……

即使如此,广东和辽宁的江山看起来仍然是稳固的,有人担忧政策对足球的影响,但又有人说:"再怎么担心,广东和辽宁都没有问题!"

1993 年的七运会在北京举行,辽粤在半决赛相遇,辽宁队获胜,报了 4 年前失利的一箭之仇。决赛战胜东道主北京,"辽老大"意气风发;而

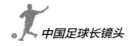

广东,不过在半决赛中输给了老对手辽宁队,也不算太丢脸。

1993 年的全运会,那是专业足球时代,最后一次各地人才的大检阅了。进入 1994 年,足球职业化开始,以范志毅、彭伟国、魏群、高峰等人为代表的甲 A 明星,成为一代人的记忆,而他们这一代人,少年时代的筋骨,都是体校打造出来的。

专业足球时代的两大霸主很快就出现了窘态,1995 年"辽老大"就降入了甲 B。以广东队为班底组建的广东宏远也好不了多少,1997 年,他们也降入了甲 B。辽足这个品牌尽管维持得很艰难,但不管怎样,还依然存在;至于广东队,仿佛就像一块用完了的抹布,随手就被扔进了旁边的垃圾箱。

当年的四个国脚,张小文和郭亿军早已经退役,伍文兵远走前卫寰岛。1996 年,谢育新转会广州松日,担任队长,但广州松日当年降级。1997 年,谢育新回到广东宏远,担任队长,但广东宏远当年降级,憋了一肚子气的谢育新决定退役。但在 1998 年,他被沈阳海狮摘牌,然后又去沈阳踢了 3 年球才退役。

2001 年,四处流浪的广东宏远被转卖到了青岛,这几乎成为广东足球的绝唱。

在球队被转卖之前,能走的人都走了。1998 年,李玉展被陈亦明带到了成都五牛,表现其实不错。不过腰椎间盘突出,让他的训练量一直上不去。2001 年,他选择了退役,这一年,他 27 岁。

2001 年,李玉展退役得早,陈亦明也离开得早,他们所在的成都五牛队这时候的主教练是川军名宿余东风。巧得很,倒数第二轮,志在冲甲 A 的五牛面对的是同省兄弟——绵阳太极队。

李玉展的"兄弟"李海发,此时正在绵阳太极效力,绵阳的主帅是商瑞华,作为天津人,他给了李海发这样一个评价:"你是我见过的仅次于于根伟的前锋。"商瑞华欣赏李海发,但他控制不了球队。

那场比赛,李海发不想上场,队中的几个四川后卫也不想他上场:

"发哥,你上场要是进了球怎么办?"作为队中唯一的广东人,李海发形单影只,打假球这种事情,是不会带上他的。

但那场比赛,连同替补报名名单也只有 12 个人,万般无奈之下,李海发只能上场……

那是 2001 年 9 月 29 日,世界足球公平竞赛日,结果成都五牛队11:2 战胜绵阳太极,震惊了中国足坛。10 月 2 日,足协纪律委员会认定四川绵阳太极队在 9 月 29 日对成都五牛国腾队的甲 B 联赛第 21 轮中消极比赛,决定对其处以警告、罚款 20 万人民币,并扣除联赛积分 6 分的处罚。

顺便提一下,这场比赛,主哨的是龚建平。

人们原本以为,这已经是假球的极致,但没想到,真正的高潮发生在10 月 6 日,江苏舜天对阵成都五牛、浙江绿城对阵长春亚泰,这两场比赛玩出了花。

这就是著名的"甲 B 五鼠案"。宋卫平赛后怒发冲冠,当场宣布开除队内 5 名涉嫌打假球的球员,并在不久后向足协提交了一份"黑哨"的名单。

10 月 16 日,中国足协做出处罚,只有上海中远一支球队升级,取消9 月 29 日成都五牛对四川绵阳、10 月 6 日江苏舜天对成都五牛、10 月 6日浙江绿城对长春亚泰三场比赛国内球员的 2002 年注册资格,以及2002 年和 2003 年的转会资格,5 支球队的主教练也被禁赛一年,四川绵阳降入乙级。

就在"五鼠案"发生的第二天,也就是 10 月 7 日,中国队在五里河进军世界杯,12 年前,谢育新等人没能实现的愿望这一刻终于实现了。

"真正的"于根伟,一脚把中国队送进了世界杯,而"仅次于于根伟"的李海发,却被卷入了"甲 B 五鼠案"。

打假球收钱没份,停赛、禁止转会却有份,27 岁的李海发于是选择了退役,和他少年时代同场竞技的申思、张恩华则成为进军世界杯的英雄。

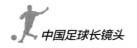

　　"聚是一团火,散是满天星",这句话对于他们来说,太过美好了。一年后,姚德彪、李海强、陈文魁和林友荣四名队员离开青岛海利丰,返回广东,因为在青岛,他们没法配合俱乐部打假球。

　　2001年,彭伟军退役,这一年他28岁,退役的原因是青岛海牛和沈阳海狮之间的纠纷。2001赛季结束后,他被青岛海牛挂牌出售。结果,沈阳海狮在摘牌大会的第二轮将其摘下。

　　没想到,沈阳海狮随后变卦,以健康等为由,想要撤牌,而彼时的青岛海牛认为挂牌、摘牌都是按照中国足协的程序进行的,也不愿意将其召回。结果新赛季开始后,两家俱乐部均没有给他注册。最终彭伟军在28岁的时候选择了退役。

　　还是在2001年,在沈阳的谢育新和自己的广东老乡彭昌颖、广州太阳神培养出来的闵劲,还有八一队的"快马"胡云峰一起被俱乐部停训,这一事件导致了谢育新的退役。不过在走之前,他劝告了几个"年轻人":"你们几个年纪还不大,应该继续多踢几年,我毕竟年纪大了,也到了该退的时候了。你们还年轻,球员又是吃青春饭的,受点委屈,还是回去给主教练道个歉吧。"

　　这些广东名将,离开了广东,就像拔掉了自己的根。在卖掉广东队的时候,被誉为"广东教父"的岳永荣说:"外面风大雨大,以后要靠你们自己执生了。"

　　但是能自己"执生"的广东球员,少之又少。闯荡江湖,广东球员终于还是少了股狠劲,一如他们一直崇尚的南派打法。

　　性格决定命运。

　　没有了广东这棵大树罩着,梅州足球的衰落,便是应有之义。

　　覆巢之下,焉有完卵?

　　但要追问的是:何解如此? 何至如此?

梅州足球三十年（下）
——八千里路云和月

如果说上一篇，我们主要说故事，那么这一篇，我们主要是反思。

从专业化到职业化，最大的问题，没错，是钱。缺钱的梅州，难以为继，似乎也是应有之义。但如果把目光仅盯着钱，那么梅州足球只能等死，因为梅州的经济实力不可能和北上广深相比。只能混吃等死吗？

"天命"既然暂时无法改变，那能尽力的就是"人事"了，就像专业体制时代的梅州足球人一样，总要尽力把自己的事情做好，才有资格去抱怨客观环境。

这就是梅州足球未来要走的路。

拔剑四顾心茫然

1973 年，梅县业余体校恢复招生。1974 年，11 岁的蔡远心被体校挑中。

蔡远心的绰号叫"阿吊",这不是个十分友好的绰号,名字的由来是因为他的母亲。1969年,"阿吊"的父亲受到政治迫害,抚养4个儿子的任务全落到了母亲头上,在无以为继的情况下,她选择了上吊自杀。这就是"阿吊"这个绰号的由来。

母亲死时,蔡远心6岁,三哥12岁,二哥14岁,大哥16岁。大哥"继承"了母亲留下的平板车,做了搬运工。二哥做了水泥工。两个哥哥抚养两个弟弟,生活之艰辛可想而知。

生活压得人喘不过气来,即使在足球之乡,大哥、二哥对于足球也根本来不及感兴趣,倒是蔡远心在学校的时候练足球,最后被体校挑中。

那已经是"文化大革命"后期了,所以对于政审方面也比较宽松,但如果要送到省队,政审这一关,估计也很难通过。但无论如何,对于这个家庭来说,最小的弟弟,至少解决了生存问题。

对于蔡远心来说,足球是上天给他打开的一扇窗。

在体校,蔡远心的教练是杨友标。早在20世纪30年代,杨友标便加入了梅县强民足球队,成为当时得力的左边锋,显赫一时。杨友标的大儿子杨宣,后来成为四川队的门将;二儿子则是大名鼎鼎的杨宁,苏永舜和曾雪麟时代的国家队门将。

一代人接着一代人,梅州"足球之乡"这块招牌凝结着所有人的心血,从1974年开始,蔡远心为梅州足球已经奋斗了46年。巧合的是,1989年,25岁的蔡远心开始转为助理教练,距今刚好整整30年。

这位在2018年才刚刚成为梅州市体校副校长的老教练,带过一批批的队员,1981年龄段的李建华,1989年龄段的潘佳、史亮。对自己的弟子,他毫不客气地评价:一代不如一代。

他用的是老式的训练方法,带李建华他们的时候,七八月酷暑的时候,在沙池里面练弹跳,8 个动作,一跳就是两个小时。

果不其然,最能吃苦也是最听话的李建华,最终成为那批队员中最出色的一个。

出生于梅县的李建华,从小没进过体校接受系统训练,蔡远心是在中学发现了他,招入了市体校进行训练,但即使是李建华,最初也没能被省体校挑中。在那一批广东队员里面,最出色的是"雄鹰三杰"——吴伟安、吴坪枫和杨智。

越往后的队员,越难以吃苦,这是个时代的总体趋势,非一人之力所能挽回。

蔡远心用自己的亲身经历苦口婆心地激励队员:"你看我以前经历的事情,你们是很难想象的,最终我是通过足球改变了自己的命运。现在你们是职业化,前途比我们当年要光明得多,你们要抓紧机会……"

队员听不听得懂,能不能往心里去,天晓得。

他带的李建华这批队员,1998 年在省运会中拿了冠军。此后 20 年中,这成为梅州足球在省运会这个舞台上拿到的唯一冠军。而省运会结束后,李建华被蔡远心介绍到深圳平安二队,从而开始了他的职业生涯。

蔡远心踢的是中场,以意识出色著称,虽然没有入选省队,但代表梅州地区队打过多年的全国乙级联赛。当教练以后带了这么多队员,朋友的一句话让他锥心:"阿吊,你带的队员不要说出国脚,像你当年那个水平和意识的,都达不到!"

这句话也不完全对,李建华是入选过国家队的,但很快就退出了,有打法的问题,当然更重要的原因是钱的问题。

某段时间,入选国家队及在国家队比赛中登场,都是有"价码"的,何必去凑这个热闹呢?

这种完全变味儿的足球,也让肖建林看不懂,他是广东省奥林匹克中心青少年俱乐部足球班的总教练。有些队员他认为不错,但总是入选

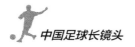

不了国字号,而他认为资质平平的,却经常能"出人头地"。

是老了,眼光不准了,还是现在的足球和以前已经不同了?

这是蔡远心和肖建林共同的疑问。

但有一个问题是毋庸置疑的,那就是梅州的球员的确不如以前了。如果你足够出色,所有教练都会用你,但当你泯然众人,谁都差不多的时候,那就自求多福吧。

1965 年,20 岁的肖建林从广州体院大专班分配到梅州地区兴宁体校,这个和容志行同一批的队员,因为身材原因无法进入广东青年队。到了兴宁以后,他的目标只有一个:自己无法成为最出色的运动员,那就培养出最出色的队员。

蔡锦标、陈伟浩成为肖建林第一批队员中的佼佼者,接着就是著名的"兴宁五虎"——高家军的 4 个国脚,加上曹阳,然后就是丘志华这批73/74 年龄段的队员。

在兴宁奋斗了 20 年后,1985 年,"广州仔"肖建林回到广州,在广东省体委的二沙岛基地,转带女足,赵利红、韦海英、吴伟英都是他的弟子,而杨朋锋这批出生于 1979 年的队员又成为他的弟子。

对于肖建林来说,足球是他实现人生梦想的阶梯。

已经 72 岁的肖建林现在手下有七八个年轻的教练,很多事情不需要亲力亲为了,而 56 岁的蔡远心仍然在一线带着梅州的队员。

"坦白地说,我们现在 2005—2008 年龄段的队员让我眼前一亮的,几乎没有,我只能把希望寄托于 2009 年以后,再不培养出国脚,我自己也不甘心,我们梅州也不会甘心! "

万丈高楼平地起,基础不牢,地动山摇,这个道理,吃足球这碗饭的人都懂,但整体风气如此,梅州也难以独善其身。

谁能活在真空里?蔡远心和肖建林们的经历,现在听起来,犹如:白头宫女在,闲坐说玄宗。

我不负卿卿负我

一个好的教练，可以影响队员的一生。

伍文兵至今记得肖建林是怎么带他们的：冬天，天黑得早，足球场没有灯光，练完以后，肖建林会带着他和谢育新几个比较出色的队员"开小灶"，借着篮球场的灯光，在水泥板上对着墙射门，用这种方法去练脚法。练到 7 点多，食堂早就没有饭菜了，肖建林就把给自己留下的那份饭菜给队员们吃，然后自己回家吃饭。

不仅仅是师徒，更像是父子。肖建林会根据每个人的特点制定训练方法：谢育新能跑，于是就让他跑起来，12 分钟跑，谢育新一般的成绩是 3600 米左右，最高的一次可以跑到 3900 米，这是个真正的"气袋"。甲 A 早期的 12 分钟跑测试，及格线为 3100 米，这对于谢育新来说简直是小菜一碟。1987 年谢育新能去荷兰留洋，和他的这个特点不无关系。

伍文兵技术出众，肖建林让他练习一传一射的技术；郭亿军身材高大，司职中卫，训练他的头球能力就是重中之重；女足的吴伟英速度快，于是必须让她在边路加练半个小时的过人和传中……

"因材施教"，很多人嘴上都能说到，但真正能落到实处的，终究要靠教练对于足球的那份事业心。

神秘吗？一点也不神秘。梅州足球的兴盛，一个重要的原因就是足球之乡的氛围，可以保证一大批优秀的孩子愿意走上足球这条道路，而大批具有专业队经历且有强烈事业心的教练年复一年地精心雕琢。

这就是梅州足球在专业足球年代能够产生一代代精英的"秘诀"。

但环境总是会变的，从专业足球过渡到职业足球，犹如飓风过岗，每个人都要经受冲击，地处边远山区的梅州处于天然的劣势，梅州已经很难留得住成批的人才了。

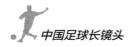

几乎所有的梅州名宿都指出一点：教练水平的下降，必然导致青训水平的下降。但这在30年中，这是个无解的难题。

没钱的梅州，没有职业俱乐部的梅州，还能怎样呢？

咬牙坚持的梅州，其实仍然是广东足球的中流砥柱。仅在2015—2018年这3年中，梅州市体校向外输送了64名队员，其中省体校49人，国少国奥队8人，职业俱乐部7人——矮子里面拔将军，梅州足球的人才培养今不如昔，那还是多与少的问题，而在广东很多地方，那是有与无的问题。

从梅州到省队，接力棒交到了下一个人手中，而此时的广东，早已经不是辽粤争霸时候的大哥了。从宏远被卖走以后，这些年间，广东只有"广东日之泉"从2007年维持到了2014年。

我不负卿卿负我。

1996年，33岁的曹阳进入省体校，开始了他的教练生涯。2009年，他率领的89/90年龄段的广东队进入山东全运会决赛，决赛中0∶3负于上海队。

差不多10年过去了，他麾下的广东队员如今的地位和上海的队员差距甚远，有众多方面的原因，但队员之间的差距，曹阳是承认的。

最好的广东队员，不如最好的上海队员，作为双方的老大，曹阳和徐根宝有过很多次交流。

曹阳对徐根宝说："你那里如果有不要的队员，我这里统统都要！"

差点来了广东日之泉的，是蔡慧康。蔡慧康早期并不受根宝重用，毕竟根宝最喜欢的队员王佳玉踢的也是后腰位置。2011年，徐根宝开价60万，曹阳还价50万，这笔交易差点就成功了，但日之泉的林勤拒绝了这笔转会。

"幸好当时他（林勤）不愿意掏这笔钱，不然的话，可能把小蔡给毁了。小蔡来我这踢一年还可以，如果踢的时间长了，估计也没有今天的成就了。"曹阳说。

从兴宁走出去的曹阳,一直是个"异类"。

他在家里说普通话,因为父亲是黑龙江人,跟随"四野"南下来到梅州,所以他说自己是北方人;他踢球的风格是"拼命三郎",广东队比较少这种"打仔风格"。

对于广东教练本身的问题,曹阳也做过剖析:

"我们广东人实在,做事踏实,这是其他领域的人都交口称赞的,但是在足球领域,我们广东的教练,学习的动力远远不够,坦白地说,这些年就是不爱学习。"

不愿意学习,首先是因为生活够安逸,没有生存的紧迫感,毕竟广东是经济最发达之地,躺在广东足球的功劳簿上睡觉也的确舒服;其次,广东的教练也不愿意离乡背井,到别的地方去打拼。

有"广东足球教父"之称的岳永荣,早年曾有机会去中国足协出任要职,但岳永荣还是习惯南粤的山水,放弃了这个机会。"老不入粤"这句话并非虚言。

所以,和广东足球衰落相对应的是,在各级国字号队伍里面,难以看到广东教练员的身影,在各级职业俱乐部里面,也难以看到广东教练员的身影。

身为梅州客家俱乐部总经理的曹阳,任命了北京人郑小田为球队主教练。

"我也想让广东人、梅州人当这个主教练,可是你叫我现在选哪个广东人来当这个主教练呢?"

广东球员或者教练员的听话、不惹事是硬币的正面,但反面就是不想冒险、孤芳自赏。"北方人"曹阳并不认可这一点,所以在比他小的广东球员中,他最欣赏的是彭伟国,不是因为彭伟国的技术特别精湛,而是因为彭伟国的"做派"。

祖籍揭阳,在广州长大的彭伟国,小时候被队友起外号叫"捞仔",因为队友们觉得他做事有北方人的风格——的确,在彭伟国那一批队员中,他是"全国性"品牌。

跳出舒适区,勇敢去挑战,但做到这一点,又谈何容易呢?

已经被任命为中国足协地区青训总监的彭伟国,这些年同样纠结的问题是:梅州缺钱、缺平台,出不了人才,情有可原。可是不缺钱、不缺人、不缺平台的广州,为什么出人才同样如此艰难呢?

这是梅州、深圳、广州,乃至整个广东都面临的问题。

敢教日月换新天

在中国足球身处低谷的时候,足球在广东并非宠儿,更像是一个弃儿。

这是多么讽刺的一件事情。

1990 年亚运会,中国队 0∶1 输给泰国队,被挡在 4 强之外。这成为丰收的中国军团最大的一个"污点",高丰文经历此役后,黯然下课。

一时间,中国足球犹如过街老鼠,人人喊打。《足球》报在采访上任没多久的国家体委主任伍绍祖的时候是这么提问的:"不关心足球、不谈足球、不抓足球的体委主任不得人心,请伍主任就此谈谈对足球的看法。"

伍绍祖的回答是:"足球是一项非常重要的项目,尽管现在我国在奥运会上还拿不了金牌,但是足球的影响力非常大,无论在国内还是在国际上,深得大众的喜爱,具有广泛的影响。尽管现在可能还拿不到奥运会的足球金牌或奖牌,但还是应该认真给予支持和扶持。"

按照伍绍祖的意思,足球的地位动摇不得。

2008 年奥运会后,还是《足球》报,这次是我打电话给广东省体育局局长×××(此处略去名字)进行采访。局长问:"你是哪里的媒体?"

"《足球》报。"

"《足球》报是哪里的媒体?"

我暗吃一惊:"《足球》报跟广东省体育局一样,都在广州。"

"广州有这个报纸吗? 我怎么从来没听说过?"

这次不甚愉快的采访很快就结束了,后来一打听,哦,局长大人,篮球出身,难怪难怪……

"领导不重视",5 个字,未必能概括全貌,但却是很多广东足球人的直观感受。鉴于广东足球和梅州足球一荣俱荣、一损俱损的关系,梅州足球处境之艰难,可想而知了。

2012 年,刚好 50 岁的陈建新走马上任,担任梅州市体育局局长。

生于 1962 年的陈建新,毕业于嘉应学院中文系,作为梅州人,自小就喜欢足球,从小学踢到大学,是嘉应学院足球校队的队员。在担任体育局局长之前,担任旅游局局长——他可以去某县当县长,但他主动请缨,去当体育局的局长。

有人惊讶于他的选择,但他却认为理所当然——我喜欢。

上任以后,他用了一年的时间去调研,然后给梅州足球下了这么几个结论:

一、要机构没机构。没人专门管理足球。梅州足协的老会长年老体衰,患病几年,连家都没离开过,对于这位已经无法"谋其政"的老会长,陈建新希望他卸任。

"你让他不干了, 如果他这时候突然去世了, 人家说是让你给气死的!"好心人奉劝陈建新,但最终陈建新说服了会长夫人,最终同意了会长的卸任。

二、要场地没场地。按照前一任班子定下的计划,梅州要拥有 1000 块场地,等到陈建新上任的时候,还有 200 多块场地的任务没有完成。

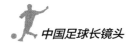

"我们市体校自己的两块场地都是黄泥地,都没有改造好,怎么好意思督促别人去改造场地呢?别人来到梅州,问我:梅州是足球之乡,但为什么连踢球的场地都没有?我无言以对……"陈建新说。

三、要比赛没比赛。梅州举办的最有影响力的比赛,一是 1984 年,曾雪麟率领国家队在梅县东校场比赛;二是 1995 年,范志毅那批队员来到梅县东校场比赛。此后梅州再也没有举办过有影响力的比赛。

四、要人才没人才。属于梅州市体育局的梅州市体校,作为人才孵化基地,完全不符合陈建新的要求。

"招生难吗?"

校长说:不难,毕竟体校是免费的,每年都能招满人,不难。

教练说:难,因为看中的学生都不愿意来,所以很难。

再巡视了一圈,情况大概都明白了。

去看球队,男足 25 个人凑不起来,女足拼凑了 18 个人,连分组对抗都没法进行,教练一看到不如意的地方,张口就骂人。

去看学生上课,有的学生就在课桌上打牌;去食堂,每人每天的伙食费是 15 块钱,这 15 块钱可以称为"税前伙食",因为刨掉灯油火蜡,吃到学生嘴里的一天只有 7 块钱。

去看宿舍,前 3 间还好,到了第 4 间,"原形毕露",洗手间里能长苔藓呢。

现在,大家终于明白为什么招不到人了吧……

陈建新说了两句话。一句是对体校校长说的:"如果你有儿子,你愿意让他在这样的环境学习吗?"一句是在体育局会议上说的:"自己的儿子(体校)还没养好,还养什么孙子(其他各县区的体校、协会等)呢?!"

没错,曾经的足球之乡已经到了这个地步,大环境不景气的时候,有的人会奋发图强,有的人会听天由命;有的人会认真刻苦,有的人会漫不经心……

要改，必须得改。

改革，那是得罪人的事情，增加投入，大家自然都高兴——体校的投入从每年的 160 万增加到 500 万，再增加到之后的 700 万；伙食费从原来一天的"税前 15 块"变成"税后 25 块"。

但是到了动人饭碗的阶段，就不是那么容易了。陈建新形容自己当时的处境，就像一个主教练带了两个助手来到一支新的球队上任，上下都是怀疑和质疑的眼光。

"你也不是体育圈内人，到底懂不懂！"

借着把梅州名宿黄德保请回来当教练的事情，陈建新彻底爆发了：

"外行？我刚来体育局上班的时候，体育局门口的标语是什么？'军民团结一家亲！'前任领导是武装部出身，你们怎么不说外行呢？

"从 1998 年到现在，梅州再没有拿过省运会的足球金牌，你们怎么不说外行呢？

"你们田径项目，请了江西的教练；乒乓球，请了广州的教练。现在梅州的足球，请一个梅州人回来当教练都不可以了？"

用这样的方式，陈建新撕开了一个口子，也为请外教团队铺好了道路——固然，梅州过去的辉煌会造就强大的惯性，但是现实情况说明，梅州足球，不变不行了！

不变，梅州的"足球之乡"，就越来越名不副实了！

曾经有专家撰文指出："管理机构不完善，高水平教练员不足，培养模式 50 年不变，运动员出路不畅，足球场地短缺，青少年热情缺失……"

"如果这些问题不在我们这一代人解决的话，将来有一天，足球之乡只是人们记忆中一个遥远的片段。"陈建新说。

在梅州这个足球之乡当体育局局长，足球搞不好，怎么能说成功呢？

在梅州搞足球，青训不重视，又怎么能搞得好呢？

"梅州搞足球，最大的特点就是没钱。"这是陈建新的观点。

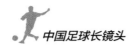

没钱,意味着没有捷径,因为你没有钱到别的地方去买人,只能靠自己来培养。在过去的三届梅州市运会中,梅州市体育局还特意让媒体全程跟拍,就是希望营造一个公平的环境。

"以大打小,到外面抓人踢比赛,到最后,你们自己也没饭吃。真正培养出人才,你好,大家都好。"这是陈建新对教练们说得最多的话。

"梅州这些年出不了人,我们自己也清楚,我们也在想办法解决这个痛点问题,但还需要时间。过几年,我相信一定会有新的人才冒出来,梅州足球之乡的金字招牌会越擦越亮。"

直挂云帆济沧海

对于梅州足球来说,过去那些年的桎梏,在一一被打破。

政府层面上,已经把足球作为城市的名片,对于青训,也是前所未有的重视。梅州成为中国足协的青少年示范中心,中国足协拨款 200 万,按照 1∶3 的比例,梅州市政府拨款了 600 万。在机构合并的过程中,广州和梅州是广东两个仍然单独保留体育局的地区。

以这次"棕榈·客家杯'一带一路'"比赛为例,这是梅州这些年组织的最高级别的比赛,整个比赛花费 700 万(棕榈体育赞助 500 万)。这个比赛水平之高,得到了诸多圈内人士的肯定。

教练层面上,梅州市体校邀请了两个来自葡萄牙的外教团队,费用由梅州市体育彩票基金负责,两个外教团队的水平和敬业精神得到了盛赞。

职业俱乐部层面上,梅州拥有"两甲一超",中甲球队梅州客家和梅县铁汉(后更名为广东华南虎俱乐部),女超有梅州辉骏。

这一点尤其重要——以往对于梅州的队员来说,最可靠的途径就是一级级往上输送,但是毕竟广东已经没有龙头队,这一平台的缺乏,让很多梅州球员的最后一步戛然而止。但现在梅州自己有职业俱乐部，加上还有像梅州富力足校这样的青训机构，所以他们的路比以前要宽广很多。

2018年，在广东省运会上，梅州的五支队伍（三支男足和两支女足）刚好凑成了"一条龙"，女乙第一，女甲第五，男丙第二，男乙第三，男甲第四。

率领男乙队获得第三的蔡远心虽然没能重现1998年夺冠的辉煌，但考虑到前两名是广州和深圳，梅州这个成绩已经可以交代。他现在的心愿是，梅州足球能够像以前一样，人才井喷式地爆发。屈指一算，2019年刚好是他担任教练的第30个年头。

30年前，陈建新是市政府办公室的副科长，现在他很有希望继续连任体育局局长。现阶段他最主要的任务是，让梅州成为中国足球特区，这样会有更多的资源供他大展拳脚。

30年前，已经培养出了"兴宁五虎"的肖建林在广州二沙岛又带出了韦海英等女足队员，现在他的心愿是，学生中还能出像谢育新这样的队员。毕竟"武磊也不高，身材也不出色，走技术的路子，永远是没错的"。

30年前，曹阳第二次回到广东队，那是他最后的球员生涯。现在，身为梅州客家的总经理，他很看好他的学生曾其祥（曾入选1985年龄段的国奥集训队，也是蔡远心的学生），希望他能一步步成长，毕竟广东现在能拿得出手的一线教练近乎没有。

而谢育新、张小文、伍文兵、郭亿军、池明华、黄德保、王惠良、蔡锦标、李玉展、李海发等，他们在这30年中经历的事情，正是梅州足球和广东足球的缩影。

30年弹指一挥间，湮没了多少人和事。正是：三十功名尘与土，八千里路云和月。

而未来的路，无人知晓。

中国足球，在路上

从容志行到郑智，
中国足球四十年还没活出人们理想中的模样

弹指一挥间 40 年。

40 年，对于中国足球来说，已经经历了三代人。

从容志行、古广明到范志毅、高峰，再到郑智，或者到以后的武磊，每代人都有每代人的经历和故事。

无论他们走过的路有何不同，但他们所肩负的任务和压力从来没变过。

因为 40 多年过去了，中国足球至今还没活出人们理想中的模样。

"自我放逐"的容志行

如果问今天的年轻人：容志行是谁？

只怕人们会迟疑地问：听是听说过，但真没看过，这种上古大神，实

力比范志毅高吗？

或者还有人会问："中国足球，还配提什么精神？"

"志行风格"在中国体育界的地位之高，是毋庸置疑的，这是中国体育史上唯一以个人名字命名的一种精神——20世纪80年代，改革开放开始的不久，在体育界并驾齐驱的便是"女排精神"和"志行风格"。

女排精神，她们的基础是傲视排坛的五连冠。而中国足球呢？在20世纪80年代初，他们打出了国家队史上最赏心悦目的配合，但却饮恨无缘西班牙。

老一辈的球迷提起那一届国家队，无不津津乐道。

那时女排精神、志行风格双峰并峙，但其后渐行渐远。你问今天的年轻人，郎平是谁？他们会毫不犹豫地回答：2016年里约奥运会冠军中国女排的主教练。女排夺冠以后，郎平带领麾下两员大将朱婷和惠若琪去湖南卫视参加"天天向上"，"颜值""虐心"这些新鲜词汇，郎平脱口而出，她更是饶有兴趣地和弟子们一起参加"时装秀"……

有冠军的底气，又有时尚的跟随，我想，年轻人在活生生的郎平身上，就能去体会那已经说了30多年的"女排精神"。

而现在，"志行风格"只能作为一种老球迷口口相传的谈资——我现在仍然佩服容志行在70岁高龄的时候，不辞劳苦地为基层足球奔走；但我也可惜，中国足球曾经为数不多的"正资产"，就这样被默默浪费掉了。

或者这是中国足球的"自作孽，不可活"。中国女排不是没有低谷，1988年的汉城奥运会，中国女排被苏联女排打出局，有一局的比分是15：0(当时还是换发球规则)，北京的街头响起了鞭炮声，人们用这样的方式来发泄自己的不满。但她们能从低谷中爬起，几代人不懈地努力，才有了2004年、2016年两面奥运会金牌。而中国足球，偶有2001年进入世界杯的荣光，更多时候则是一地鸡毛。

中国足球成就了"志行风格"，也拖累了"志行风格"。中国足球什么时候能诞生一个郎平，我们不知道，我们所知道的是，中国足球连一个"志行风格"都保不住。

1982年在国家队冲击西班牙世界杯失败以后，容志行很快挂靴。为他举行的告别赛，也是中国足球第一次以个人名义举行的比赛。

挂靴以后，容志行入华南师范大学深造，毕业后一度担任广东省青年队教练，后又任广东省体育运动技术学院党委副书记，1991年任深圳市体委主任。这是容志行挂靴以后的经历。

在担任深圳市体委主任的时候，容志行最大的功绩是帮助深圳这块改革开放的热土、中国足球的荒漠，成为职业化时代中国足球的重镇。

但我更感兴趣的是，卸任深圳市体委主任以后，仍是盛年的容志行，突然归隐。

比他年长的徐根宝，职业足球风光过，潜心青训也风光过；比他更年长的高丰文，干脆一心一意做青训，最后黯然收场；和他同一届国家队的迟尚斌、林乐丰、沈祥福等人，日后都是曾在职业联赛名噪一时的教练。

只有他，采菊东篱下，悠然见南山。

我常常以为，一种突然的决绝，背后总会隐藏着一段不堪回首的往事，试图解开这样的谜团，却无功而返。

容志行的这种"自我放逐"，突出地表现在，他开始不接受足球记者的采访。其实很多人并非一定要他像很多名宿一样，指点江山、激扬文字，"现在的队员嘛，一代不如一代，哪像我们那时候……"

很多人只是一种回忆，有时候只想借助他的只言片语，一起缅怀他们激情澎湃的青春，但容志行"残忍"地拒绝当这样的"道具"。

作为容志行的老朋友，《足球》报的开山鼻祖严俊君曾经说："我对志行最大的'不满'，就是他后来从来不发表自己对中国足球的看法。他应该有很多真知灼见，而且凭他的影响力，应该可以改变一些事情，但他没

有这么做。"

酷爱围棋的容志行有个弟弟叫容坚行,他是围棋国手,容坚行倒是解释过,为什么他哥哥这么多年一直婉谢足球记者的采访。原因一是容志行认为,足球是集体项目,个人只是其中一员,起到该起的作用罢了;二是中国足球水平还很低,像他这样从事了一辈子足球的人,未能提高中国足球的水平,心中常怀内疚。

但中国足球在某些特定场合,还是需要"志行风格"这块招牌的。

2009 年山东全运会开幕的时候,时任国家主席胡锦涛同志接见新中国体育代表,见到容志行的时候,说了一句:"中国足球还是需要发扬'志行风格'。"

譬如恒大在天河体育中心完成连冠的时候,为他们颁奖的是时任中国足协副主席的容志行。

居庙堂之高,必须要做门面工作,但此时的容志行,已是处江湖之远。

他更喜欢的是在幕后默默地做一些事情。

中国足球的这片大海,的确已经不是容志行熟悉的那片水域了。

但容志行仍然决意要做一件事,那就是在民间重新点起足球的火焰。

2013 年,广东省民间足球促进会(简称民促会)成立,容志行担任会长。

容志行挂名的头衔有很多,但担任会长的,这是唯一一个。得益于中国足球改革,民间机构同样可以举办赛事。于是在容志行的带领下,民促会开始在广东举办各项赛事。

这些年,容志行的行程接近 8 万公里,广东 21 个地级市,他去了 17 个。"我把广东所有的参赛地区都去一遍。"容志行说。

每次到"乡下"去的时候,容志行都会很开心,但他依然守着那条给自己设下的底线——不谈中国足球的体制,不谈已经进入 80 亿大时代的职业足球,不谈成绩已经一落千丈的国家队。他关心的是,自己在民间足球撒播下的种子，是否有一日可以春暖花开。

这位中国足球的最大名宿，现在正如海明威笔下的那位老人：

> 他目光横扫海面，明白此刻自己是多么孤独。可是，他已能看到黑色深海里的折光了，看到钓线往前伸展，看见平静的海面上波涛奇怪地起伏。此刻，貌似风刮得乌云集结了起来。他往前看去，只见一群野鸭越过水面，在天空的映衬下露出清晰的身影，然后模糊了，然后又清晰起来。他明白，在海上谁都不会感到孤单。

迷惘彷徨的"浪子"一代

1994 年，中国足球的职业化时代开始，这是一条分割线，中国的足球偶像，自然而然地从容志行、古广明的时代进入范志毅、高峰、彭伟国等人的时代。

这是三代人中最幸运的一代——职业化带给他们的红利，让他们名利双收，成为各自城市的城市英雄。同时，2001 年，米卢带领国家队冲击世界杯成功，让他们当中的很多人，完成了几代足球人所未能完成的夙愿。

这些毋庸赘言了，我感兴趣的是，当这批人退役以后，他们的选择是什么。如果说容志行是"自我放逐"，那么这批人更多的是迷惘彷徨。之所以没有选择范志毅而选择高峰来叙述，是因为高峰的经历有更多的特别之处。

2015 年 3 月，"浪子"高峰在京城因为"涉嫌吸毒"被拘留，无巧不成书，在高峰被拘留的前一周，亚冠赛场上，北京国安队主场 1∶0 战胜水

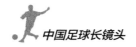

原三星队。水原三星的主教练正是高峰昔日的对手之一,韩国人徐正源。

1992 年,徐根宝率领的国奥队冲击巴塞罗那奥运会,最后一战,面对韩国队,结果哐哐哐 9 分钟,韩国人的闪电战便 3∶0 领先。横下一条心,一定要出线的徐家军折戟沉沙——那支队伍中,有代表甲 A 的范志毅、高峰、彭伟国;而那支韩国队中,则同样有洪明甫、徐正源等代表性人物。

23 年前,这一批人在赛场上输给了对手;23 年后,在人生的旅途上,他们又落后了一大截。

在那批队员中,高峰素来以"特立独行"著称,从天赋上说,带过他的徐根宝、金志扬认为他是中国最好的前锋;而赛场外,高峰"浪子"式的散漫、不服管理也是圈内闻名。

或许天才都是任性的。在甲 A 的黄金年代,高峰是北京的城市英雄,这个从沈阳"流落"到京城的"浪子",曾经和同样从沈阳到北京发展的歌坛大姐大那英有过一段恋情,最终没有发展成为中国版的贝克汉姆和辣妹。从北京到重庆再到天津,高峰一直在挥霍着他的天赋。

在重庆,他和刚来中国的韩国铁帅李章洙矛盾甚深。当年李章洙的严格管理得罪了不少名将,但时光慢慢模糊了恩怨,就像 2010 年李章洙接手广州恒大,他"独立组阁"以后找来的第一个助手就是昔日在重庆被他首先"开刀"的姜峰,两人冰释前嫌。但对于另外一些人来说,时光洗得去恩怨,却抹不掉龃龉,"浪子"高峰一直固执地认为李章洙只是个严格的体能教练,所以在 2011 年高峰才会说出"6 轮李章洙必下课"的论调。

照理说不应该这样,作为"浪子",可以散漫,但不会执着,可以自由,但不会记仇。2003 年,因为体测被判犯规,33 岁的高峰一怒之下宣布退役,这才是高峰的典型性表现——爷不高兴了,不陪你们玩了。

然而,退役了,能干什么呢?

可以说,范志毅、高峰等球员是中国足球职业化以后的最大一批受益者，在他们的球员时代，他们获得了梦寐以求的财富和名声——繁华散去，当这批队员开始退出赛场后，每个人都面临新的选择。

从足球成就上说，这批人落后于同时代的韩国队员。2014年世界杯，洪明甫已经是韩国队的主教练；徐正源执掌水原三星；出生于1968年的黄善洪是浦项制铁主帅；比洪明甫他们小一届（以奥运年龄段算，4岁为一届）的崔龙洙，在2013年已经率领首尔FC闯进了亚冠决赛，而他们的对手正是广州恒大。

反观当时的中国足坛，范志毅、彭伟国这样的"大佬"无一在中超或者中甲俱乐部执教。这是时代的错误，还是这批人有着本质的缺陷？

或者我们不能以高峰一人去揣测同时代球员们的命运。的确，每个人的道路，由每个人去书写，性格决定命运——"五花马，千金裘，呼儿将出换美酒"，你若追求江湖上的快意人生，也须提防这一段快意人生后的步步杀机。

但高峰的遭遇却显示了这一代球员的困境——今时今日的中国足坛的一线，几乎没有这批队员的立足之地。

所以，我们看到更多的是，范志毅这位"大佬"的不断炮轰。范志毅是精确制导，2013年中国队1：5输给泰国队，范大将军炮轰："以后连越南都打不过了。"结果越南队2017年杀进U23亚洲杯。范志毅看不惯队员们的文身，说："你们跟张琳芃说一下，别搞那么多文身，广告商也不敢找你啊。"结果在之后的中国杯上，中国足协果真发布了"限制文身令"。广州恒大两名年轻队员在预备队比赛中内讧互殴而被重罚的时候，人们赫然发现一段范志毅训斥小球员的画面。乖乖，老范真是"预言帝"啊。

范志毅似乎在退役后印证了一句话：虽然明白这么多，但还是过不好这一生。

何须如此？何至如此？

洪明甫在浙江绿城执教的时候，我问过这个问题，洪明甫说得坦率

而实在:"一方面需要给机会,但更重要的是自己的努力。"

虽然洪明甫在中国的执教也以黯然收场而告终,但"他山之石,可以攻玉",不过可能几位"大佬"已经志不在此了吧。

从这个意义上说,1997年龄段国家队的黄金一代,现在不过是彷徨迷惘的浪子一代。

欠债最多的郑智一代

2002年世界杯的那支国家队,比郑智(郑智生于1980年)老一点点的孙继海、李铁、李玮锋去了,比他稍微年轻一点的曲波、杜威、安琦也都去了,和他同龄的邵佳一、肇俊哲也去了,那时还没转会去深圳的郑智,声名未显,自然不入米卢法眼。

再回首,已是百年身。谁也没想到这位后范志毅时代的"大佬",这10年中国最好的队员,此后在国家队会经受这样的"折磨"。

郑智闯荡英伦的时候,获得了"中国杰拉德"的称号,那是对郑智的赞赏,也是对杰拉德的赞赏。那个年代,但凡某个队员在后腰的位置上出类拔萃,兼有硬朗的风格、出众的脚头,都会被赋予"××杰拉德"的名号。

然而,无论是哪个杰拉德,都受了命运的诅咒。杰拉德远走美国以后,带着终生无缘英超冠军的遗憾,2014年4月27日在利物浦主场安菲尔德的滑倒,丢失英超冠军,更是成为他一生中的梦魇;而"中国杰拉德"——郑智,三次无缘亚洲区10强赛,直到36岁,已经进入职业暮年的郑智,才有机会第一次去踢10强赛,这和他在俱乐部的成绩形成了强烈的反差。

在俱乐部,郑智达到了一个中国球员的巅峰,他跟随恒大完成中超七连冠,算上早年在深圳和山东获得的联赛冠军,郑智9次捧杯,这是个空前的纪录。

在广州恒大，他是李章洙时代就已经奠定的球队队长和"大佬"，此后一脉相承，无论是里皮、卡纳瓦罗还是斯科拉里，对于郑智的信任从来没有变过。而让人不得不佩服的是，年龄越来越大的郑智，无论在恒大还是国家队中都保持着稳定的竞技状态。

对于队中什么队员可以在欧洲立足，里皮曾经总是说张琳芃，恒大的外援喜欢提郜林，但没有人提郑智。因为第一，郑智已经在英国证明过他的实力；第二，他的确已经进入职业生涯末期，已经不可能再留洋了。

一切都没有如果，譬如说2004年，如果郑智没有罚丢点球，2006年德国世界杯预选赛，中国队也许已经闯进了亚洲10强赛；2008年，如果不是邵佳一罚丢点球，中国队可能也去了；2011年，如果不是突然冒出个卡马乔，中国队也可能去了。

在国家队，郑智时乖命蹇，他正是这个时代中国足球屡败屡战、屡战屡败的缩影人物。郑智的吊诡之处在于，如果他不够好，他不会去出演悲剧的全过程，又因为他足够好，所以此前三次梦断的每一分钟，他都必须去承受。

故事还没有完。国家队参加2018年俄罗斯世界杯亚洲区预选赛，小组赛中两平香港，出线形势岌岌可危。于是中国足协炒掉佩兰，让高洪波接手。最后一战在菲律宾的"帮助"下，中国队以最后一名的身份进入12强赛，郑智终于可以站在12强赛的舞台上一展身手。然而主教练高洪波对郑智的使用却是瞻前顾后，直到里皮接手国家队以后，郑智才得以痛痛快快地展示自己的能力。

在里皮执掌的国家队中，郑智是表现最出色的那一个，所以有人问郑智："如果早10年碰到里皮，你会怎么样？"郑智的回答是："早10年，你叫我去哪里找里皮去？"

君生我未生，我生君已老，郑智和国家队的阴差阳错，对双方来说都

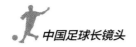

是一件憾事。

2017 年 9 月 6 日,中国队 12 强赛的最后一场比赛,客场 2∶1 战胜了卡塔尔队,最终还是无缘俄罗斯世界杯。

那场比赛,中国队经历了从落后到反超的过程,经历了郑智下场,10 打 11 的过程。仅从一场比赛的角度看,已经无可挑剔,但就像打麻将,前面输得底裤都没了,最后就算胡了一把清一色,也无济于事。

而这一场麻将,输掉的是一批人的梦想。

郑智哭了。拿过亚洲足球先生,拿过亚冠、联赛、足协杯、超级杯,但就是去不了世界杯。在这场比赛中以红牌收场,这简直是他宿命的缩影。

不甘,谁能比他更不甘? 遗憾,谁能比他更遗憾?

冯潇霆哭了。在休息室的时候,他就哭,旁边的尹鸿博看他哭得伤心,只能拍拍他的大腿表示安慰。

曾经在 2005 年荷兰世青赛上大放异彩,至今让人称道的 85/87 一代终于等来了属于他们的 12 强赛。冯潇霆比郑智幸运,他等待的时间没有那么长,但能不能继续等下去,他自己也不知道。

"我们尽力了,只能寄希望于下一届,但我不知道还能不能有机会。"冯潇霆说。

生于 1987 年的于汉超,比赛结束时就痛哭失声,老大哥郑智一直在安慰他。曾经屡次因为伤病而错过国家队的于汉超,在参加12强赛的前夕在联赛中被克里梅茨撞到腰部导致骨折,从而错过了 12 强赛第一阶段的比赛,康复以后凭借自己出色的状态才被里皮召回国家队阵中。

"我从来不相信命运。"这是于汉超做出的回答。但个人的抗争,有时候看起来是那么的绵软无力。

要胜天半子,何其难也!

可以预见,这是很多人最后一次的世界杯梦想了——郑智已经 38 岁,冯潇霆、郜林、于汉超、黄博文、赵旭日、王永珀、蒿俊闵这些队员也已经而立之年，即使像张琳芃这样的 1989 一代的队员，也已经慢慢接近 30 岁。

90 后的代表武磊，终于在收官战迎来了他 12 强赛的第一个进球，下一届国家队，靠他们了。

郑智也罢，冯潇霆也罢，武磊也罢，他们所处的时代，是中国球员赚钱最多的时代，也是中国足球俱乐部实力最强的时代，同时也是国家队实力最弱的时代。这种强烈的反差，也让他们成为这三代人中争议最大、"欠债"最多的一代。

而郑智就是他们当中的典型，是他们的缩影。

至于他们未来的路会怎样，谁知道呢？

2018 年 1 月，我特意抽时间去梧州中国足协青训基地进行了一个星期的采访。写下这篇长文章，是对中国青训的一个思考。

梧州青训见闻录：
日本教练为什么生气地扔掉了战术板？

越南勇夺 U23 亚洲杯亚军之日，也正是中国足协 U 系列比赛激战之时。

青训的"文章"一向很大，梧州只是个小小窗口。但管中窥豹，这个窗口凸显的青训状况，可以作为一个小小的参考。

当然，这种参考没有标准答案，因为很多人想象中的中国足球的最优解，在现实中根本不存在，有的只是各种碰撞、摸索，而这种碰撞和摸索，有时候是头破血流。

亚当·斯密在《国富论》中说过："一个哲学家和一个街头搬运夫的差别，似乎不是由于天赋，而是由于习惯、风俗和教育产生的。"

用这句话来总结中国足球的青训，再贴切不过了。

碰撞：日本教练生气地扔掉了战术板

梧州，此刻，正是全国 2003 年龄段(U15)各支队伍的"大战场"。此次比赛，共有 36 支队伍参赛。

这些队伍里，几支强队都由日本教练执教，譬如说河北华夏(打进 8 强)，广州市足协(打进 4 强)。打进 8 强的浙江绿城，带队的是老教练汤辉，但 2002/03 年龄段之前的绿城梯队，基本都"落"在了日本教练的手里。即使成绩不那么出色的大连队，主教练也是日本人。

毕竟日本在青训方面的氛围和成绩是显而易见的，作为近邻，中国不可能视而不见。至于恒大足校，一直就是西班牙人的天下。

花钱请进来，自然需要虚心学习。

一位圈内人对我说："从我接触的层面看，至少 80% 的中国教练是想认真地向这些外籍教练学习的，尤其是年轻的教练，毕竟人家的成绩摆在那里。"

即使碰撞无处不在，如果用一句话来概括这种碰撞，那就是我们耳熟能详的那句：外籍教练真的那么熟悉中国的情况吗？

举个例子。某队的日本教练，对一些队员的位置进行调整，一名此前一直在踢前锋的队员，日本教练"力排众议"，把他安排在了边后卫的位置上。这个举动让人大惑不解，大概日本人看人真的是与众不同吧。虽然中方教练提出了自己的意见，但最后只能服从。

经过半年的训练、比赛以后，日本教练终于发现了，啊，他还是个踢前锋的料，不适合边后卫。于是又"果断"地把这名队员调整回了前锋位置。

"最大的问题是，我们给出的 10 个建议，不是你采用多与少的问题，而是有与无的问题。10 个建议，他们一个都不会采用。"中国教练

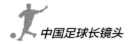

说道。

那么问题到底出在哪里?

"根子上,他们看不起中国足球,尤其是中国的青训。"

这些外籍教练"看不起"中国的青训,细究起来,也有他们的理由,因为中国的青训,不职业、不专业之处,随时可见。

首先是场地。作为全国性的足球基地,梧州基地的草皮在这个季节一片枯黄,但天公作美,这几天没有下雨,所以"勉强"凑合着。但之前2001年龄段比赛的时候,碰着下雨的天气,场地十分泥泞。

"这已经算好的了,如果到北海去看看,场地情况更加糟糕。"

场地之间没有围网,于是经常会出现另一块比赛场地的球飞过来的情况。

"如果说要把整片场地翻修需要非常大的成本,但每个场地之间都装上围网,需要多少成本和时间呢?"一位日本教练抱怨。

不仅如此,如果以日本教练惯常的"日本标准"来衡量这种全国性的锦标赛,那差距就更大了。在日本,这样的比赛就应该是一种最高规格的青少年赛事,要配备球童,附近的球迷会带着家人一起到现场加油呐喊,那样才是一个最良好的氛围。而队员在这种万人注目下比赛,其心理锻炼价值是无穷的。

从小就在这样的氛围中成长的球员,才会无缝对接职业比赛的大场面。

但现在,不要说什么球童、几万人的观众,连基本的场地设施都无法达到标准……

如果说中国青训的硬件屡屡无法达到外籍教练的标准,那么一些"软件"上的缺失更是加深了外籍教练对于中国青训"不标准、不职业"的印象。

此前2001年龄段的一场淘汰赛,比赛前一天,某队的教练组接到通知，比赛时间是下午 3 点 10 分。根据这个时间，该队的日本主教练制定了比赛计划，其中包括热身计划。

"日本人对细节要求特别认真。他们会根据比赛的时间安排好自己半个小时的热身计划，每 5 分钟做什么样的动作，分毫不差。"

这就是外籍教练执教带来的一个正面影响，这种热身动作也马上被中方教练学习吸纳。

然而到了晚上，组委会通知，比赛时间改成了下午 3 点整。于是翻译马上把时间变动告诉教练组。但不知道那天到底发生了什么事情，这 10 分钟的变动，来来回回变动了三四次。当翻译最后一次通知日本教练的时候，失去耐心的教练问："你确定这是最后一次了吧？"

第二天，到达比赛现场，翻译又一次得到指令："不是 3 点 10 分，而是 3 点整开赛！"

当日本教练听到这个消息的时候，他一把将自己的战术板扔到了地上……

"我已经在中国执教了两年，为什么经常会碰到这种事情？"

"这在日本是根本不可能发生的事情！"

"物必自腐，而后虫生，人必自侮，而后人侮之。"——孟子的这句话可以成为对这些"碰撞"的总结。

那么这种碰撞到底怎么办呢？抛开一些显而易见、是非分明的事情（例如比赛时间朝令夕改），当碰到一些公说公有理、婆说婆有理的事情（例如关于队员位置调整）的时候，中国的足球人应该怎么办呢？

中国需要怎样的青训教练

如果按照中国足球之前的"惯例"，2003 年龄段和 2002 年龄段是一起组队的，但是按照中国足协每个年龄段单独组队的思路，于是 2003

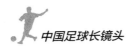

年龄段单独组队。所以这次参加全国锦标赛的队伍,有很多是刚刚组建的。但即使如此,有 36 支队伍参赛,从表面来看,已经是个让人欣喜的数字。

"但是参赛的队伍越来越多,出色的苗子却没有几个。"汤辉说道。

参赛的队伍越来越多,能踢的却越来越少,王新欣也碰到这样的问题。退役以后,他接受了组建泰达梯队的任务。

2015 年 10 月,他从广西九中挖来了一批 2002 年出生的球员,正式组建了天津泰达的 U16 梯队。

2016 年的 U16 锦标赛,这支广西九中队在全部 40 支参赛球队中排名第 37 位。转到王新欣手里时,队中的 9 名主力还被其他球队挖走,只剩下了 15 个人。就在这样的情况下,王新欣的教练组带了两个月,球队居然在去年的 U16 锦标赛里小组 2 胜 2 平出线,打进了 8 强。

当众人纷纷向王新欣祝贺的时候,王新欣摇头说:"这是我个人的胜利,却是整体的失败。"

王新欣的意思是,原来的基础实在太差了,只要有人用心弄一下,就能出成绩。"你说我现在这批队员有多好,真的不怎么样!"

对于王新欣的话,汤辉感同身受。

这位时年 52 岁的前八一队队员,从 1998 年开始从事青训,后来进入了以青训闻名的绿城,国脚张玉宁就是他的弟子。

张玉宁的成长过程,"幸运"之处在于,他的父亲一直在给他寻找最合适的教练——小时候在上海,他的启蒙教练是上海青训界有名的康信德(国脚蔡慧康的外公),然后到了绿城。

"我看这一次比赛,能和当年张玉宁相比的,没有。"汤辉斩钉截铁地说。为什么会出现这种状况?汤辉说:"要有好的教练,才能带出好的队员。我们基层太缺乏好的教练,这样下去的话,校园足球再怎么轰轰烈烈,那都出不了好队员。"

的确，从"普及"的层面看，中国足球不需要太担心。毕竟从上而下，足球都是一种热潮。从校园足球到各种培训机构，如雨后春笋，层出不穷。

在越南队进入 U23 亚洲杯以后，范志毅说："中国足球水平要提高，光靠普及是不够的，需要更多专业型的人才投入进去。现在的校园足球，我感觉是有些不伦不类的，一些主导校园足球的教练，水平都不是很到位，怎么去带好队员？我们应该用一种正确的方式方法去引导孩子踢球，必须吸收更多专业教练到基层、到校园足球中去。"

范志毅认为，兴趣班不能代替青训。"校园足球搞得比专业足球更加红红火火，有的人借这个校园足球来赚钱，哪里是想培养专业人才，一些开餐饮公司的都在搞青训了！"他说，"他们用错误的理念去引导孩子，有的片面追求成绩，不按正常规律来发展，就是在误人子弟。足球这个项目，要经过启蒙、普及、提高、强化，最后才能成为精英，每一步都是需要衔接的，没有资质的就不要搞了！"

无论青训教练汤辉，还是职业名宿范志毅，两个人的观点一致：中国足球要"提高"，需要的是专业的人做专业的事。

"我知道的，某个队的队医，队伍训练一结束就往外跑。后来我问他要干吗？他说他在外面要带小孩子，一节课 200 块钱。你说，他就一队医，也敢挣这个钱……"汤辉说。

千难万难，基层最难；千找万找，基层教练最难找。

当然有人会问：范志毅，你愿意当青训教练吗？

"从我自己的个人经历看，我愿意当青训教练。每个人都有自己的定位，但无论怎么定位，没有对足球的这份热爱和付出，就不会在这个岗位上。"

在绿城，汤辉上调过一线队 3 年。这 3 年过后，汤辉最终主动提出，离开一线队，回到青训的岗位上。

作为一线的青训教练，汤辉说："要想让人安心在青训岗位上，个人的定位固然重要，还有一点，就是青训教练的待遇不能太差。"

另一位不愿透露姓名的青训教练说："日本的经验是，一线队的教练和青训教练的薪水之间差距并不大。况且一线队教练的待遇虽然高，但是风险非常大，也许一年就下岗了。有这样的比较以后，能上能下就会成为一个常态。"

该教练举例：如果一线队的教练每年能拿到80万，那么青训的教练的薪水应该在30万左右。

30万，是否就足以吸引曾经的职业教练走上这个"最不受关注"的岗位？

关于这一点，能想通就好。一线队的教练位置就那么几个，即使加上俱乐部管理层、经纪人等，真正在退役以后还在"塔尖"的退役运动员，都是极少数人，而中国足球却极度缺乏基层教练。

关于这一点，中国足协不是没有考虑到。譬如说，他们开始设立全国青训总监、大区青训总监，目的就是希望能有更多的退役运动员投身于这个岗位。

但退役运动员是否就是基层教练员的最佳模板，这又是一个众说纷纭的话题。

一个教练给我举了个例子："有一次去参赛，某位名宿客串带队。那一场比赛，我就看到他在不断地骂裁判。那时我就想，让他去带小孩，真的能带出来吗？"

这个教练给我勾勒了一幅基层教练的标准像："有责任心，耐得住寂寞，有一定的专业经历，还有快速学习先进经验的能力，没有不良嗜好。"

我问："这样的教练，在基层多吗？"

他摇摇头："其实就是又红又专，都能做到的，少之又少。"

"大家都知道，中国最缺乏的是好的基层教练，所以从足协到各家俱乐部，各种方法都在尝试。"河北华夏俱乐部的一位管理人士说。

目前，华夏俱乐部准备要做的一件事情就是，俱乐部出钱出人，和河北足协一起，培训河北省的基层教练员。

"我们就想看看，到底这个做法可不可行。中国太大，每个地方的现实情况都不一样，每个地方都会摸索自己的办法。但对于基层教练这个问题，大家的认识都是一致的，不提高基层教练员的水平和收入，中国足球永远没有希望。"该人士说。

即使是"轰轰烈烈"的校园足球，同样面临着一个大问题——如何能提高基层教练员的积极性。

去年国家队在武汉和乌兹别克斯坦队比赛期间，我特地去走访了一些传统足球校园。在某个小学，一位校园足球教练员特地向我说过这个情况："我们平时教学之余，在放学的时候会带学生接受足球训练。实际上，校园足球是有经费拨到学校的，但是这笔钱，只能用于'硬件建设'，譬如说，修整球场，给球队买装备、比赛和训练用球。但是这笔钱却不能直接用来补贴校园足球教练，理由是学校已经给你发过工资了……"

他苦笑着说："你说这荒唐吗？"

我特意打听了一下，武汉一些校园足球教练的收入在三四千左右。"这些钱去打工也能赚到，之所以不愿意离开，的确是因为有对足球的一份热爱在里面。但是光靠热爱能长久吗？能推广吗？"

张路在总结校园足球得失的时候，提出过同样的问题：钱要用在刀刃上，校园足球的钱应该大部分用在提高基层教练员的收入上。

可惜，这些意见也不知道是否有人听得进去……

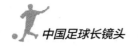

中国足球需要怎样的风格

在绿城一线队的 3 年时间，汤辉接触过日本教练冈田武史、韩国教练洪明甫。

两个人对俱乐部的青训工作都有自己的见解。

冈田武史说："你看我们日本的队员，都是一个模子出来的，那就像一条流水线。所以整个日本的各级国家队、梯队，乃至俱乐部，踢的都是一个风格。当这种风格形成以后，就可以不断地循环下去。"

"但是，"冈田武史说，"但是日本的足球潜力不如中国。因为日本想在中卫的位置上找个又高又壮的，找不到；想在边路找个能快速突破的，一对一能力特别强的，找不到；想在中锋位置上找个身体能力出众的，还是找不到。而中国不一样，高的、快的、壮的、矮的，都能找出来。只是中国现在还没找到适合自己的路子。"

洪明甫则对汤辉说："中国要学，学日本的巧，学韩国的劲，两者能学到一个，就已经了不得，如果两个都学到了，那肯定可以亚洲称霸。"

但可惜，从目前的情况看，日本的"巧"、韩国的"劲"，一个都没有学到。

"中国太大"，这句话不是说说玩的。

细数了一下，西班牙的、日本的、巴西的，各种教练都在中国抢滩登陆。这对于地方来说，倒不失为一件好事，毕竟各地差异太大。

譬如河北华夏俱乐部在全面引进了日本教练以后，又准备引进德国教练。这样做的重要原因在于，河北人的身体条件，都是像张呈栋这样的队员，应该让欧洲身体条件最出色的德国人从小调教啊。

而像恒大足校，一直走的是西班牙路线。

一位曾经在恒大足校任教的中方教练这样总结西班牙的足球理论：

"西班牙人传授的东西和我们以前接受的理论完全不同。我们从小都从基本功练起，一招一式，一板一眼，二打一、三打二开始，从局部到整体。而他们，从一开始就是从整体出发。我问：连基本功都没有，就把他们扔在场上打比赛？他们的观念是，足球就是一个整体的比赛，从实战出发，从小就锻炼他们的空间感觉，从小就培养他们的足球头脑。至于开始没有练基本功，他们说：就算是一支业余队，让他们一起踢上几年，二过一、三打二，他们都会踢。"

这位西班牙教练说："我们西班牙的球员是踢出来的，你们是练出来的。我看过中国国家队的比赛，老实说，里面有两三个是踢出来的，因为他们有这样的天赋，而剩下的都是练出来的！"

无论是日本人、德国人，还是西班牙人，其实都找到了适合自己发展的道路，而中国呢？

每个俱乐部不一样，采用的教练也不一样，当到了国字号层面上的时候，又得打乱重新组合在一起。想象一下，N 年以后，执掌国字号帅印的是意大利人，但他手下是西班牙人、日本人、德国人、荷兰人、巴西人从小教出来的队员。

"像越南那样，倒是简单了。就跟英超合作，跟阿森纳合作，而我们这里，五花八门，层出不穷。"这位教练说。

当然，如果 N 年以后，无论走什么样的路线，都能培养出出色的队员，对于掌勺的国字号主帅来说，不过是幸福的烦恼。但从中国足球的现状来说，无论学哪一个都只学了个皮毛。

这里面还有一个重要的问题，那就是比赛场次的问题。

华夏幸福 U13 梯队某年在日本拉练期间，进行了 4 场教学赛，成绩是 1 平 3 负。其间，他们进行过一个问卷调查。

问卷中的第一个问题：你从几岁开始踢球？根据调查结果，川崎小球员开始踢球的年龄约为 4.4 岁，而华夏幸福小球员们的平均年龄则为

8.28 岁。换言之,在相同年龄段梯队中,川崎小球员普遍比我们的球员多了接近 4 年的球龄。

足球场上,所有的技战术演变都是以球员的基本功和脚下技术为基础的。华夏的小球员面对的是比自己多踢了 3~5 年球的对手,赛场表现存在差距也并不奇怪。

在华夏幸福 U13 梯队中,有位主力球员名叫魏渝人,他是队里唯一一位从 4 岁就开始踢球的小球员。

在与川崎 U13 梯队的较量中,魏渝人在场上的拿球摆脱非常自信,与日本球员的对抗也不落下风,连川崎前锋的青训教练也对这个小家伙赞不绝口。

当问卷进行到"你一年内可以打几场比赛"的问题时,中日两国小球员的回答出现了很大的差距。

在川崎球员提交的 35 份问卷中,有 21 份问卷里写着一年可以打 100 场正式比赛,即平均 1 周打 2 场正式比赛,剩下 14 份问卷的答案则是 50~70 场比赛。

在华夏幸福球员这边,数字则降到了 20~30 场。算下来,平均两个星期才能打一场正式比赛。一年比赛总数不到日本球员的 1/3。

对于"比赛数量"的问题,绿城教练汤辉同样印象深刻。

曾经有一支日本梯队来绿城基地交流访问,在上午比赛完以后,他们的队员中午吃过简单的便当,然后休息了一会儿,下午再进行一场比赛,同样生龙活虎。

因为日本的球队,大多数是这种一天两赛的节奏,这也是他们为什么能多打比赛的原因之一。而中国的球队,大多习惯的是两天一赛的节奏,就像这次在梧州举行的比赛。

不仅如此,在竞赛的体系设置方面,中国仍然有很多的实际问题需要解决。

例如说，在这次的全国锦标赛结束以后，整整 3 个月，球队将没有任何全国性的比赛可以打。

大的俱乐部有解决办法。以华夏俱乐部为例，每年他们都会预备一笔资金，让下属的各支梯队能到海外拉练。"只要是俱乐部条件能达到的，计划尽管列出来。"

之前因为日本教练组的存在，所以球队去日本居多，但从今年开始，他们会把目光放在欧洲。

知名的青训机构也有办法解决。例如珂缔缘，他们喜欢到东南亚去拉练。他们的教练说："以现在中国的青训水平，和东南亚队伍踢一踢，也能起到很好的锻炼效果啦！"

当然，以前他们都去泰国居多，现在不妨加上越南这一站了。

海外拉练的效果是明显的，就像成耀东带领的 1997 年龄段的上海全运队，就是在欧洲拉练了一年，打了 100 场左右比赛，输了很多，但这又有什么关系呢？

一年以后，这支队伍回来，在全运会赛场上踢得非常轻松，最终拿到了冠军。

大的俱乐部，发达地区的足协，知名的青训机构，都在想办法解决这个"空白期"的问题。但像一些小的青训机构或者一些校园足球队，长达 3 个月的休赛期，他们怎样组织好自己的比赛，那就八仙过海、各显神通了。

中国足协和教育部也在想办法。目前中国足协组织的 U 系列比赛主要是全国性的联赛和这次在梧州举办的锦标赛，而教育部则将联合中国足协推行青超联赛。2011 年之前，中国各年龄段青少年球员的年平均比赛场次仅有 20 场左右。2011 年之后，中国足协对青少年竞赛体系进行了整合调整，这才让之前的窘境有了好转。

近几年间，参加中国足协"U"字头赛事的青少年队伍一般一年能够有 30~40 场的比赛。然而这还不够——2016 年，足协提出的目标是：第一目标达到 40 场左右，第二目标达到 50 场左右，第三目标达到世界通行的 60 场左右。

而教育部牵头的这个青超联赛，就是希望起到这样的作用。按照赛制，为了节省旅途和时间，青超联赛先分大区，进行主客场，大区的主客场比赛一般达到 15 场左右。

"比赛频繁了，对孩子的帮助还是很大的。不管是水平好的球员，还是相对差一点的球员，都是一种锻炼。可以让替补球员，让更多的孩子去感受比赛。"上海申花的梯队教练，同时也是江镇中学的教练陈华刚说。

竞技场上的实战才是提高技战术水平的最佳办法。对于青超联赛，陈华刚说："以赛代练，把训练中的技术运用上去。比赛中会发现很多问题，然后下来再去训练中弥补。"

"有总比没有好，但是各个球队的参赛水平参差不齐，有的是职业俱乐部的梯队，有的是校园足球队，双方实力差距很大，锻炼的价值不高。但有总比没有好，路总得一步步来。"广州市足协的一位教练对我说。

U 系列联赛、U 系列锦标赛，再加上开始推行的青超联赛，从理论上讲，竞赛体系已经非常完备了，但要落实到实处，然后再见到成果，那真是几年以后，甚至是十几年以后的事情了。

关键是，中国足球是否能够一直走在正确的道路上，不动摇、不折腾地坚持下去。

我们只谈谈经济就好了

先说一件并不算遥远的往事。

2011 年，刚刚冲上中超的广州恒大重金引进外援，在亚洲外援的引进中，他们和日本"天王"本田圭佑的经纪人有过接触（当然仅仅是有接触，恒大想引进当时效力于莫斯科中央陆军、如日中天的本田圭佑的可能性也不大）。这桩接触很快就没有了下文。站在恒大的角度，他们选择放弃的原因有二：一、本田圭佑场外新闻多，万一引进，场边闹点新闻，那恒大一直高举的"爱国主义"大旗将颜面无存；二、时任俱乐部董事长刘永灼和时任主教练韩国人李章洙曾经表示——"我们都不喜欢日本人！"

后来的故事是，本田圭佑加盟了 AC 米兰。而现在，米兰这个没落贵族就要被中资财团收购了，而 AC 米兰的同城对手——国际米兰已经被苏宁集团收购，在国际米兰阵中，同样有一名日本球员——长友佑都。

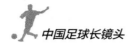

本田圭佑终于还是翻越不了中国人的五指山，这次还搭上了个长友佑都。当年的狐疑不决，现在换一个方式，用"经济主义"的方式，解决得如此光明正大。

2014年，在首次夺得亚冠冠军以后，东风日产公司以每年8000万的价格和恒大俱乐部签订了两年合同，成为恒大球衣胸前广告赞助商。这单最贵的"胸前广告"合同一度被一些人抨击，因为"日产"嘛，这不是日本的企业吗！而在2015年的亚冠决赛当晚，恒大单方面毁约，胸前广告由"东风日产"换成"恒大人寿"。为此事，双方闹上法庭，最终恒大赔偿了2480万——此事同样获得了一些人的喝彩，就是摆了日本人一道，怎么样吧！

其实当初抨击恒大签约和喝彩恒大毁约的人们，有空去百度一下就好了：东风日产，中日合资企业。更确切地说，它是一个央企，东风日产的上级企业东风汽车是隶属于国资委的央企，其高管也是受中组部任命。也就是说，恒大胸前广告，赚的是央企的钱，毁的也是央企的约。

当然，好事者也可以多问一句：如果真的是一家日企出1亿，那么恒大是否会像当年考虑本田圭佑时一样，举棋不定从而最终放弃呢？

好，在恒大考虑引进本田圭佑的同一年，深圳俱乐部引进了日本球员乐山孝志和卷诚一郎，这是中超首次有日本球员登陆，但却没有引起什么大波澜，两人在深圳平平安安生活。乐山孝志更是在深圳退役，退役后干脆在深圳从事青少年足球培训的工作，也没有听说过因为"日本人"的身份有什么大碍。

2013年，杭州绿城俱乐部引进日本功勋教练冈田武史作为主教练，这是一次中日之间的"重量级"交流。执教两年间，冈田武史赢得了绿城俱乐部和杭州球迷的尊重，他离开以后，影响犹在。之后绿城的梯队教练中，中国人、日本人和韩国人在上演"三国杀"，竞争得不亦乐乎。

当然，在中超的层面上，那是韩国人的"天下"。

广州恒大有金英权，同城的广州富力有张贤秀，上港有金周荣，石家庄有赵荣亨，申花有金基熙，重庆有郑又荣，绿城有吴范锡，苏宁也签下了洪正好，至于延边队，则拥有3名韩国外援——河太均、金承大和尹比加兰。而在主教练的岗位上，16支中超球队，有4支队伍由韩国人执教，分别是重庆力帆的张外龙、杭州绿城的洪明甫、长春亚泰的李章洙和江苏苏宁的崔龙洙。

中超欢迎韩国外援外教，而每次有韩国知名外援或者外教投奔中超的时候，总会有"民族情感"特别强烈的韩国媒体跳出来。江苏苏宁换帅，韩国人崔龙洙执掌，然后他又把韩国国家队主力中卫、效力于德国奥格斯堡俱乐部的洪正好挖了过来，这下韩国人又炸了锅，一些韩国球迷除了为正值当打之年的球员感到惋惜之余，都把攻击矛头直指本次转会的始作俑者崔龙洙。韩国球迷大骂崔龙洙是损人利己的叛徒，更有人把崔教练视为"中国间谍"，亦有球迷调侃："这是崔教练为国家队着想，培养会说中国话的国脚好打客场。"

韩国人说，我们的K联赛没钱，但我们的国家队行；中国人说，我们的国家队不行，但我们的联赛有钱。9月，国家队在阔别12强赛15年以后，第一场比赛的对手就是韩国队，如果诸如金英权之流攻破了中国队大门，那么他是否会重蹈前辈安贞焕的覆辙？2002年的韩日世界杯，安贞焕加时赛的进球，淘汰了意大利队，韩国队进入8强。世界杯结束后，安贞焕所在的东家意甲佩鲁贾队就炒了他的鱿鱼。

我们会干这样的事情吗？我们会埋怨中超"资敌卖国"吗？

大概不会吧，因为国家队能进入12强赛，靠的是菲律宾人哈维尔·帕蒂尼奥，这位效力于河南建业的菲律宾前锋，率领菲律宾队3∶2战胜朝鲜队，这一场关键性胜利，间接上帮助中国队出线。这是中超历史上最成功的一笔引援，回到建业以后，很多中国球迷呼吁给哈维尔涨工资。

中国足球，不抵制"韩货"，不抵制"日货"，甚至像哈维尔这样来自菲

律宾的"球员"都不抵制,那么对欧洲球员则更是敞开胸怀,热烈拥抱。

2003 年,拥有贝克汉姆的皇马访华结束后,时任《足球》报总编辑的谢奕便写了一篇《皇马的殖民化》的文章,文中写道:"2000 年,在中国足协新闻委员会上,我曾当面向两位主席汇报:'广东的球迷,现在每周可以看到大约 15 场欧洲各国联赛电视直播。甲 A 没人看了,世界足坛的'八国联军',肯定是中国甲 A 市场最大的敌人!'"2003 年的皇马中国行,更是让这种担心达到了极点。为什么皇马可以赚走中国市场的大钱?中国联赛是否最后会沦落为生产链上最弱小最悲苦的那一环。文章是这样结尾的:"如果中国搞足球的人不好好研究这个案例,不从这次皇马之行学到点什么,那以后只有一条路可走:等死——像香港足球,像广东足球,像旺角足球场,像越秀山球场一样,慢慢死去。然后,我们像所有东南亚人一样,只能看看电视上的欧洲足球,笑嘻嘻,挺满足。"

中国足球会不会成为欧洲足球的"殖民地",这个有着民族情怀的担忧,并非杞人忧天,经历过中超"冰河期"的人们感触尤深。这个担心直到近几年还有人提出来,新华社提出:为反对五大联赛在中国的免费倾销,可以强令要求付费直播,避免让全民买单;建立中国足球发展特别基金,在中国每播出一场比赛,从电视转播收入中抽取一定比例的资金,专门用作发展中国足球,尤其青少年足球。

那时候,如果一个外国人打开中国的电视,一定感到奇怪,在中国的电视台可以方便地看到五大联赛,而中国人想看自己的联赛,连央视上都找不到!这时候提什么都不管用。这只是个商业问题,既然是商业问题,那么在体育转播方面,谁敢将央视虎须?

今天,人们大概可以松一口气,电视上依旧可以方便地看到五大联赛,但中超的价钱也已经达到了 5 年 80 亿。当年央视爱播不播,现在人们对于央视的转播是爱看不看。中超转播现在已经登陆了 53 个国家,而最新的消息是英国天空体育台购买了英国地区中超联赛独家转播权。

　　10 年前，连自己国家电视台转播自己的联赛都搞不定；10 年后，让英国人花钱来买中超版权。虽然这巨大的转折后面有太多难以尽说的故事，但光靠口号和情怀，是救不了中国足球的。

第三届中国杯,中国队0:1输给泰国队,卡纳瓦罗在国家队的首秀不尽如人意,但更可怕的是,泰国队展现出来的技术能力,让人感到"绝望"。

"泰国鹰"·"中国鸡"

我们经常引用一句名言:鹰飞得有时比鸡还低,但鸡永远飞不了鹰那么高。

在自然界,鹰和鸡的地位恒久不变,所以这句话永远适用。但在足球界,昨日为鹰,今日为鸡,昔日为鸡,如今为鹰的转换却是存在的——在3月21日的南宁,又增添了活生生的例子。

此时泰国已经是高处飞翔的鹰,而中国则是一只肥硕的鸡,他们吃得很饱,但就是飞不高……

可悲,可怜,可叹。

泰国队的境界,我们未曾拥有。

曾经的中国队,对于泰国队而言,是一只展翅高飞的雄鹰。

当然,鹰有时候飞得比鸡还低,例如在1990年的北京亚运会上,被寄予厚望的中国队0:1输给泰国队,这被认为是那届亚运会上中国军团的最大耻辱。但在前一年的世界杯预选赛中,中国队和泰国队在同一小组,一场2:0,一场3:0,泰国队根本不是中国队的对手。

斗转星移,物是人非。南宁的中泰之战,中场休息的时候,碰到前恒大主帅李章洙和央视解说员徐阳。我问李章洙:"国家队的表现怎样?"李章洙的微笑意味深长:"我不知道。"徐阳则说:"我们以前打泰国队这种队伍,没这么难打啊!"

泰国队是越来越难打了。亚洲杯上中国队2:1逆转,这时候看起来是多么的珍贵,而在南宁,中国队的表现又是多么的令人绝望。

可能有人会说,就一场比赛,而且并非是世预赛和亚洲杯这样的大赛,至于这么快就要下一个如此让人悲伤的结论吗?

我的回答是:是的,可以这么说了。原因很简单,因为这支泰国队展示出来的整体性、技术、意识,是中国队过去10多年都无法展现出来的,因为这是我们无法抵达的境界。

中国队唯一可以抗衡对方的在于身体和力量,但在泰国人的脚下,中国队的队员就像被红布戏耍的公牛,双方差距有多么明显,一目了然。

别人翱翔天际,你在地上啄米,在中国队的衬托下,泰国队变成了巴萨和曼城……

2018年9月,我跟随国家队去卡塔尔和巴林进行热身赛采访。中国队0:1输给卡塔尔队以后,我总结的观点:以前经常说国家队在热身赛中狼狈不堪,是因为队员出工不出力。潜台词就是,如果他们肯出力,很多球就能赢了。但那场比赛国足连吃奶的力气都用尽了,就是打不赢对方。再联想到中国各级青少年国字号队伍已经14年没有进入过世界大赛,一代不如一代,中国足球的未来真的是太可悲了。

然后在2019年1月,卡塔尔队就捧起了亚洲杯,决赛中,他们击败的是日本队。

卡纳瓦罗巧妇难为无米之炊?

中国足球为什么会变成这样,这里不展开讨论了,因为原因大家都很清楚,我们的青训出现了问题,我们的方向出现了问题,我们整个足球环境出现了问题,所以以前我们瞧不起的泰国队,已经把我们甩在了身后。

要多久的时间才能还清欠下的债,我不清楚,但很显然,像中国杯上的中泰之战,那就是足球规律向中国足球收取的一笔小利息而已。

赛后的新闻发布会,我向卡纳瓦罗提问:"中国有句古话,叫巧妇难为无米之炊,还有一句话,叫一代不如一代。我们今天目睹了泰国队18号颂克拉辛的出色表现,那么你认为中国队现在的这批队员,他们的个人能力在亚洲到底处于什么样的位置?"

卡纳瓦罗的回答是:"意大利也有这样的说法(巧妇难为无米之炊),但不能总把责任施加给队员,球员都是从年轻成长起来,如果小时候有问题得不到纠正,问题就会跟随年龄一起成长。赛前我们也说了,要解决中国足球的问题,我们需要做一个长远的计划,而不是仅仅三四年或者把冲击世界杯当成目标。我认为还是需要一个体系,不管教练在不在,中国队都会沿着这个体系发展。中国可以请来全世界最好的教练,但这并不是主要问题,哪个教练来了都不能发生天翻地覆的变化。身体素质、技术能力、技战术能力,中国足球在这三方面的能力都不能缺少,所以只是纠正战术问题,解决不了大问题。我在看亚洲杯时就有这样的想法,今天比赛也让我非常准确地确认了这个想法。"

球员个人能力为何这么差,这个锅不是卡纳瓦罗要背的,但未来,卡纳瓦罗要背的锅会很多。况且,质疑卡纳瓦罗的声音,原本就很多了,而这场比赛,更加坐实了很多人关于卡纳瓦罗水平有限的判断。

因此,"刻薄"的网友们最后送了卡帅一句话:"表现这么差,卡纳瓦罗回到恒大,要不要下放预备队?"

2018 俄罗斯世界杯，我作为特派记者在俄罗斯采访了一个月，紧张的报道之余，对中国足球仍是心心念念，便有了下面的《站在俄罗斯看中国》。

站在俄罗斯看中国之一：
"指导"从哪里来？

去俄罗斯报道世界杯之前，我特意向两位在俄罗斯留学，对体育也有一定了解的朋友认真地问了一个问题："我们喜欢把教练称为指导，据说这个词来源于苏联时期的体育体制，能否帮我搞清楚这个问题。"

所谓"指导"，就是"政治指导员"的简称，听到这个词，一股浓厚的苏维埃体育气息扑面而来。

我的这两位朋友认真地查了一下资料，然后说：查无实据，没有任何消息表明，把教练称为"指导"是苏联人喜欢干的事情。

那好，我向一位老前辈请教，前辈回答说："你一下子把我问倒了。指导这个词，应该是中国特色。改革开放以前，我们叫一些老教练，都叫教练，但是好像从改革开放以后，不知道哪个人开始把教练称为指导，然后就流行开来了。你等着，我给你查，我一定给你查。"

还没等到他查出结果，我就已经出发，来到了俄罗斯。

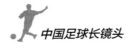

但不管是苏联人给我们发明了这个词，还是这个词本来就是中国人的发明。总而言之，"指导"这个称呼已经喜闻乐见，我们把美职篮（NBA）骑士队的泰伦·卢"亲切地"称为卢指导，把跟队员们一起讨论的比利时球员卢卡库也称为卢指导，央视的解说嘉宾徐阳，大家私底下也叫"指导"……

在圣彼得堡列斯加夫特国立体育大学，我见到了72岁的尤里·卢夏科夫（以下简称尤里），这位已经从事体育60年的"活化石"算是给了我一个清晰的答案。

"这是在战争年代的时候，通常球队有两个主管。主教练就不用多说了，剩下一个就是政治指导员，在比赛和训练之前，指导员要开会，进行思想动员工作，后来这个习惯就保留下来了。"

尤里说，"指导"是这么来的。"到了后来，其实指导这个职位消失了，但称号保留下来了。这样，主教练一个人就可以拿两份工资啦……"所以指导就是给你做思想政治工作的，俄罗斯人现在不会称他们的教练为指导了，但我们中国人仍然喜欢这个称号。

是"教练"，还是"指导"？这个称呼区别甚大，就像当年申思在自传里把徐根宝称为教练，而不是指导。大家对于两人的关系，便可以微笑不语：申思甚至都不愿意把徐根宝称为"指导"。

我纠结于"指导"这个词的来源，是因为我们好像迈过了一段岁月，但却始终有一种无形的力量不声不响地提醒我们从哪里来——开会？思想动员？俄罗斯人现在已经不这么干了，但你问问戚务生，问问沈祥福，他们可能会给你点个赞。

"80亿新时代"的里皮国家队，打完今年的中国杯以后，在打吉尔吉斯斯坦队和泰国队之前，足协和大家也开了会，最后签订了国脚行为承诺书……

毕竟，我们现在也是有意无意地称呼里皮为"里指导"嘛。

站在俄罗斯看中国之二：
俄罗斯足球就像一面镜子，把中国足球照了个遍

世界杯一个月，我们奔走于俄罗斯的大地，从莫斯科去喀山，去萨马拉，去罗斯托夫，去下诺夫哥罗德，去圣彼得堡。我们看着世界杯的故事，但内心最惦记的，还是中国足球。

站在俄罗斯的土地上看中国足球，行程越远，思考越多，因为没有哪一个国家可以像俄罗斯一样充当这样的角色——他们就像一面镜子，从头到脚，从远到近，由外及里，把中国足球照了个遍，让中国足球毫发毕现，无所遁形。

他们走过的路，我们已经走过，他们面临的问题，我们正在面临。

俄罗斯在世界杯"成功"的狂欢，绝对不会成为我们停止思考的理由。

"能打碎的，就是一堆废物"

有的东西，别人不要了，我们在继续使用；有的东西，别人曾经有的，我们一直没有。

1989 年，在高丰文率领国家队再次饮恨狮城以后，《足球》报开始从根本上质疑：专业足球，是否是中国足球的出路？理由是：即使强如苏联，也无法抵达世界足球的顶峰。作为苏联足球的学生，难道还要继续走这样一条路吗？

苏联足球强不强？数据是这样的：自二战结束至苏联解体，苏联足球国家队一直都是欧洲的一流球队，拿过奥运金牌，拿过欧洲杯，世界杯上也屡屡打进前八（一次第四）。就在剧变前夕，在名帅洛巴诺夫斯基的执教下，1988 年，苏联在奥运会上仍然是足球冠军，欧洲杯的亚军。但在1990 年，他们在小组赛中黯然出局了。

从此，苏联队，就成为一个历史名词了。最出色的足球记者，都无法预计政治上的波动，飓风过岗，寸草不生，苏联体育这座大厦，轰然倒塌。

作为经历过苏联时期的体育人，圣彼得堡列斯加夫特国立体育大学的研究者尤里·卢夏科夫（以下简称尤里）依然怀念当年的体制："我小时候有机会免费学习所有的体育项目，每个学校都有各种体育俱乐部。现在，完全没有这样的基础。"

这就是"业余体校"的模式，苏联的业余体校，死于政治变动，而中国的业余体校，死于自动放弃。

"30 年前，列宁格勒州制定了详细的足球计划。儿童、学院、一级、二级联赛、顶级联赛，他们形成了一个金字塔形结构。以前，圣彼得堡拥有全苏联最好的足球学校斯米纳。这个学校隶属于当时的教育部门，而不是体育部门。"

"好处是足球运动员在接受专业训练的同时，也能接受正常的中等教育。然而随着时间推移，教育部门不再管理这个学校，它成为泽尼特的青训学院。随后这所学校的教育职能开始消失。"

这像极了中国在推行职业化以后，传统的业余体校逐渐消亡，代之以新兴的足球学校。

无论是老师，还是学生，在这个问题上殊途同归，就像 19 世纪 60 年代著名的俄罗斯"平民知识分子"皮萨列夫说的："能打碎的就打碎，经得起打碎的就是好的，打碎了的则是一堆废物，不管怎样要大打一场，这不会有害处，也不可能有害处！"

显然，业余体校，无论对于中国，还是对于俄罗斯来说，都是一堆"打碎的废物"……

"青山遮不住，毕竟东流去。"对于俄罗斯来说，苏联解体之后的十数年时间，是他们失去的十数年，而此时，中国足球开始在职业化的道路上狂飙猛进。

30 年前，《足球》报的追问，在 1992 年的红山口会议得到了回答。会议决定：中国要开始职业化改革——1994 年，中国足球开始了职业联赛，出现了第一张洋面孔，那就是来自圣彼得堡的瓦洛佳。

当年从圣彼得堡跑去上海，月薪 500 美元的瓦洛佳，当然想不到 20 多年后，他的故乡，圣彼得堡泽尼特队会花费将近 1 亿欧元引进胡尔克和维特塞尔，更意想不到的是，胡尔克后来又以更高的价钱去了上海，加盟的是另一家上海的俱乐部。而老同志尤里在听说这个消息以后，拍了拍自己的脑袋："这个世界到底是怎么啦？"

中国人，还要走俄罗斯走过的路吗？

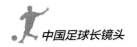

中国足球的问题更严重

尤里,这个列斯加夫特国立体育大学的老教授,致力于研究圣彼得堡的足球,俄罗斯的足球,苏联的足球。

列斯加夫特国立体育大学有多牛?它比在莫斯科的俄罗斯国立体育运动与旅游大学(原名斯大林体育学院、列宁体育学院)历史还要悠久,尤里所在的办公大楼,曾经是沙皇尼古拉一世的孙子——亚历山大·米哈伊洛维奇大公的宫殿。

"在我的私人资料库中,有5500本世界各国足球的文档,甚至有关于日本联赛的英文出版物,但关于中国足球的一本也没有。我现在认真回想了一下,哪些国家有中国足球相关的出版物,除了我在荷兰的一本书中看到过一小段描述,其他的真没有。"

并不强大的中国足球,外界没有了解的兴趣,但是胡尔克从圣彼得堡离开,前往上海上港,老人家的兴趣,一下子被吸引了。

"我有一个很好的意大利朋友正在北京搞足球博物馆,他两周前来圣彼得堡时告诉我,中国的足球正在发展壮大,而且中国现在对足球有很浓厚的兴趣。这是个好事情,中国足球很有钱,但中国足球的问题比俄罗斯足球还要严重,毕竟我们过去有基础,而中国足球的青训基础,连我们都比不上。"

中国足球很有钱,中国青训不行——这大概是全世界对于中国足球的总体认识,实情,也确实如此。

那俄罗斯的青训又如何呢?

尤里提及的列宁格勒州的斯米纳足球学校,是泽尼特青训体系的执行方。作为一所传统足球学校,斯米纳足球学校在俄罗斯广受敬重,即使在这个国家最艰难的年代也是硕果累累。除了阿尔沙文和科尔扎科夫,

20世纪80年代和90年代早期也涌现出许多俄罗斯国脚，而更早，奥列格·萨连科，1994年美国世界杯金靴获得者也是在斯米纳成长起来的。

在泽尼特俱乐部的历史中，斯米纳足球学校一直扮演着重要的角色。20世纪90年代，泽尼特一直习惯于培养自己的球员，而且尽可能是圣彼得堡土生土长的球员。然而随着"金元政策"的到来，俱乐部开始把大量资金砸向了有影响力的球星，而忽视了青年军的培养。

"这完全是自掘坟墓。"昔日捷克功勋主帅弗拉基米尔·彼得热拉评论道。大量起用年轻队员正是彼得热拉所热捧的。2003年，在彼得热拉接手球队的不到15场比赛中，青年队球员一共出场264人次。之后这个数据急速下滑，2014/15赛季，青年队代表一线队一共出场46人次。人才断档，让泽尼特的成绩一落千丈，不仅连续3年未能获得欧冠资格，联赛成绩也逐渐下滑。

俱乐部的"金元政策"不仅没有给球队带来想要的成绩，更严重的是让球迷渐渐对俱乐部失去了信心。"圣彼得堡人不可能都代表泽尼特踢球。但如果足够出色，他们应该得到这样的机会。"球迷向俱乐部施压。在目前泽尼特的阵容配置中，追求立竿见影的成功，意味着青年队的球员将不会得到科尔扎科夫、阿尔沙文和帕诺夫曾经得到的，并使他们成为伟大球员的那种呵护。

球队失去了球迷的支持和追捧，让泽尼特最终意识到问题的严重性。走过两条不同的道路，他们也才真正看到走本土化青训才是王道。从2015年开始，斯米纳足球学校重新受到重用，数百名圣彼得堡青少年球员正接受着训练，他们又将燃起泽尼特未来的希望。

这大概属于"拨乱反正"的正面教材，而在萨马拉的科诺普廖夫青少年足球学院，这个俄罗斯第一家由私人创建的足球学校，堪称俄罗斯的足球样板学校，正在靠国家的拨款，勉力支撑。

学院创办于2003年，建立之初，学院就在俄罗斯全国挑选了一批

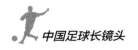

最优秀的青训教练。学院里的各级梯队有统一的风格,教练们则根据各个年龄段的区分,做训练计划的调整。科诺普廖夫还会出资让学校的球队去全国各地参加比赛,与此同时,学院也会举办自己的邀请赛。

一应俱全的硬件设施,优秀的教练队伍,加之所有学员均是免费就读,一下子让科诺普廖夫享誉全国。到目前为止,从学院走出的职业球员一共有 80 多人,活跃在俄罗斯各个级别的联赛,这其中最出名的自然是入选俄罗斯世界杯阵容的三人:扎戈耶夫、佐布宁及库捷波夫。

2006 年,俄罗斯队在夺得 U17 欧锦赛后,奉献了 6 名队员的科诺普廖夫学院得到了阿布拉莫维奇的"眷顾"。彼时,阿布拉莫维奇正热衷于一个名为"国家足球学院"的项目,致力于在全国范围内提高年轻球员的足球水平,而学院被视为这一项目的最高标准,是俄罗斯顶尖足球人才的最终归宿。

然而在 2012 年的夏天,没有任何征兆,阿布拉莫维奇突然宣布"国家足球学院"项目完成了使命。

在阿布中断了投资之后,萨马拉州政府开始介入。如今政府每年的投入约合人民币 1000 万元,而俱乐部成为萨马拉球队苏维埃之翼的卫星队。目前训练营里共有 9 岁、14 岁和 18 岁等 3 个年龄段,每个年龄段设有 10 个班,总人数在 290 人左右。

但由于政府出钱运营,所有球员都必须统一输送给苏维埃之翼。如果在这里待满 5 年被选走的话,每个学员的补贴在 7 万元人民币左右,这是俄罗斯国内的统一标准。

1000 万这个数字看似不小,但对足球青训营来说也只能算是杯水车薪,相比于中国现在那些名字响当当的足球学校,科诺普廖夫穷得就像个叫花子……

"无论是中国,还是俄罗斯,都应该思考怎样建立培养青少年球员的体系,怎样去挖掘人才。只靠金钱吸引球员,是不行的。"尤里说。

优秀外援是一把双刃剑

如果说"新时期"中俄两国最相似的地方，那就是，一个曾经"豪"过，一个正在"豪"。

这种"豪"，表现在对于外援的巨资引进，以及其后对于外援的限制。

圣彼得堡泽尼特并不是传统意义上的富豪球队，但情况在 2005 年发生了根本性转变，俄罗斯国有天然气集团（Gazprom）买断了俱乐部的控股权。

Gazprom 是世界上最大的天然气公司，其产量占全球天然气产量的 17% 左右，对俄罗斯国内生产总值（GDP）的贡献一度接近 10%。泽尼特成了 Gazprom 的一个下属部门，公司每卖出去一欧元天然气，都会有对应的金额打到球队的账户上。

"我们是世界上最富裕的俱乐部之一，曼城只是阿布扎比财团收购的一个投资项目。确切地说，我们的基础比曼城更加牢固。曼城球迷无时无刻不在担心阿布扎比财团会将他们出售。"泽尼特主席曾做过这样的对比。

3000 万欧元购入葡萄牙球星达尼，重金邀请意大利人斯帕莱蒂执教，在 2012 赛季开始之前，更是一天之内出手近 1 亿欧元签下胡尔克和维特塞尔，其中身价超过 5000 万的胡尔克荣膺那个夏天的标王。

不仅仅是泽尼特在买买买，整个俄超成为世界足坛转会市场的金主。直到 2008 年，梅德韦杰夫还担任 Gazprom 的董事会主席。值得一提的是，Gazprom 不仅拥有圣彼得堡泽尼特，还是沙尔克 04、贝尔格莱德红星的官方赞助商。和城市足球集团、卡塔尔投资基金一样，从某种程度上来说，Gazprom 也是一个国家的营销工具。

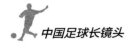

从成绩上来看,泽尼特的金元重建取得了效果,2010年重夺俄超冠军,在此后的4个赛季里拿到两次冠军、两次亚军。2011/12赛季的欧冠赛场,泽尼特以小组第二的身份出线,这是泽尼特历史上第一次杀入淘汰赛,可惜在16进8的争夺中不敌本菲卡。在2013/14、2015/16赛季,球队再度跻身欧冠16强。

当年胡尔克的高薪加盟引发了泽尼特内部一次小规模的内讧。当时队内的俄罗斯国脚德尼索夫公开炮轰:"我们买了一些很显然能够帮助球队的优秀球员,但他们当真足够优秀,可以比目前球队的核心高三倍工资的地步吗?"德尼索夫抱怨,钱不是最重要的,核心问题在于,本土选手没有得到足够的信任。

德尼索夫的观点也着实打动了很多人——自2008年欧洲杯后,俄罗斯国家队在大赛中的表现每况愈下,大肆涌入的外援挤压了本土球员的成长空间。

2015/16赛季开始之前,足协突然颁布了新赛季"6+5"的外援政策,即每支球队的场上外援人数不得多于6人。有点打脸的是,早些时候足协曾宣布新赛季每支球队允许注册25名球员,其中10名是外籍球员,并对外援的出场时间不做限制。

时任泽尼特主帅博阿斯立刻做出回应:"如果你把胡尔克、维特塞尔、哈维·加西亚都拿走,俄超还剩什么?这对俄罗斯足球发展是不利的。如果有外援因为名额限制而无法上场,其他球员也会变得懒惰。这简直就是最烂的决定。"

值得一提的是,绝大多数俄超俱乐部都曾表态不支持限制外援的新政策。因为强行限定人数的政策只会让"户口本"更值钱。

毫无疑问,金钱对于足球很重要,但现在的俱乐部已经理智了许多,不再一味烧钱。俄罗斯的顶尖俱乐部现在都有球探部门,幼儿比赛、地方比赛、东欧联赛、亚洲联赛等等。如果发现了有天赋的孩子,那他们就会多年一直关注他。改变是缓慢的，但一切都在向着好的方向发展。

"我认为，俄罗斯和中国的情况并不一样。中国经济现在正在崛起，有很多热钱涌入了足球。生意人总觉得足球是赚钱的生意，但并非如此。只有在建立自己的足球学校，开始培养孵化运动员，出售他们后，才能赚钱。如今在足球财政新准则下，俄罗斯足球俱乐部的收益、支出全是透明的。中国也应该有这样的法则。"

尤里这样总结，就算是苏联时代的"遗老"，他也从来不赞成"限外"："在苏联时期，我们很多球员都在国外效力，当然也有很多优秀的外国球员来苏联踢球，那时俄罗斯涌现出了很多优秀的球员。优秀的球星，能带动足球的发展。"

尤里反问："那么中国的外援政策，又是怎样的呢？"

我回答："也在限制。"尤里摇摇头。

优秀的外援，在很多人看来，是把双刃剑。他可能会压缩本土球员的成长空间，但又可能带动本土球员的成长。在胡尔克加盟泽尼特之前，高中锋久巴还只是一个替补，资质和能力并不被看好。但连续两个赛季中，他的进球都达到了两位数，助攻数也在队里名列前茅。"是胡尔克帮助和彻底激发了久巴，教会了年轻人怎么来踢球。"尤里说。

而久巴后来加盟了兵工厂队。2018 年，他一脚踢飞了泽尼特的欧战之梦；在世界杯上，他以 3 个进球成为俄罗斯进军 8 强的大功臣。

俄罗斯队也曾经是一堆"白斩鸡"

有时候，太阳底下没有什么新鲜事。

在 2018 年世界杯之前，俄罗斯国家队在舆论眼中，不过也是一堆"一年赚一亿的白斩鸡"。

随着重磅外援的加盟，本土球员的薪水也水涨船高。眼见着俄罗斯

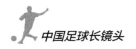
球员的生存空间遭受挤压,足协制定了限制外援人数的措施,这又进一步抬升了优秀内援的身价,而国内舒适的生存状态,使得俄罗斯球员们失去了前往海外打拼的动力。在俄罗斯的几大豪门中,主力球员拿到的薪水在 200 万~300 万欧元。

因伤没有入选世界杯的前锋科科林还在莫斯科迪纳摩时,甚至能够拿到 500 万欧元的年薪,被西方媒体形容为"没有任何一家五大联赛俱乐部会为这样水平的球员付出该数目的薪水"。

2016 年欧洲杯,俄罗斯队早早出局,媒体曝出了科科林在蒙特卡洛花费 25,000 欧元购买香槟。一时间,这种"花花公子、纨绔子弟"的做法,更是让俄罗斯的队员成为众矢之的。

国家队战绩奇差,队员们却享受高薪。在 2018 年世界杯前,俄罗斯人对这支国家队,简直也是"不屑一顾"。在炮轰的大军中,当然少不了名宿的身影。

什卢茨基(前中央陆军队主教练,曾经担任过俄罗斯国家队的主教练)在 2016 年公开炮轰:"斯巴达克是这个国家最受欢迎的俱乐部,但你们看看他们的主场上座率,除了与莫斯科中央陆军的比赛,其余比赛时间从没有坐满过,平均只有 2 万名观众。

"再看看比利时、荷兰、土耳其、希腊足球联赛的上座率,我列举的还不是英超、西甲这些联赛,这些国家的联赛上座率也远远高于我们。斯巴达克是这样,中央陆军也一样,预计销售 1.5 万张门票,结果只卖了 7000 张。在有 1500 万人的莫斯科,一支俄超联赛冠军队,只卖出了 7000 张球票。"

什卢茨基愤怒发问:"我们真的是足球国家吗?"

舆论环境如此,加上世界杯前队伍热身赛成绩糟糕,所以切尔切索夫和他的国家队都只能"夹着尾巴做人"。

"在世界杯前,很多人都说主教练切尔切索夫不合格,应该开除他。说的就跟有很多人可以胜任一样,但其实并没有,主教练并不好当。而我从最开始，便看到了切尔切索夫如何制定训练计划，他心里很清楚球队应该做些什么。"尤里说。

"俄罗斯国家队的很多次训练赛我都有到场观看，看着他们怎么踢球、怎么训练，看着每一次新闻发布会上，教练都是怎么面对众人的炮轰，质疑他们这里做得不够，那里做得不好。那段时间对他们来说真的很艰难。可以说，在世界杯开赛前，整个俄罗斯社会对俄罗斯队、俄罗斯足球运动员，甚至俄罗斯足球印象都很糟糕。在我看来，这并不公平。"

"因此，从我 60 年的看球经验和从业经验，我知道这支俄罗斯队有很强大的忍耐力和耐心。这一点很可贵，这是这一代俄罗斯人所缺乏的特质。鉴于此，他们能取得这样的成绩，我觉得是应该的。"

尽管在外界看来俄罗斯国家队已经足够出色，但尤里老先生认为还有许多不足之处。

"尽管从内心讲，我觉得他们的表现应该再好一些，还是有很多需要进步的地方，但现在已经不重要了。最重要的是，这届世界杯俄罗斯队的表现告诉所有人，俄罗斯足球还活着！"

这位经历了数十年风云变幻的老人，在国家队的巨大成功面前，还能做到"不以物喜，不以己悲"。同时尤里仍然有深深的忧虑："我觉得，世界杯后，观众甚至不想去看俄罗斯联赛。因为欣赏了世界级比赛后，国内的联赛吸引力不复存在了。"

为何有如此判断？那是尤里认为，现在俄罗斯的足球，离良性发展还有遥远的距离。

"在俄罗斯，俄罗斯的国企都有专门用于体育发展的拨款。俄罗斯天然气、俄罗斯石油、卢克石油、银行，这些国家公司都资助了足球俱乐部。而其他地区的球队，都有国家财政拨款。"

尤里介绍："现在俄罗斯的状况是，很多职业足球俱乐部踢着踢着就没了，甚至俄超球队也一样。最新的一支队伍是安加拉队，因为没有拨款了,他们就不见了。我们对职业足球仍然没有一个正确的认知,没有从真正意义上理解职业足球。我不知道中国足球现在是否也是这样?"

那是自然的,中国足球这么多年,消失的、迁移的俱乐部,足够写一本书了。

最后,我问尤里:"那你觉得中国足球有什么跟其他国家都不一样的优势呢?"

尤里想了想,最后认真地回答了一句:"在俄罗斯有这么一种说法:'你工作起来,像中国人一样。'我们经常用这句话形容那些勤奋工作的人,这是中华民族的特质,俄罗斯人在这方面是欠缺的。"